講談社文庫

偶然の聖地

宮内悠介

講談社

偶然の聖地

登場人物

怜威――〝わたし〟
ジョン――バックパッカー

ロニー――世界医
泰志――世界医

レタ――元ダンサー
ファナ――元教師

ルディガー――刑事
バーニー――ルディガーの相棒

第一部

1. イシュクト山

　その急峻な山容によってシルクロードの頃より旅人を拒んできたというイシュクト山も、一九六八年にイギリスのロージングレイヴ兄弟によって初登頂がなされ、一度は征服されたかに見えたが、その後もまた百とも千とも言われる登山者たちを遭難死させてきた。

　登攀《とうはん》が困難であるのは、独立峰であり高低差が激しいこと、気候の移り変わりがきわめて激しいこと、そして聖地であり入境自体が難しいことなどに由来する。近年、ストリート・ビューを撮影するべく特殊カメラを担いだグーグル社の社員が、登頂目前のところでドラゴンと呼ばれる零下一七〇度の寒気団に(*001)襲われ遭難死したことは記憶に新しい。

　この事件を機に、イシュクトの神は検索すら斥《しりぞ》けるとしてふたたび世の耳目《じもく》を集めたのであったが、それも何を今更という

【ドラゴンと呼ばれる零下一七〇度の寒気団】この素晴らしく心惹かれる現象は、しかしながら、知る限り登山漫画の『K』（谷口ジロー画・遠崎史朗作）にしか見ることができない。ぼくはこの存在をかたくなに信じているので、本作中にドラゴンは実在する。

話ではあって、イシュクトと言えば冷戦時代にソ連の人工衛星が付近で事故を起こしたことから、上空を飛ぶ衛星すら落とすと噂されてきた。

この山が古くから信仰の対象となってきた要因に、登攀中の登山者を襲う、他の山では見られない意識変容があると言われる。先のロージングレイヴの弟は、山頂付近で太い一本の光線が額から入ってきたと証言しており、その後人知れず再登攀を試みて遭難している。当初この報告は低酸素による幻覚と見なされたが、同様の証言は多く、またそれは他の山における幻覚とは質的に異なるのだと生還した者は口を揃える。しかし兄のほうは何事もなかったわけで、意識変容を起こす者と起こさない者とがいる理由は不明である。

イシュクトの意識変容体験は既存のどの酒や薬物とも異なり、また知らぬ者に説明するのは不可能であるとのことで、むしろこの体験のほうを求めて登頂を試みる者も多い。

わたしの祖父も、イシュクトに魅入《みい》られ、そして山を目指して消息を絶った一人である。

【ジャニス・ジョプリン】夭折のシンガー。かつてジャニスの元彼氏を集めるというテレビ企画があったらしく（ひどい話だ）、皆が彼女はあばずれだったと批難するなか、一人だけ、かつて旅人でもあったという“最後の恋人”が「自分は彼女を信じていた」と言い切ったとか。この旅人はぼくの憧れだ。なお、この人はジャニスの曲「クライ・ベイビー」に登場する。

祖父は名を朗良《あきら》と言い、戦中の満州《まんしゅう》に生まれ、成人してからはアメリカの西海岸へ渡り、洋風にアレンジした和菓子を売って財をなした。いまやサンフランシスコ土産《みやげ》の定番という感もあるミルフィーユ落雁《らくがん》なるあの面妖な菓子は、祖父の考案によるものだ。

店を軌道に乗せた朗良は一時帰国し、その際に大津《おおつ》のジャニス・ジョプリン(*002)と呼ばれていた祖母の優衣《ゆい》を見初《みそ》め、いまならストーカー規制法に抵触するであろう熱烈な求愛ののち結婚、わたしの父にあたる勇一(*003)をなした。

孫のわたしが生まれたころには、朗良は勇一に菓子屋を継がせて引退し、ある日、ふらりと家を出てそのまま消息不明となってしまっていた。音信のないまま三年が過ぎ、やがて優衣や勇一も祖父がいなかったもののように感じはじめたころ、突然サンフランシスコの菓子屋をCIAの職員が訪れ、朗良がゲリラ組織の義勇兵を騙《かた》るという危険な方法でシリアからイシュクトへ入ったことが明らかになった。

【勇一（ゆういち）】格闘漫画『グラップラー刃牙』で主人公の宿敵である父の名が勇次郎なので、父親はそんな感じの名前でなければならなかった。

ところで祖母の郷里には、琵琶湖《びわこ》の底がワームホールによってイシュクトと繋《つな》がっているという伝説が残されており、それならなぜイシュクトが琵琶湖の水によって水浸しになったり山中で鮒寿司が発見されたりしないのかという疑問はさておき、失踪《しっそう》事件ののちに祖父の愛用のカメラが琵琶湖の岸に打ち上げられ、内部のフラッシュ・メモリには確かにイシュクトの山腹らしき画像が残されていたので、なるほどＣＩＡの調査は正確であったと勇一は唸《うな》った。

(*004)

【鮒寿司（ふなずし）】滋賀県の郷土料理。独特な味と香りの発酵食品で、好みが分かれる。

その勇一が物ぐさな二代目の典型で、菓子作りに身を入れることなく音楽や絵画にかまけ、しかし不思議と女性たちには愛され、やがてサンタマリアのマリアンヌ・フェイスフルと呼ばれた母のイヴリンを射止めると、わたし、怜威をなしたのであった。

(*005)

【マリアンヌ・フェイスフル】歌手、ソングライター、女優。母方の祖先に、かのマゾッホがいるとか。

(*006)

【怜威（れい）】この時点で怜威が男性か女性かを素で考えておらず、編集さんに「どっちですか」と問われて「あっ」と思った。男女の入れ替わりトリックではない。ちなみに、ぼくは女性に生まれればレイと名づけられたらしい。理由は、海外でも通用しやすいからとのこと。

わたしがイシュクトを目指すことになったのは、神秘体験に憧れたからでもそこに山があるからでもなく、ひとえに祖父が残した厄介事による。というのもある日、イヴリンが開店前に

(*007)

【そこに山があるから】イギリスの登山家ジョージ・マロリーの有名な発言（の意訳）。名言というかなんというか、「ですよね」と思う。しかし翻るに、いま目の前にある未知とはなんだろうか？　だからこれは山に登る話ではなく、山を探す話となる。

(*007)

菱葩《ひしはなびら》ダマンドの仕込みをしていたところ、弁護士を名乗る男が一葉《いちよう》の写真とともに店を訪れた。

写真にはわたしと同い年くらいの東洋人ともアラブ人ともつかぬ若い女性が写っており、男によると女性の名はニルファム、祖父の朗良が失踪後に作った子だという。現在はイシュクトの麓《ふもと》近くの集落にいるとのことで、祖父の年を考えると俄《にわか》に信じがたい話ではあったのだが、家族会議の末、ここは一つ現地まで行って確かめてこようとなった。とはいえ勇一は相変わらずの物ぐさで、イヴリンは店で忙しい。おのずと、夏休みの最中であったわたしに白羽の矢が立てられた。

イシュクトへの巡礼者は伝統的に西側のシリアから入っていたようだが、周辺の情勢が不安定になってからは東側のギルギットから入る者がほとんどとなった。

麓への山道が出現するかどうかは運によって左右され、すぐに麓に辿《たど》り着けたという者もいれば、査証《ビザ》を幾度も延長しながら、ついに山の姿さえ見られずに帰国した者もいる。生年月日や月の位置が関係するとも言われ、近辺には巡礼者のための占

(*008)

【ギルギット】パキスタンの実効支配下にある北部山岳地帯の街、詳細は後述。

い師もいるが、英語が通じる占い師はそのほとんどが偽物とのことであった。
そうは言っても、駄目なら駄目で、行けませんでしたで済ませばよかろうとこのときは暢気《のんき》に構えていた。かくして、十九歳だったわたしの長い夏は幕を開けたのだった。

(*009)

【わたしの長い夏】本書は二〇一四年の十一月から二〇一八年の八月にかけて、いまはなき「IN POCKET」誌で連載された。一度の原稿が五、六枚と、長い連載になるということがわかっていたので、自然に出てきたのがこのフレーズ。何を書いていたか忘れても大丈夫な話作りを目指し(円城塔さんも何かで同じようなことを発言しておられた)、そのつどぼくが考えていることや、体験したこと、読んだものなどがそのまま地層のように出現する。

2. ティト・アルリスビエタ

　イシュクト山は最後の秘境と呼ばれるだけあって、麓への道のりは友人に訊《き》いても教師に訊いても知らぬと言う。そもそも地図にも載っておらず、試みに検索してみても、イシュクトではイスラム原理主義の勢力から逃れたバハーイー教徒が原始共産制の村を築いているだの、そこで収穫された杏《あんず》は腐らぬだのと眉唾物の話ばかりで、いざ行きかたとなると、誰もはっきりしたことは書かないのであった。

　頼みの母は店番で手を離せないし、父は父で何やら寝室でぼそぼそとつぶやいていると思ったら、『BURAI下巻　完結編』(*010)の実況プレイ動画の配信で忙しい。かまわず訊《たず》ねてみても、「山への行きかた？　そんなもん俺が知るかよ」とにべもない。しかし癪《しゃく》に思って食らいついていると、何事もやってみるもので、このやりとりを聞いていた動画の視聴者が、自分は

【BURAI（ブライ）下巻　完結編】筆者は子供時代にMSX版をプレイした。上巻は豪華キャストや豊かなグラフィック表現が売りだったのに対して、下巻は（たぶん予算とかで）演出その他が貧弱で、ぼくは大人の階段を一歩登った。

若いころイシュクトへ行ったことがあると述べたので物議を醸《かも》した。

駄目で元々と連絡先を問い、ビデオ通話で話を聞いてみたところ、この男がまた海のものとも山のものともつかぬ人物で、名はティト・アルリスビエタ――モロッコ在住のナチスかぶれの老人であった。

そのティトであるが、二十歳のころに世界を旅しながら数冊の絵本を出版したことがあり、その時分にイシュクトを訪れたのだと言う。母国のスペインに帰国してからはオンライン・カジノとウェブ決済サービスの会社を作り、これが当たってマドリッドに愛人を囲うまでになった。ところがマフィアに目をつけられて経営権を失い、金庫の金をあるだけ横領してモロッコへ夜逃げしたとのことであった。

「カザフスタンの大学で経済学を教えたこともあるぞ。給料は百ドルかそこらだったがな」

「はあ」

「だが、いまはタンジェの城塞都市《カスバ》で悠々自適《ゆうゆうじてき》さ」

(*011)
【給料は百ドル】昔ネパールを旅していたころ、「いまはロシアの大学で国際関係を教えてます」と驚愕人生を語る先生から聞いた話。名を陶山先生といい、ちゃんと単著もある。カザフスタンの大学の給料は知らない。

(*012)
【タンジェ】モロッコ北部、スペインとの海峡に面した町。名前だけで行ってみたくなる町というのがあって、タンジェもそれにあたると思う。ぼくの場合、このほかにイエメンのアデン、ウズベキスタンのサマルカンドなどがあり、実際に行くことが叶った。

【サンスクリット語をはじめ八ヵ国語を話す】吉祥寺の夜の路上で、見知らぬおっちゃんからそんな感じのことを訴えられたことがある。

(*013)

どうもわたしの周囲には、父を筆頭に悠々自適の暮らしを送る男が多い気がする。そして、押《お》し並《な》べて彼らはわたしを話し相手に選びたがる。

ティトはそれからも自分はサンスクリット語をはじめ八ヵ国語を話すことができるだの、カルタゴのハンニバルの生まれ変わりを称する政治家の秘書をやったことがあるだの、人生は花火のようなものだのと、聞けばそれなりに面白いが総じて益体《やくたい》のない話を並べ立てたのち、これから友達と俳句を詠《よ》むからと回線を切ろうとした。

「それで」とわたしは涼やかに微笑《ほほえ》んだ。「イシュクトへの道なのですが……」

「ああ」と相手が頭を掻いた。「それは現地で調べるのが一番だな」

「なんですって？」

「情勢や治安情報も、海を越えるまでに時間がかかる。現地で鮮度の高い情報を仕入れるのが旅の鉄則だ」

ティトは善意に満ちた目でそう言うと、わたしに同意を求め

(*014)

【現地で鮮度の高い情報を仕入れるのが旅の鉄則】これは本当にお勧めしたいこと。特に政情不安の地域などでは刻一刻と状況が変わるので、日本語情報を待っているようでは遅い。が、鮮度の高い情報は確度が低いので、その兼ね合いを見据えて旅をするのが望ましい。

てきた。

ハンニバルの秘書も、わからぬことはわからぬと見える。

画面の向こうで夜が明け、窓から朝日が差しこみはじめていた。ティトが立ち上がってカーテンを閉め、これぞ悠々自適という顔をして戻ってくる。こちらはと言えば、いつの間にやら日が暮れている。急に、腹が減って感じられた。

「どうも」とわたしも切り上げにかかった。「そろそろご飯ですので……」

「まあ待て」と相手がなぜか引き留めた。

空咳を一つ、ティトは急に改まった顔をした。

「実のところイシュクトは俺にとっても辛《つら》い思い出でな。あの山に入る人間は、必ずなんらかの代償を支払うことになるのさ。俺は相棒と二人でパキスタン領のカシミールを旅していたんだが、ちょうど大雨が降ってな……」

こうなったらとことんつき合ってやろうと、わたしは冷蔵庫のペリエを取りに中座した。キッチンから鼻歌が聞こえた。普段は家事などやらぬ父の勇一が、真剣な顔をして金平牛蒡《きんぴらごぼう》を鍋で煮ている。胡麻《ごま》はどこかと訊ねられたので、下の棚の右から二番目だと答えた。

テーブルにネーブルオレンジを盛った盆があったので、一つ貰《もら》おうと手に取ると、

「名前を書いておいた」

と父がガスコンロを向いたまま言う。

実を裏返すと、「Y」と父のイニシャルがマジックで書かれていた。わたしは聞かなかったことにして、Yのオレンジとペリエの瓶を手に部屋へ戻った。

画面の向こうでは、ティトが半月刀の先で爪の甘皮を剝《は》いでいた。

「おう」と、わたしの姿を見て眉を持ち上げる。「順を追って話すが、いいか？」

「ええ」

「……最初は、俺も相棒もイシュクトへ行く気なんかなかったのさ。ところが、あの山はどうもひねくれていてな。行きたいと一心に願うやつほどたどり着けず、俺たちみたいな、ついで

参りみたいな消極的なやつらが、ひょっこりと行けてしまったりする」

何事もそうだ、とティトは刀を脇に置いた。

「俺たちの場合は、カラコルム山脈の氷河を見に行ったんだが、大雨で帰りの山道が崩れてな。店一つないような村に閉じこめられちまった。やることはないし、雨つづきなもんだから景気もつかない。それで、宿に籠《こ》もって村の不届き者が作った濁酒《どぶろく》を飲んでたんだが――」


(*015)

【大雨で帰りの山道が崩れてな】ぼくがカラコルム山脈に行った際の実体験。

3. 黒い礫

標高八千メートル級の山嶺《さんれい》がひしめくカシミール地方は中国やインド、パキスタンが領有権を主張しており、ギルギットはそのうちパキスタンの実効支配下にある。

ティト・アルリスビエタがバスで二十時間余りをかけてそこにたどり着いたとき、一帯はまだ晴れており、雲一つない透明な青空が車窓の外に広がっていた。空の底は灰一色だった。遠くに鼠色の岩山がつらなり、岩ばかりの荒野がどこまでもつづく。ぽつぽつと建てられた石造りの家々が、薄墨を流したように影を落としていた。

場所は沙漠地帯にあたるが、豊富な氷河の解け水がある。

やがて緑が増えはじめ、ギルギットの街に出た。

運転手がちらとバックミラーを覗き、隣国のインドのポップスを最大音量まで上げた。世界の屋根と言われるパミール高原

(*016)

【ポップスを最大音量まで上げた】いつも旅に出てから耳栓を忘れたと思う。

を横切る道は、シルクロードの一部として古くから主要な交通路とされてきた。が、道は険しく、崖から転落する車は数知れない。運転手は覚醒剤を頼りに、大音量の音楽をかけてこの路を登っていくという。

「あの場所に似ていますね」と、相棒のウルディンが感慨深そうに口を開いた。

「そうだな」

あの場所とは、ネパールの東に位置するインドの自治州、トゥームトゥクテのことだ。

旅行者が入ることは難しく、入境には許可証がいるのだが、それもなかなか発行されない。しかしアクアマリンが採れるというので、買いつけて一儲けしようと、二人はインド人のトラック運転手に金を支払い、貨物に隠してもらって入りこんだのであった。

収支としては赤字で、鉱石は少ししか買えず、警備の軍人に見つかって賄賂《わいろ》の五十ドルを徴収された。だが、道で土竜《もぐら》の穴に嵌《はま》って二進《にっち》も三進《さっち》もいかなくなっているところを現地の仏教

【非常食の即席麵】ネパールでは昼食がことごとく即席麵になったと聞いたことがあって、現地の人が好んで食べているのに本当に申し訳ないんだけど、文化破壊であると思った。

(*017)

徒の女の子に助けられ、彼女の家で蕎麦掻《そばが》きを馳走になったのは良い思い出だ。

そんなことを考えているうち、バスが終点の村に着いた。降りてすぐの雑貨屋で、水と非常食の即席麵を買うことにした。店を出ると、もう他の乗客たちの姿はなく、空は曇りはじめ、遠くのカラコルムの山並みが低い雲に溶けていた。

「冷えますね」

「標高が高いからな」

夕暮れが訪れ、赤や橙《だいだい》、緑といったウルドゥー語の電飾がところどころに灯《とも》りはじめた。寂《さび》しい景色だが、ときおり夢に出る街へ戻ってきたようでもある。

腹を空かせたウルディンが、待ちきれずに非常食の即席麵を開けて直接食べはじめた。

やがて一滴二滴と雨が滴り、ざあっと降り出した。たまらずに近くの茶屋へ駆けこむと、先客の老人が赤らんだ顔で美味《うま》そうに炊き込み御飯を食べていた。その手元にある飲み物は、どうも禁制品の酒に見える。ウルディンと二人で顔を見合わせて

(*018)

【禁制品の酒】正確にはパキスタンでは禁制品でなく、少数の非イスラム教徒が酒造を許されているとか、確かそんな感じであった。今回のこれは密造にあたると思うのだけれども。

から、ウルドゥー語辞典の豆本を紐解《ひもと》き、十年前からこの近辺に住んでいるかのような顔で、

「あれと同じ飲み物を」

と厳《おごそ》かに頼んだところ、はたせるかな、雑穀を発酵させた濁酒《どぶろく》が出てきた。わずかに発泡した酒は存外に爽《さわ》やかで美味く、温《ぬる》く燗《かん》されており冷えた身体に沁《し》みた。

びしょ濡れになった地図を広げ、ああでもない、こうでもないと今後の計画を話し合った。

カラコルム山脈という名は黒い礫《れき》を意味し、実際に、山奥に入れば石礫に覆われた黒い氷河が各地で見られるという。その氷河を見ることが二人の目的であったのだが、それはさらにバスを乗り継いだ先にあった。

ところが調子に乗って二杯、三杯と飲んでいるうち、段々とわけがわからなくなってきた。

近くに宿はないかと店主に訊ねたところ、それなら二階の部屋が空いていると言う。覚束《おぼつか》ない足取りで階段を登って見せてもらったところ、清潔にはされているものの、寝具はなく、ろ

くに湯も出ないのに料金ばかりが高い。それで断るべく豆本を開いたところ、あにはからんや、いつの間にか店主と打ち解けていたウルディンがここにしようと言う。バスク地方出身の彼としては、紛争地帯に住む店主に対し、通じ合うところがあるようなのだった。

相棒を籠絡《ろうらく》されては仕様もなく、渋々ながら頷くと、たちまち二階で酒盛りがはじまった。いつまで経っても、ウルディンも店主も寝る気配がない。雨も止まない。一人で地図を見ているうちに、ティトはうとうとと寝入ってしまった。

燕《つばめ》が鳴く声がした。

頰に感触があると思ったら、それは店主の頭で、彼はこちらの胸に腕を回して眠りこけている。腕時計を見ると、朝の六時半だった。相棒はといえば、部屋の隅でヨガの猫のポーズのような姿勢で寝ている。そろそろと店主の腕を解《ほど》こうとすると、相手が目を覚まし、誰だお前は、俺の店で何をしている、と早口に捲《まく》し立てはじめた。正確には言葉の意味はわからなかったのだが、そうであるに違いなかった。

まもなく一階に客が来て、店主はやむなく朝食の支度をはじめたのであったが、仕込みなどいっさいしておらず、こんな日に限って客が多い。

やがて目を回した店主が厨房から上がってきて、ティトを手招いて一本の麵棒を手渡した。そのうちにウルディンも目を覚まし、ティトが粉を捏《こ》ねて生地を作り、ウルディンが円形に延ばし、店主がそれを揚げるというローテーションができあがった。おかずは野菜の漬け物と、壺で熟成させたという秘伝のソースで間に合わせられた。

「止まないな」と、そのソースを舐《な》めながらウルディンが窓の外を見た。

「ああ」とティトも壺に指を突っこんだ。

窓の向こうには重い灰色の空があり、雨はしとしとと降りつづけていた。近くの川が勢いを増し、音を立てているのが聞こえる。ソースはトマトと香辛料の味がした。

「……嫌になるな」

このとき、思いがけず客席からスペイン語が聞こえてきた。

【ドラム缶のように大きい荷物】なぜか西欧人バックパッカーの荷物は異様に大きい率が高い気がする。もちろんそれに限らず、極端な例としては、「いやあ、山道で車上の荷物が崖下に落ちちゃってね！」と朗らかに笑う手ぶらのあんちゃんもいた。
(*019)

厨房から覗いてみると、声の主は二人連れの若い西欧人女性で、ドラム缶のように大きい荷物を並べて四人掛けの席を占有していた。バックパッカーのようなのであるが、何やら困り果てた顔をしている。いそいそと、ウルディンが野菜とソースの定食を二つ持っていった。

「どうかしましたか」

二人が同時に瞬きをして、あからさまに警戒を滲《にじ》ませながら口をつぐんだ。ウルディンがしょんぼりと帰ってきたので、ティトは茶《チャイ》を手に話を聞きに行くことにした。

「峠の茶屋、ティト・アンド・ウルディンへようこそ！　何かお困りですか？」

相手が顔を見合わせ、それからゆっくりと頷き合った。

「それがね――」と、一方が口を開いた。「昨夜の大雨で、帰り道が崩れてしまって……」

【アンダルシア地方】スペイン南部の自治州。これまた行ってみたくなる地名の一つ。(*020)

4. カラコルム・ハイウェイ

茶屋の女性客たちはスペインのアンダルシア地方から来た幼《おさな》馴染《なじ》みだとのことで、ここがイスラム圏であるので二人とも頭にスカーフを巻いており、隙間から細く波打ったブルネットの髪を覗《のぞ》かせていた。

どちらもベルベル系を思わせる長い睫毛《まつげ》と厚い唇をしており、向かって左がレタ、右がファナを名乗り、胡乱《うろん》な同郷人が突然に現れたことに警戒しながらも、ティトが粘り強く話をつづけるうちに次第によく笑うようになり、やがてどちらかが何か言うごとに「ねえ」「だよねえ」と大きな声で頷き合うので、たちまち店は囂《かしま》しくなった。

「でも――」

木の実のアンクレットをからんと鳴らして、ファナが足を組み直した。

(*021)【ブルネット】黒や褐色に近い濃い髪色を指し、白人種に対して用いられることが多い。

(*022)【ベルベル系】北アフリカの先住民族。彼女たちにはその血が入っている。

「本当は、そろそろ帰国しないといけないんだけど……」

「この子、算数の先生なの」とレタが指をさして、「新学期が――はじまっちゃうんだってさ」

「学生のころはよく一緒に旅行したものだけど。ねえ？」

「だよねえ」

と、鏡のように向き合って同時に頷《うなず》く。

奥の厨房へ目をやると、皿洗いに忙しいウルディンが羨《うら》やましそうにこちらを見ていたので、しっ、とティトは追い払うように手を振った。

テーブルの陰で手にクリームを塗っていたレタが眉を持ち上げる。

「どうしたの？」

「蠅がいたので……」

視界の隅でウルディンが抗議をした。ティトは咳払いを一つしてから、

「お二人は、宿はどちらに？」

「まあ、この近くよ」とレタが視線を外してはぐらかす。

(*023)

【新学期】スペインの新学期がいつかは知らない。

「この雨だと、杏も散っちゃったかなあ」とファナ。「すっごい綺麗だったのに。ねえ？」

客足はいつの間にか止まっていた。

厨房から店主がのそりと顔を出した。店主は空いた席の一つに陣取ると、前の客の皿をずらして携帯式のラジオを置き、仏頂面《ぶっちょうづら》で耳を傾けはじめる。放送はコメディのようだった。司会者らしき男性が早口で何事か喋ったあと、ははっ、と店主やレタが同時に小さな声で笑ったので、それが笑う箇所であるとわかった。

「杏ですか」とティトは二人に向き直る。「さぞ、綺麗だったことでしょう」

「段々畑もよかったよ」と、これにはレタが応えた。「それが山の麓に、わあ、って広がっててね。こんな景色を見て育ったら、世界の感じかただって違ってくるのかな。不思議だよね、このあたりが沙漠地帯だなんて。ねえ？」

「だよねえ」

「山も、わたしたちがイメージする山より全然高くて」

「こんな」――と、ファナが手を頭の上のほうへ持ち上げる。「高くに山が見えてて。まるで星か何かを見上げてるみたいなの」

「ええ、ええ」と、ティトは知ったように頷いた。「このあたりは、高低差が激しいから」

二人は、ここからさらに山奥の村で一週間を過ごしたとのことだった。

黒い氷河といった奇観とともに、古くからの文化も比較的残されていることから、最後の桃源郷とも呼ばれる一帯である。付近の住民たちはブリシャスキー語という孤立言語を話し、金髪碧眼《へきがん》の者も多く、嘘か本当か、紀元前四世紀ごろに東方へ攻め入ったアレキサンダー大王軍の末裔《まつえい》だと人は言う。

さらに北へ上れば、海抜四千七百メートルというクンジュラブ峠を通り、新疆《しんきょう》ウイグル自治区へとつづく。この峠は国境を横断する道路としては世界一高い場所にあたり、峠をまたいでギルギットとウイグルを結ぶ道はカラコル

(*024)

【クンジュラブ峠】あこがれの地。ぼくは南からこの一帯に北上したものの、次の目的地がアフガニスタンであったため、この峠を通って中国に入ることはなかった。ちなみに、二〇一七年にSF作家の石川宗生さんが通っておられて、すごく羨ましかった。石川さんはぼくが二〇〇三年に泊まったのと同じ宿に偶然に泊まり、その際、宿にWi-Fiが入る歴史的瞬間に立ち会ったとのことで、この人は何かを持っていると強く思った。

ム・ハイウェイと呼ばれ、古代のシルクロードをなぞる形で中国・パキスタンの両政府が建設したものである。

しかし古くより地滑りの被害が大きく、雨が降れば、道はたちどころに落石によって塞《ふさ》がれてしまう。今回の雨でも、あちこちで被害が報告されているとのことで、陸路で首都のイスラマバードまで降りるには、落石があるごとに車を降り、よじ登って越え、反対側で新たに車を捕まえ、バケツリレー式に順繰りに降ろしてもらうよりない。

そうは言っても、傍《かたわ》らには深い谷があり、また落石の向こう側で車が捕まる保証もなく、いつ新たな岩が頭の上から落ちてくるかもわからない。まして、二人とも女性である。

「ま、それも一興なんだけどね」レタはからからと笑う。「でも、この子は学校があるから」

「空路は空路で、キャンセル待ちの列ができてて――」

「仕事、前から辞めたいって言ってたじゃない。これはあれだ、神の啓示ってやつ」

そう口にするレタの本職はレストランのダンサーであるらし

く、店はいいのかと訊ねると、先月潰れたので当面は自由の身だとのことだった。

それにしても、レタもファナもよく笑い、よく話すのだが、荷物の紐を常に足で踏み押さえているのは当然のこととして、人の出入りにも用心深く目を光らせており、程よい緊張感と愛《あい》嬌《きよう》とが入り交じった、旅慣れた様子が窺《うかが》えた。

「サービスです」

と、このとき皿洗いを終えたウルディンが人数分のチャイを盆に載せて持ってきた。

自分も空いた席について、店の人間でもないのに、

「帰ったらガイドブックに投稿してくださいよ。ここの峠の茶屋は親切だったと」

などと軽口を言う。

「でも」と、ウルディンは口元に手を寄せた。「それは困りましたね……」

ティトたちはあてのない旅の途上であるので、道は開通するのを待てばそれで済む。しかし、人の難事を我がことのように

考えられるのが、ウルディンのいいところなのだ。

「そうだ」

と彼は店主に声をかけ、身振り手振りで二人の置かれた状況を伝えようとした。

相手は怪訝《けげん》そうな顔をしながら、ラジオの音量を落とした。しばらくの間を置いて、店主は何か閃《ひらめ》いたかのように手を叩くと、

「眼鏡屋なら三軒先の角にある」

というような意味のことを言った。あるいはそれは眼鏡屋ではなく煉瓦工場(*025)か何かかもしれず、そしてそれは七軒か八軒先にあるのかもわからなかった。

ティトとウルディンが鹿爪《しかつめ》らしく頷いたところで、

「ああ、もう」

とレタが反舌音(*026)や長母音を交えた流暢《りゅうちょう》なウルドゥー語(*027)で説明をはじめ、一同は大人しく彼女に従うこととなった。

「ふむ」

一部始終を聞いた店主が席を立ち、奥の厨房から油で汚れ

(*025)【煉瓦工場】妻の実家が元煉瓦工場で、しかし関東大震災で煉瓦の家が多く崩れてしまったため、煉瓦もおのずと下火になったのだとか。なお義理の祖父がかつて区会議員を務めており、いまも氏を偲ぶ麻雀大会が年に一回開かれる。未使用の葉書を切手に換えられるようになったのは、氏の働きかけによるものであったとか。

(*026)【反舌音(そりじたおん)】舌を極端にそらせて発音する音。ぼくは発音できない。

(*027)【ウルドゥー語】もう何度も出てきてるけれど、いまさら説明。パキスタンの国語にあたる。実はインドのヒンディー語とほとんど変わらない(と言うと現地の人に怒られる)。

た地図を持ってきた。地図上のカラコルム・ハイウェイに沿って、山から平地へ、太い指が降りていった。

「道が通れないなら――」と、レタが店主の言葉を置き換えた。「……って、ねえ、本当？」

威厳に満ちた表情で、相手がゆっくりと頷く。

ファナが眉間に線を作った。

「なんて言ってるの？」

「……このあたりの川は、ギルギット川を経由してインダス川へ合流する。だから川を下ればよくて、根性さえあれば、そのままアラビア海にだって出ることができると」

一同が顔を見合わせる。

心配するなとばかりに、店主がティトとウルディンの背を叩き、また何か言った。

「何？」とウルディンが曇り空のような顔をして訊ねる。

「なんだったら――」とレタが棒読みするように言った。「この二人を連れていけばいい。そのかわり、無事に帰れたらガイドブックに投稿するんだ。ここの峠の茶屋は、実に親切であっ

(*028) 【インダス川】ご存知、インダス文明の源の川。名前のわりにインドはほぼ通らない。

(*029) 【アラビア海】インドとアラビア半島のあいだの海域。それではインド海はどこなのかといえば、インド洋という形でアフリカ・オーストラリア・南極のあいだ全部を指す。昔、地球儀を見ながら子供心に不公平だと思った。

たと」

5. 川下り

川下りのための舟は金物屋の親父から捨て値で譲《ゆず》って貰えることとなった。年季の入った舟ではあったが、藁《わら》か何かを編《あ》んだ蒲鉾形《かまぼこがた》の雨避けと、ちゃんとヤマハのエンジンがついており、これには皆も一応満足した。

しかし、方針が決まったはいいものの、四人とも装備などあるはずもない。

ライフジャケットや燃料、水汲み《ベイラー》がわりのポリバケツといった細々《こまごま》した品を揃えるだけで一日仕事となった。しかも何を選ぶにしても、ウルディンが黒い品がいいと言えばファナは青がいいと言い、いちいち細かいことで揉めるので前に進まない。

すべてが揃っていざ川下りとなったころには、皆内心では、さっさとこの旅を終えて別れたいと思いはじめていた。

出発は日の出から。

(*030)

【ヤマハのエンジン】かつていまにも沈みそうな小さな貨物船で紅海を渡ったとき、「エンジンはヤマハだ！」と船長が自慢しており、それ以来、ヤマハのエンジンへの信頼感は半端ない。しかしいかんせん昔のことなので、ことによるとカワサキであったかもしれない。

船頭役は一時間交代とし、最初の一人は籤引《くじび》きでティトとなった。

「合い言葉は？」エンジンを入れながら、ティトは皆に訊ねた。

「迷ったら右！」と皆が唱和した。

一口に川と言っても支流がある。

茶屋の親父に訊ねたところ、よほど他人事《ひとごと》であったのか、「道なりでいいんじゃないか」とのことであったが、間違えて東へ向かうと、印パ両国の管理ラインに突入してしまう。

ハンディGPSがあるので大丈夫だとは思うものの、万一ということもある。

管理ライン沿いは両国の兵士が展開しており、いまも断続的に銃撃戦が発生する地域である。その点、支流ごとに右を選びさえすれば、あるいは遭難することはあっても、兎のように狙撃されたりはしないというわけだった。

出発してしばらく経つと、それまでの雨が嘘のように晴れ上がった。

灰色の岩山が延々とつらなる谷を、ターコイズブルーの川が流れ――上空には、見たことのないような深い青色の空が広がっている。

その鮮やかなコントラストを前に、皆、いがみ合っていたことも忘れ、

「綺麗ね」

「綺麗だな」

と、惚《ほう》けたようにしばし眼前の景色に見とれた。

遠景には、曇っているうちは見えなかった、白く険しい雪山が浮かんでいた。しかしどこまで行っても、正面には同じ川と同じ山とが控えている。たちまち飽きが来て、レタが持ち歩いていたタロットカードでインディアンポーカーをやることになった。

結果はファナの一人勝ちで、熱くなったウルディンは手持ちの現金がなくなるや鉛筆や石鹸を賭けはじめ、ついには着たきりの上着とジーンズまでが抵当に入り、最終的には文字通り身ぐるみ剝がされた。


(*031)

【インディアンポーカー】カードを自分の額にあてて相手に見せ、自分の手札だけわからない状態でチップを賭ける。自分が人からどう見えるかわからないという真理に通じるせいか、苦手なゲームの一つ。

最初に異常に気がついたのはレタだった。

船頭を交代したレタは生真面目《きまじめ》に数分おきにGPSに眼を落としていたのだが、数回目に首を傾《かし》げ、それから回を重ねるごとに表情を曇らせていった。

「ねえ」と彼女が躊躇《ためら》いがちに口を開いた。「水は、高い場所から低い場所へ流れるよね？」

「おそらくは」ティトは少し考えてから応えた。

「河口が広い川などにおいては、条件によって海嘯《かいしょう》が発生する」とウルディンが割って入った。「有名なのはアマゾン川のポロロッカで、ときには八百キロの内陸まで川が逆流する」

レタはこの豆知識を無視して、

「さっきから高度を見てるんだけど、出発したときより百メートル上昇してるの」

一同は顔を見合わせた。

「仮に、川を遡《さかのぼ》っているのだとすると？」とファナが不安そうに訊ねた。

「インダス川を北上して――」

【ビンゴゲームの抽選器】音が出る玩具などを分解して可変抵抗器などをくっつけ、楽器にするというサーキットベンディングなる遊びがある。昔、会社で皆でやろうという話になり、ぼくはビンゴゲームの抽選器を選んだのだが、忙しくて分解されたまま机に放置された。

(*032)

そう言って、ティトは頭に地図を思い浮かべる。

「中国の国境警備隊とボーイミーツガールすることになる」

「それは御免だ」ウルディンがファアナ所有となった上着のなかで身震いした。「緯度と経度は？」

「読めないの」

「読めないって？」

無言で、レタがGPSの液晶を皆に向けた。

経度の表示が、ビンゴゲームの抽選器のようにくるくると素早く切り替わっていた。

「なんだ、故障か」

ティトはため息をつく。

それなら、高度もただの誤表示であるに違いない。GPSを失ったのは痛いが、右へ右へ進んでいけば、おのずと目的地に着くはずだ。――そう思い、顔を上げた瞬間だった。

同じ川と、同じ山。

「なんてこった」

と、つぶやきが漏れた。遅れて、あ、とレタが声を上げる。

「どうかしたの?」とファナが眉をひそめる。

「子供のころ、絵本とかで見たことがないか? あの山の、形と佇まい。あれは——」

「そうみたいだね」とレタが頷いた。「——イシュクト山だ」

6. 世界医

旅春《りょしゅん》とは秋のあとに訪れる一時的な短い春のことで、古人はこれを春が旅をして秋のあとにやってくると解釈したようで、類似の記述は荘子《そうし》の説話などにも見ることができる。旅春の季語には象馬《ぞうめ》や花雲母《はなきらら》などがあり、現代においては、人ではなく時空の側がかかる精神疾患であると考えるのが主流である。

もっとも旅春の原因については諸説あり、アメリカの医師であるアーチャー・グロスは、旅春とは世界中の人間が相互作用的に同時に罹患《りかん》する認識の病であると唱えて注目を浴びた。しかし、何もそのような共時性《シンクロニシティ》のごとき現象を仮定することもないという向きもあり、実際、アカデミズムにおいてグロス説の支持者は少なく、さらには旅春など存在しないという強硬派も一部には見られる。

いずれにせよ旅春が説明のつかない現象であることには違い

なく、また時空の側がかかる病だと考えるにせよ、人間たちの認識がいっせいに歪《ゆが》むのだと捉えるにせよ、見ようによっては両者に本質的な差はないとも言えるわけで、結局のところ、現に旅春があるのだから仕様がなかろうというのが、いまのところの大方の認識のようだ。

古人は旅春に風流を見たものの、プランクトンの大量死といったよからぬ影響もあるというので、基本的には、秋のあとはおとなしく冬となるのが一番である。そこで必要以上の旅春の訪れを避けるため、いつからか世界医という者たちが現れ、世界を修復するようになった。

遠峰泰志《とおみねやすし》はその世界医である。

生まれは滋賀《しが》の大津で、幼少期には琵琶湖の湖面を見つめながら、他の早熟な子供たちと同じように、量子から観測した世界はどう見えるかといったテーマに思いを馳せていた。

八歳のころには飼っていた青耳蟹《あおみみがに》が旅春の夜に檻《おり》を破って脱走し、泰志が夜道を追ったところ、月明かりの下、蟹は湖面に泳ぎ出して葦《あし》が茂る向こうへ消えた。そして翌朝には、庭に植えられていた紫陽花《あじさい》が満開となっていた。

ところが家族に話すと、彼は蟹など飼っていなかったはずだと皆が口を揃える。泰志は前より無口となり、紫陽花と蟹、そして自分との関係について考えを巡らせるようになった。

世界医を志した契機は、中学一年のホームステイであった。

滞在したのはアメリカのテネシー州ナッシュビルで、ここで、いまでは伝説となっている世界医、ロニー〝シングルトン〟ルルフェと懇意《こんい》になったのである。

このロニーというのが、世界医として錚々《そうそう》たる実績を築きながら人嫌いで有名でもあり、郷里のナッシュビルへ引き籠もってからは、人が来られないようにと自ら設計をした迷路草で庭園を埋め尽くし、以来、数知れない郵便配達人たちを道に迷わせてきた。やむなく誰かと話す際には、窓越しに、二匹の蝙蝠《こうもり》をパーツとした自作の指向性スピーカーを介して話をした。

中学一年であった泰志は、この偏屈な男を一目見てやろうと、睡眠薬入りの東坡肉《トンポーロウ》によって番犬を眠らせ、迷路草が迷路を生成するための擬似乱数を解析して庭を突破し、ロニーの寝

(*033)

【ナッシュビル】なぜここにしたのか全然思い出せない。


(*034)

【指向性スピーカー】超音波を組み合わせて可聴音を作り出すスピーカーで、特定の方向に向けてのみ音を鳴らすことができる(指向性)。これを向けられると、幻聴でも聞いたような感覚となって面白い。物好きな人は電子工作で自作したりもする。


(*035)

【擬似乱数】一般にコンピュータはランダムな数（乱数）を生成できないと言われ、よりよい乱数を作り出すためのさまざまな手法が検討された。有名なものにメルセンヌ・ツイスターなるものがあるが、そのアイデアよりも先にぼくを驚かせたのは、考案者の一人の妻が漫画家の明智抄であることだった。

室の窓に向けて小石を投げた。

突然の闖入者《ちんにゅうしゃ》にロニーは閉口し、また一度は憤慨したものだったが、人嫌いの男にままあるように動物と子供には優しく、泰志が侵入した手口に感心したこともあり、たちまち二人は意気投合し、「ロン」「ヤス」と呼び合う仲となった。

帰国までの二週間のあいだ、泰志は屋敷の近くのヤムヤム・アイスクリームを手土産にロニーを訪ね、ロニーが返礼として世界医の秘密を明かす日々がはじまった。(*036)

この二週間は、自分の半生においてもっとも幸福なものであったと、のちに泰志は語るようになる。彼が進学先としてイリノイ工科大学を選んだのも、ロニーと会いたいがためであった。

二人の出会いは、世界医術の発展を五十年は早めたと言われる。

その最たる成果が、その後世界医として実績を積んだ泰志と晩年のロニーが二人で作り上げた、オブジェクト時間

【ヤムヤム・アイスクリーム】子供時代、学校の近くにこういう店があった（帰国子女なのだった）。売りはヘルシーなフローズンヨーグルト。もっとも、ぼくは別の店のチョコチップ入りバニラアイスが好きだった。韓国系の移民の人が経営する店で、学校からの帰路に前を通ると、あの子が来たとばかりにチョコチップ・アイスクリームを差し出される。しかしそう毎日アイスなど食べていられないため、不自然な遠回りをすることを余儀なくされた。

【情報工学】コンピュータで取り扱うさまざまな情報の処理や、もっと広く、コンピューティング全般にかかわる学問分野。ぼくは学部が文学部であったので、火曜日は理工学部のコマを取ると決め、情報工学の授業に出たりしたのだった。けっこう単位をもらえた。

(*037)

と呼ばれる考えかたである。これは簡単に言えば、因果が時間に従うのではなく時間が因果に従うというもので、情報工学などが援用され難解な点も多いが、時空を診るにあたって有用であるため、現在も広く用いられている。

オブジェクト時間を学んだ者に言わせると、それまでこの考えかたに馴染めなかったのが、あるとき突然、まるで眠りから覚めるように、オブジェクト時間的な発想が当たり前になるのだという。大袈裟《おおげさ》に言えば世界の見えかたがそれまでと正反対になるとのことで、こうした性質があるものだから、世界医のうちでロニーと泰志の評価は高い。

しかしそれでも旅春がなくなったわけではなく、晩秋に旅春の前兆である青い大きな月が顔を出すと、各地のアサリ漁の漁師たちなどはがっくりとうなだれる。

7. エウロパの鱒《ます》釣り

ジョンはわたしと小学生時代の同級で、友達は少なく、昼休みには食堂の隅で、古本の「ニンテンドー・パワー」誌を読んでいるようなタイプだった。髪は薄いベージュで、左眉には昔ドアにぶつかって切ったという二針ほどの縫い痕。いつも母親が綺麗にアイロンをかけたチェックのシャツを着ていた。

わたしは自分自身、東洋系の血が入ったマイノリティであったせいか、そうした級友を放っておけないところがあり、任天堂のことなど知らないまま何かとちょっかいを出していた。いま振り返るなら、自分以上に一人ぼっちの人間を相手にすることで安心を得たかったのだろうと察しもつくが、そんなことはどうでもいい。ジョンとわたしは、友達であったのだ。

あるとき、ジョンが骨董品のゲーム機を持って家に遊びに来て、これに父の勇一が食いつき、シューティングゲームの協力

(*038)

【ニンテンドー・パワー】ぼくが子供のころにアメリカで出ていた、ファミコン（現地では通称「ニンテンドー」）の情報雑誌。同じように、学校の食堂の片隅でこれを読んでいたデヴィッド君というのがいて、ぼくたちはゲームの話を通じて友達になった。

【シューティングゲームの協力プレイ】子供時代に家に遊びに来た夫婦がいた。手持ち無沙汰だったのか、だんなさんがコナミの『沙羅曼蛇』の協力プレイにつき合ってくれ、これを通じて友情が生まれた。よってこのゲームは『沙羅曼蛇』を指す。

プレイ(*039)を通じて、たちまち二人のあいだに男の友情が築かれた。何か釈然《しやくぜん》としないが、とにかくそういうこともあった。ろくでなしの勇一は、しかし子供と仲良くなるのは上手いのだ。

さて、そのジョンであるが、七年生に進級する際に、ヘロインの蔓延で知られる地元の公立中学校(*040)を選び、隣町の中学を選んだわたしとは離ればなれになった。彼が新たな級友と趣味が合うのか心配ではあったが、あにはからんや苛《いじ》められもせず馴染んでいるとのことで、表情も明るく、以来、薄情なわたしはしばらくジョンのことを忘れていた。

風の噂に、大学へ上がってからバイクで北アフリカを横断したと聞き、人は見かけによらないものだと、意外なような、不思議と腑《ふ》に落ちるような、弟の成長を喜ぶような、複雑というほどでもないが、水面《みなも》が静かに揺らいだような妙な心持ちがした。

イシュクトへの入山を目論《もくろ》むわたしは、この幼馴染みのバックパッカーのことを思い出し、ネットワークサービスの友

【ヘロインの蔓延（まんえん）で知られる地元の公立中学校】ぼくが中学に進学する際に選択肢となっていた近くの中学校がモデル。この情報は、母のPTA間情報ネットワークを通じて知ったこと。ヘロインではなく、マリファナであったかもしれない。そう考えてみると、ことによるならラブ・アンド・ピースな中学校であったのかもしれない。

【ドレイク方程式】銀河系に存在し、我々とコンタクトできるかもしれない地球外文明の数を見積もる方程式。恒星に惑星ができる確率や、そこに知的生命が生まれる確率などを掛け合わせていく。子供のころそれを知った際は「そりゃそうだろ」と思った。が、長じてから好きになり、ぼくはドレイク方程式が印刷されたシャツを着て海外を旅した。

(*041)

達申請をして会って話をできないかと訊ねた。あたかもよし、ボリビアへ行く渡航費用を貯めるために近くのドーナツショップで働いているとのことで、夜、わたしはその店を訪ねてみることにした。

ジョンはすでに仕事を終え、ドレイク方程式が書かれた紺色のTシャツに着替え、奥の窓際のテーブル席でコーヒーを飲んでいた。刹那《せつな》、目尻のあたりが懐かしそうに震えた。

「怜威だから会うんだぜ。俺、昔の友達が店に来ないか心配でさ」

と軽い口調で言う。

わたしは新製品だという全部載せドーナツを頼み、ぽつぽつと互いの近況を交換し合った。

久しぶりの再会でぎこちなくはあったが、離れていた家族と久々に会ったような独特の気楽さもあり、ときおり訪れる沈黙さえ心地よく感じられた。

「怜威のために、必需品のリストを作った」

と、ジョンがバッグから一枚のルーズリーフを取り出して

(*042)

【全部載せ（エヴリシング）ドーナツ】通っていた小学校の近くにベーグル屋さんがあり、そこに、通常の胡麻や塩、その他諸々を全部載っけた全部載せベーグルなるものがあった。子供たちにはプレーンや胡麻が人気で、ただ一人、ぼくを苛めていたチャドくんは塩ベーグルを好むとの噂で、やはり悪者は一味違うと思ったものだった。

【相変わらず野球のボールのように大きかった】クラスに一人はｉの点の部分を丸で描くやつがいて、「ベース・ボールのようなｉをやめろ」と先生から注意を受けていた。少し勉強が遅れている子に多く、ベース・ボールのｉを書く級友がぼくは好きであった。

(*043)

(*045)

テーブルに置いた。

目の前のジョンに、第七小学校のミスター・スポックと渾《あだ》名《な》されていたころの面影はないが、ノート中、小文字のｉの点の部分は、相変わらず野球のボールのように大きかった。

「洗濯物を干すための紐とか、そういうものを忘れやすい」

頷いて、わたしはリストに目を落とした。

石鹸、アーミーナイフ、五ドル札、コンセント・アダプタ、といった品が列挙されている。

(*044)

「五ドル札って？」

「ビザなしで隣の国に入るときに、パスポートに挟んで税関で渡すといい」

「あの」わたしは少し得意気なジョンを一瞥《いちべつ》して、「いや、なんでもない」

「カナダの国旗は忘れないようにな」

「なんで？」

「俺たちは世界中で憎まれているから、場合によってはカナダ人を装うといい」

【アーミーナイフ】十徳ナイフでもいいが、何かを切ったり果物を剝いたりと、とにかく役に立つ。昔、インドで出会ったバングラデシュの青年の実家を訪ねた際には、本人が不在であったので妹さんにアーミーナイフを土産にプレゼントした。すると、その兄がぼくの宿を探し当て、馬車をチャーターしてスーツ姿で迎えに来てくれたのであった。

【カナダ人を装うといい】だいぶ昔に読んだ蔵前仁一の旅行記にそんなことが書かれていた。


「なるほど」とわたしは頷いた。「メキシコ人じゃ駄目なの？」

「わからない」とジョンが誠実に答えた。

わたしは礼を言い、リストを折りたたんだ。

「本当にイシュクトに行けたら、教えてくれよな」

それから、北アフリカ横断の話になった。ジョンが言うには、国際情勢的に入りづらい土地も多いが、どこにでも何かしら裏ルートはあるという。小学校のころの彼が、ブラックマーケットとかそういった単語が好きであったことをわたしは思い出した。

「いま、一番行ってみたいのはどこなの。ボリビア？」

ジョンは少し考えてから、いまはまだ行けない場所でもいいかと訊ねた。

「エウロパかな。木星の第二衛星の」

「木星の第二衛星の」

「氷の衛星なんだが、内部に海が広がっているんだ。だから、魚が釣れるかもしれない。俺は宇宙服を着て氷に腰掛けて、釣り糸を垂らして鱒釣りをやるんだ」

「ふむ」

ジョンは冗談めかした口調だったが、それではNASAに入るのかと軽く訊ねると、一瞬の微妙な間があり、本気なのだとわかってしまった。身体を鍛えていると言うので、腹筋を触らせてもらった。凹凸《でこぼこ》があった。それよりも腹に力を入れるジョンの顔が面白かった。

【確率的な攻略】本章は二〇一五年の中央アジア取材時に書かれた。季節のせいか、行く道の飛行機はジャンボジェットに客が十人ほどと貸し切りのような状態であった。皆、真ん中の席を取って横になり、ぼくははじめて空の旅で足を伸ばして眠った。

(*046)

8. 確率的な攻略

海外に渡るにあたって、わたしは近くの雑貨屋やスーパーマーケットで装備を揃えはじめた。可愛らしい青いスーツケースが目に止まったので、眺めていたところ、まだそれと決めたわけでもないのに、

「そうじゃない」

と同行していたジョンが口を出した。旅行にスーツケースを持って行くなどというのはあってはならぬことで、最低でもバックパック、それも、なるべく貧乏そうなやつがいいと言う。

わたしとしては、別にそのようなタフな旅などしたくはなかった。

旅行などパックドツアーしか知らないし、どうせならアカプルコあたりの浜辺でゆっくり過ごしたかった。何し

(*047)

【アカプルコ】メキシコのリゾート地。ここまでですでにお察しかもしれないが、ぼくはリゾートの類いにあまり興味がなく、旅行中は素通りしてしまうことが多い。ただ、「一番好きな国は？」と訊かれた際は「ディズニーランド」と答えている。これは冗談というか韜晦で、バックパッカーということで何か先入観を持たれてもなんだし、世俗的なところをアピールしたい意図があるのだけれど、最大の理由は、国に優劣などないからでもある。

ろ、十九歳の夏休みなど一度だけなのだ（のちに、必ずしも一度ではなく何度も迎える人もいるらしいと知ることになるのだが、これはまた別の話である）。

しかしなんとなくジョンの勢いに押され、といって納得したわけでもなく、微妙に恨めしいような思いを残しつつ、わたしは店の倉庫で埃《ほこり》をかぶっていた金庫のようなバックパックを購入した。

そもそもビザや航空券の手配、現地での通貨の両替といった、旅行をする上での手つづきが何もわからない。ガイドブックを買いたかったが、イシュクトへの入山を目指す場合、どの国から入ればいいのかすらわからない。

問題はルートだった。

わたしはジョンが勤めるドーナツショップ(*048)で彼とともに作戦を立てた。

旅人のイシュクトの目指しかたは十人十色で、祖父のようにゲリラ組織の義勇兵に扮してシリアから東へ向かう不届き者もいれば、言い伝えを信じて真言《マントラ》を唱えながら六甲山《ろっこうさん》の周囲をぐ

(*048)【ドーナツショップ】アメリカで作戦会議といえばドーナツショップ……かどうかは知らないけど、エドワード・ホッパーの有名な絵（『夜ふかしする人々』）のような、夜の路傍の飲食店の雰囲気がぼくはとても好きだ。余談であるが日本に帰国してからの学生時代、ファミリーレストランの「ジョナサン」で朝日を迎えることを「ジョナサンライズ」と称した。

るぐる回る巡礼者もいるそうだ。

だが、彼らは科学的な思考を持っていないとジョンは言う。

「現地で占い師を探すのもいいかもしれないが、やはりそれは運任せにすぎる」

再会から数日で、いつの間にかジョンはわたしよりイシュクトに詳しくなっていた。

「どういうルートを通れば入れる確率が高いか、定量的に評価してやる必要があるんだ」

「定量的に」とわたしは鸚鵡《おうむ》返《がえ》しをした。

「定量的にだ」とジョンが真剣な表情で応えた。

彼の検討によると、イシュクトに入れたという報告があった場所を、短いスパンで数多く訪ねるのが一番いい。シリアは論外で、そもそも生きて帰れる可能性が五割を切る。そうすると結局のところ、パキスタンが妥当なのだという。

「ふむ」

と曖昧に頷き、ジョンに目を向けた。

今日のTシャツは、シュレーディンガー方程式だった。


(*049)

【シュレーディンガー方程式】シュレーディンガーの猫で知られるシュレーディンガーさんによるもの。量子力学における基本的な方程式であるらしい。

わたしがイシュクトを目指すと知って以来、ジョンはこうして積極的に協力をよこしてくる。そのこと自体はありがたいのだが、しまいにはついてくると言い出すのではないかと一抹《いちまつ》の不安があった。そして、その不安は現実のものとなった。

さらに数日して、ドーナツショップを辞めたとジョンから連絡が来た。

「きみの親父さんに頼まれてね」

電話口のジョンは、心なしかうきうきした口調だった。

「それで、きみの旅に同行することにしたよ」

父の顔が思い浮かんだ。想像のなかの父は、白い歯を見せて親指を立てていた。なぜだかわからないが、無闇に腹立たしく感じられる。

その晩、妙な夢を見た。

一週間のはずのサマーキャンプがどういうわけか終わらず、参加している皆で、抜け出す方法を探るというものだった。キャンプは百日目を迎え、そして二百日目を迎えた。その間、刑務所を抜け出してキャンプ場に迷いこんだ殺人鬼と闘ったり、不良で知られているチャドという同級生が桜の木の下で悟りを開いたりした。最終的にはチャドのお告げによって、時空の輪を閉ざしていた首謀者の存在にまでたどり着き、そのあたりで大団円を迎えた。

目が覚めてから、父が昨晩やっていた日本のゲームを後ろでぼんやり眺めていた影響だと気がついた。一度気がつくと馬鹿らしかった。しかし、なぜだろうか。もしかしたら自分は本当にイシュクトにまで行くことになるのではないかという気がしてきた。

なんとなくの受け身で進めた旅の準備だった。本当のところ、わたしはイシュクトに行く気などなかったのだ。そのことに気がついて、しばらく、わたしはベッドの上で呆然《ぼうぜん》と壁の模様を見つめていた。

(*050)

【チャド】例のチャドくんである。

【iPod shuffle】なんとなくアップル社製品に偏見を抱いていたところ、Nくんという職場の後輩が「iPod shuffleを買ったんですよ！」と本当に嬉しそうに自慢してきたことがあり、こちらまで嬉しくなってしまい、以来、ぼくのアップル社への偏見がやわらいだ。

(*051)

9．緑の感謝祭

　昔、観光客からもらったiPod shuffleが七十年代のイギリスのポップスばかりを流すようになったので、これは何かの前兆に違いないとラクパ・デベンは空を見上げた。イシュクトのベースキャンプ付近は標高三千メートルを超える。山々は低い曇り空に隠れ、遠くから雷鳴が聞こえてきていた。

　ラクパはポーターだ。

　イシュクト山を登りたいという酔狂な旅行者の要望に応え、荷物を担いで山に入るのが彼の仕事になる。もう、この道二十年だ。このごろは、荷物の背負いかたも、標高とは何かも知らずに山に入る若いポーターも増えた。加えて、娯楽のためだけの重いハードカバーの本やワインのボトル、酒宴で演奏するための太鼓《ジャンベ》まで持たせる西欧人も多い。

　山は荒れ、未熟なポーターや不要な荷物のせいで落命する者

(*052)

【ラクパ・デベン】この人はもう出てこないので憶えなくていいです。

も年々増している。このことを思うとラクパの心は痛む。

ラクパは自分の民族が何かを知らない。

イシュクトの周囲には五十を超える民族があり、これにアレキサンダーの遠征軍の末裔を名乗る者や、迷いこんだまま定住した旅行者、さらに迫害から逃れてきたヤズィーディー教徒などを含めると、ゆうに二百、三百はあるという。

この問題が地方の統治を妨げているのだが、どのみちアジアからはパキスタン、中東からはシリア、アフリカからはモロッコが領有を主張し、実効支配をするのは代々この地に住まう老婆たちからなる七人会議である。そして明文化されたわけではないものの、七人会議には各国も一定の敬意を表している。

このことには経緯があり、というのも、かつてこの地に迷いこんだカダフィ大佐(*053)の私兵の小隊が七人会議の令によってミルク粥を振る舞われ、丁重にリビアに送り返されたことがあり、この報告に甚《いた》く感銘を受けたカダフィは、事件のあった三月七日を〝緑の感謝祭《アイデシュクル》〟と名づけ、新たな国民の祝日とした。

各国としてもいつ自分たちの領民がこの地に迷いこむかわか

【カダフィ大佐】リビアの元最高指導者。毀誉褒貶のある人物だけれど、ぼくはカダフィが嫌いではなかった。ぶっ飛んだアイデアが素晴らしく、その最たるものは、主著の『緑の書』におけるイスラムとアラブ民族主義と社会主義の融合ではないだろうか。イスラエルとパレスチナを「イスラチナ」という一つの国にしろ、と発言したというのも頷ける。

らず、そしてその際は土地の人間を頼らざるをえないわけだから、それぞれにイシュクト地方の領有を主張しつつも、暗黙のうちに七人会議の統治を認めているところがある。

ポーターの資格は、この七人会議の名のもとに認定される。ラクパの持っている認定証は、サマルカンドから流れてきた紙漉《かみす》き職人が作った紙にレーザープリンターで印字がなされたもので、七人会議全員の名と、九十八人目という通し番号が振られている。

このごろは無資格の者も多く、昨日までクスクスを丸めていたような北アフリカの流れ者や、生まれてこのかた山など見たこともないというトルクメニスタンの沙漠の遊牧民なども紛れており、旅行者としては注意が必要なところで、なかにはポーターとは名ばかりの、チャイに睡眠薬を混ぜて身ぐるみを剝ぐ強盗も含まれる。もっとも、どのポーターを選ぶかは旅行者自身の眼力と自己責任によるとも言えるわけで、これもまた山の一期一会と黙認されている節《ふし》もないではない。

こうしたポーターもどきと比べてしまうと、ラクパの収入は低い。

危険な登山行を年に何度も繰り返し、それでも一家五人をなんとか支えられる程度だ。太陽フレアの活動が活発となり、イシュクトへの旅行者が減る時期などは、年を越すためのうどん《トゥクパ》に困ることさえある。

ときには、彼の何年分という収入を一度に得る悪いポーターを羨む。それでも、彼は彼の仕事に誇りを持っているし、そういう悪党は山道に煙草《たばこ》やペットボトルを投げ捨てる旅行者たち以上に聖山を荒らす存在であると考えている。

イシュクトを訪れた旅行者は、皆、巡礼者であるとラクパは見なす。

そうである以上、自分の経験と知識を総動員し、最高の体験を持ち帰ってもらいたい。とはいえ、彼の昔ながらの仕事のやりかたが肌に合わず、やれ食事が不味《まず》い、英語が下手だ、コカ・コーラの準備がなかったと、ラクパのホスピタリティの不足を訴えるSNSの記事を目にすることも少なくない。

そんな折、ラクパを慰めるのは彼の妻だ。

(*054)

【コカ・コーラの準備がなかった】アメリカ時代に友人を家に呼んだとき、その弟がついてきたことがあり、母がオレンジジュースを出したところ、「これだけ歩かされてコーラもないのか！」と弟が叫び、以来、弟は出入禁止となった。斯様に彼らはコーラを好む。

気にすることはない、と妻はラクパを慰める。曰《いわ》く、あなたはやるべき仕事をしているし、心ない者たちもいずれは気づく日が来る。イシュクトの神は、すべてを見ているのだからと。

もっともコカ・コーラについては、顧客の要望に応えて二年前から導入することにした。

この黒くて甘い水の味はラクパにはわからない。彼が好むのは、古くから嗜《たしな》んでいる四石稗と米から造った濁酒《どぶろく》だ。しかし、喜ぶ旅行者たちの顔を目にすれば、これはこれでよかったようにも思える。

世界は変わる。この点は、彼と彼の一家を取り巻くイシュクトにおいても同じことだ。しかしそれは、必ずしも悪いことばかりではないのかもしれない。

(*055)

【四石稗（シコクビエ）】この雑穀は実在する。現地の人がやっている南アジア食材店が高円寺にあり、日本語を話せるおかみさんがいないときは、家族とおぼしきあんちゃんが店番をする。そのあんちゃんに、チャパティを焼きたかったぼくがアタ粉という粉をくれと言ったところ、とりあえず適当に彼が選んだのが四石稗の粉であった。せっかくなので食してみようとしたが、湯掻いて練る以外に思いつかず、難儀した。

10. 幻の鳥

ティト・アルリスビエタはコンピュータの電源を落とすと、深く嘆息した。

隠遁《いんとん》したつもりで、忘れようとしていたこと。あるいは、いつか向き合わねばならないと思いながらも、ずっと記憶の隅に追いやっていたもの——かつてのイシュクトへの旅のことが、当時の景色や匂いとともに、ありありと脳裏に甦《よみがえ》ってきた。タンジェの潮風が窓から吹きこみ、薄くなった髪を揺らし、放置してあった机のレシートの束を吹き飛ばした。

ティトは自問する。

あのとき自分は何を得て、何を失ったのだろう?

明白だ。イシュクトは、当人の望むものを与えるとともに、もっとも貴重なものを奪い去る。当時、ティトはそれを自分の命だと思っていた。自分の命など安いものだとも思った。だ

【貴重品袋】パスポートや現金などを入れて腹に巻く。昔はトラベラーズ・チェックなるものがあり、紙幣のような一綴りの紙を先に買い、そこに当人がサインすることで現金化できるという、いわばアナログのプリペイドカードがあった。買った本人しか現金化できないから、現金のほかにこれを持っておけば、いざというときにも安心ということである。が、これはもうない。二〇一五年に中央アジアに取材へ行ったとき、当然のようにトラベラーズ・チェックを作ろうとして、ありませんと言われたときは、時代が変わってしまったと衝撃を受けた。

(*056)

が、そうではなかった。

ティトは気怠《けだる》く立ち上がり——膝の古傷が痛んだ——乱暴にクローゼットを開ける。

畳みもせずに押しこんだ洗濯物が、小さな雪崩《なだれ》となってこぼれ落ちてきた。苛立ちを抑えながら、ティトはクローゼットの衣服を摑《つか》んでは、穴でも掘るように後ろのベッドに放った。

見えてきた。

ずっと捨てようと思いながら、捨てられなかったもの。いや、日々の怠惰のうちに、捨てようとさえ考えなかったものか。

ウルディンと旅をしていたころの、あのバックパックだった。

開けると、黴《かび》の香りとともに、季節感のようなものが立ち上ってきた。あてのない放浪をしながら、それでいて、もっとも物を考えていた季節が。黄色く変色した貴重品袋や、期限をとうに過ぎた抗生物質、東南アジアで

(*057)

【東南アジアで作らせた偽の学生証】世界各国の交通機関などで学割が使えるため、旅行者は東南アジアで偽の学生証を作ることがあると聞いた。実物を見せてもらったこともある。

作らせた偽の学生証、劣化して使いものにならなくなったビニール紐が目に入る。

貴重品袋を腹に巻いてみようとした。突き出たティトの腹にはベルトが短かすぎ、まもなく劣化したホックが壊れた。

自分に、ふたたびイシュクトに入る権利があるだろうか。異界への白兎《ホワイトラビット》の役目を果たしてくれたウルディンは、もうこの世にはいない。否。自分が殺したのだ。暮らしに倦《う》み、澱《よど》み、ただ忘れることばかりを考えてきた自分を、イシュクト——あの偶然の聖地は、果たして受け入れるのだろうか？

袋を投げ捨て、窓の前に立った。

窓の外には、城塞都市の趣きを残す迷路のような白いタンジェの街並みが広がっている。これまで、街並みを見て感慨を抱くことはあった。だがそれは、やがて失われゆく景色への感慨、摩耗《まもう》した人間に残された最後の感慨にすぎなかった。

今回は違った。

タンジェは美しかった。確かに、ティトはそう感じたのだ。怜威と名乗るあの日系の若者と話すうちに、ずっと内奥に押

(*058)

【城塞都市（カスバ）】敵から侵略を受けた際に備え、迷路状になっている街。幼児のころに親がよくエト邦枝の「カスバの女」を歌っていて、いまだに耳に残っている。ぼく自身、暗記して歌うことができたらしい。

【ジブラルタル海峡】地中海の入口となる海峡で、ヨーロッパのスペインと北アフリカのモロッコによって挟まれる。一番狭いところで十数キロ、泳いで渡ることもできるというので、なんだかわくわくする。しかし泳いだあと入国管理はどうするのだろう。引き返すのかな。

(*059)

しこめていた感情や本能が甦りつつあった。まったく同時に、ティトの理性はこうも考えた。こんなものは、一時的に相手から若さを収奪したようなものにすぎないと。

どうせ明日になれば元通り、大麻樹脂《ハシシ》で澱んだ頭で、若い女の旅人にちょっかいをかけたり、クロスワードを解いたりしているに違いない。そうだ。それこそが、これまで自分が望んでいたことではないか。

そのとき、一羽の鳥が目に入った。

毎年この時期、ジブラルタル海峡を渡るコウノトリだった。いや、少し季節を外れているだろうか。その季節外れの渡り鳥はティトには見えない風のレールを伝い、舞い、やがて窓枠の外へと消えた。あるいは、それは幻覚であったのかもしれない。自分が見たいと思うものを、勝手に見たような気になっただけであるかもしれない。だが、そうだとしても――いや、そう考えるならばなおさら――自分はそれを、奥底で見たいと願っているのだ。

膝の痛みを気にしながら、ティトはバックパックを担いでみた。思いのほか軽かった。軽いのは当然だった。バックパックは古くなり、安物の生地が破れ、ティトが担ぐや否や、底が抜けて内容物をすべて床に吐き出したからだ。

「……これは、神が俺に行くなと言っているな」

そうつぶやいてから、ティトは苦笑した。

このごろ、すっかり独言が増えた気がする。そして自分の言と裏腹に、ふたたびコンピュータを立ち上げ、Amazon.comを通じて新たな青いバックパックを発注した。

11. レタとファナ

レタは幼馴染みのファナに対して、いつも引け目のようなものを感じていた。

そういうことは相手にも伝わるものなのか、二人とも、「ねえ」「だよねえ」と話を弾ませながらも、ときおり、あたかも二人のあいだに透明な深い溝が横たわっているかのような、両者にしかわからない愁《うれ》いを帯びた表情を互いに覗かせることがあった。

出会ったのは、スペインのアンダルシア地方の小学校。

仲良くなったきっかけは、もう思い出せない——というのは、嘘だ。

あるときファナが、自宅の地下室から発掘してきたという、賞味期限を十二年も過ぎた鰯《いわし》の缶詰を弁当に持ってきたのだ。

それはどうかと思わず指摘をすると、

「日本ではこれを鮒寿司といって珍重するのだ」

と、怪しい知識を披露して頬を膨らませる。

それがいつの間にか、何をするにも一緒になった。缶詰の話を抜きにしても、ファナは小さなことにこだわらない。自分が神経質だと気にしていたレタは、実は、前々から仲良くしてみたいと思っていたのだ。

ファナは目が大きく、小柄で、あまりにも身長差がちょうどよいものだから、レタは最初、相手の肩に自分の肘を乗せるようにして話をしていた。ところが、ファナからすればそのことが耐えがたかったようで、一ヵ月ほど経ったある日、

「それ、やめてくれないかな」

と、おずおずと切り出してきた。

物事を我慢せず、すぐ口にするほうであったレタにとって、この一件は衝撃とともに記憶され――それは最初、ファナの人柄を示すエピソードであったのが、やがて鈍い痛みとともに思い起こされることとなった。

レタの本職は、レストランやバーの雇われダンサーだった。

対して、ファナは算数の教師。けれど、本当のところ、ダンサーを志望したのはファナのほうが早かったのだ。彼女は昔から踊るのが好きで、音感もリズム感も、自分とは比べものにならないとレタは感じていた。地元の民謡を歌いながらステップを踏むファナを、羨望《せんぼう》とともに眺めたものだった。ところが思うように身長が伸びず、ファナは道を諦め、逆にレタがその道を進むこととなった。

天は人に一物どころか、二物も三物も与えることがある。そのかわりに、ほとんど必ずと言っていいほど、夢や能力は適材適所とはいかない。(*060)

だから――レタは、まるで自分がファナの夢を簒奪《さんだつ》したかのような、あってはならないただ乗り《フリーライド》をしているかのような、言いようのない罪悪感を覚えているのだった。この感覚を、レタは「穴」と呼んでいた。楽しい気分でいたはずが、突如、目に見えない落とし穴に落ちるかのように、この考えが頭をよぎるからだ。

雨の日や、朝晩の気温差の激しい日などに、穴はしばしば姿

【夢や能力は適材適所とはいかない】二十歳過ぎのころ、店番の同僚のバンドマンと話していたこと。知人にベースをやらせてみたら、いい感覚を持っているのに、ろくに練習もしないし音楽への情熱もない。確かそんな話であった。才があるのにやる気のない人もいれば、その逆もあってままならないという話。たぶん、ぼくたちは自分を後者だと感じていた。

を現す。

ときには客たちの前で舞い踊っている最中にも。目聡《めざと》いオーナーがレタの仕事ぶりを観察していたときなどは、そのせいで失職することもあった。

気にする必要のないことだとは、自分でも思う。だが、踊り子としての志とでもいうか、自らのありように深く関わることでもある。仲良しのファナも、おそらくは、レタが何を考えているかを察している。それが、二人のあいだに横たわる透明な溝の正体だ。

そのファナについては、もう、何処《いずこ》に住んでいるかもわからない。

いま、レタは右足に義足を嵌め、インド舞踊の教師として働いている。

最初は小さなスタジオを借りてフラメンコを教えていたのだが、思うように生徒が集まらず、やがて借金もかさんできた。唯一残っていた生徒が、おずおずと「教室を辞めたい」と切り出した晩、テキーラに酔った勢いで看板を「本場インド舞踊」


【インド舞踊】妻がバンドのダンサー時代に習っていたと聞いて。

(*061)

と附け替えたところ、翌週には五人の申しこみが来た。夢や能力は、適材適所とはいかない。

レタは慌ててインド舞踊のDVDを取り寄せ、一夜漬けでそれらしい動きをマスターし、生徒たちも彼女を真似てそれらしい動きを覚えた。たちまち教室は人気となり、翌年には教え子に暖簾《のれん》分けをする形でマドリッドに二号店をオープンした。どうやって知ったのか、ファナからは祝電が来た。

「偶然の聖地」と表紙に題されたノートを開き、レタはペンを手に書きつけはじめる。

イシュクト山――あの偶然の聖地は、自分にとってなんであったのだろうか。

川下りの最中、期せずしてイシュクトへの入境が許されたあのときも、レタはファナの肩にだけは触れずにいた。小学校でやめてくれと指摘されて以来、一度として触れたことのない肩だった。

登頂してみようと言い出したのは、誰だったろう。

向こう見ずなところのあるファナか、それとも、「俺はサンスクリット語を話せる」だなどと豪語していたあの胡散臭《うさんくさ》い同郷の男か。いや、誰であってもいい。過ぎたことであるし、自分も反対はしなかったのだから。

無謀な登山行は、最悪の結果につながった。

七合目付近でブリザードに見舞われ、ウルディンと名乗っていた陽気な男は尾根から滑落《かつらく》した。それでも、こう言ってしまって許されるなら、レタはあの山に密かに感謝をしている。凍傷にかかり、やがて膝から下を切り落とすことになる右足を庇いながら——ファナの肩を借り、下山を果たしたからなのだ。

12. ワームホールのある密室

多少心許ない相棒のジョンとともにわたしが南アジアへ発ったころ、実家ではちょっとした事件が起きていた。

父の勇一は、わたしという遊び相手を失って退屈になったのか、しばらく家庭菜園に凝ったり跆拳道《テコンドー》の教室に通ったりしたのち、ある朝、食卓の隅にいつもヘッセの詩集が置かれていることに気がついた。

「これは……」と食後、勇一が本を手に取った。「怜威の忘れものか？」

「たぶんね」と母のイヴリンが答えた。「戻しておいておやりなさいよ」

「俺が？」

眉をひそめながら顔を上げると、かつてはサンタマリアのマリアンヌ・フェイスフルと呼ばれたイヴリンの、アルカイッ

(*062)

【アルカイック・スマイル】古代ギリシャの彫像に見られる表情で、感情を抑えつつも微笑を浮かべさせたもの。ところで負の感情を圧し殺す「ジャパニーズ・スマイル」は海外で顰蹙を買うとよく聞かされるが、世界各国でぼくは現地の人のジャパニーズ・スマイルを見た。

ク・スマイルが待っていた。

渋々と頷き、勇一はとりあえず洗い物をした。あと少しで終わるというところで、天井に設《しつら》えられた換気扇から古い油が滴り、洗ったばかりのフライパンに落ちた。

見なかったことにして、勇一はキッチンペーパーで油を拭い取った。

それから、本を片手に階段を登り、二階のわたしの部屋の前に立った。習慣的にノックをしてから、自分が意味のない行為をしていることに気がつく。部屋のドアは外開きで、小癪《こしやく》にも鍵がかかっていた。そこでピッキングによって解錠を施し、どうだとばかりにドアを全開にした。

向こうにあったのは、純白の山の斜面だった。

イシュクト山の吹雪《ふぶき》が部屋から一気に噴き出し、たちまち、勇一とその周辺を真っ白にした。見なかったことにして、勇一はふたたび扉を押し閉めた。

「怜威も、ずいぶんそそっかしいもんだな……」

身体についた雪を払いながら、勇一は独りごちた。

(*063)

【換気扇から古い油が滴り】ちょうどこれを書いていたころにアパートで起きた現象。夫婦で難儀し、結局、近所のホームセンターでフィルターを買ってこれに対応した。

(*064)

【独りごちた】ちょうどこの文庫の校正作業中、実は誤用であるらしいとSNSで話題に。なんと。せっかくなのでそのままとした。

「ちょっと待てば、ここから直接行けたんじゃねえか。どっちに似たのかな?」

もう一度、ノブに手をかけた。

今度は、何事もなくわたしの部屋に通じた。が、はたとその足が止まった。

「なあ、ハニー」

吹き抜け越しに、一階のイヴリンに声をかける。父は母をハニーと呼ぶのだ。

「はいはい」と面倒くさそうな返事があった。

「怜威のやつなんだが、あいつは鍵をかけてから出国したんだよな」

「さあ……」

「これまで、何かおかしな兆候はあったか? 猫を殺して画像をウェブに上げてたとか」

「なに馬鹿なことを言ってるの」

「いや……」

勇一は軽く頭を掻いた。

「なんでもない。愛してる」

部屋のなかに目を向け、やれやれ、と勇一はつぶやいた。そういえば、怜威の部屋を見たのは何年振りだろう。いつからか鬱陶しがられ、部屋に入れてもらえなくなったのだ。

子供向けの学習机(*065)が一つと、ベッドが一つ。小さな書架。そして、床に死体が一つ。


（図／勇一・イヴリン邸2F）

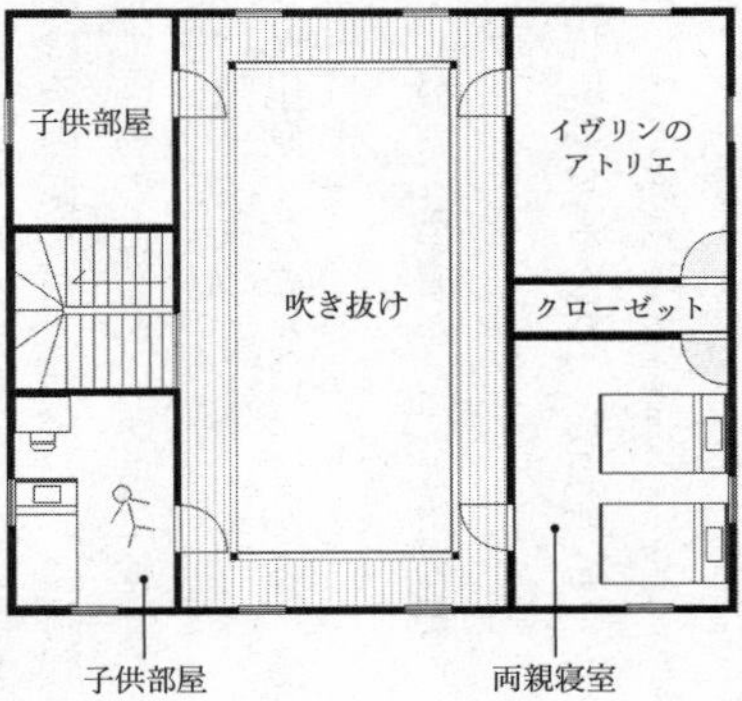

【子供向けの学習机】そういえばアメリカにもあるのだろうかと疑念がよぎったが、外国のギムナジウムを描いた萩尾望都『トーマの心臓』にも「跳び箱」が登場するし。

オリエンタルな民族衣裳に身を包んでおり、老人だと思われたが、問題はその様子だ。死後だいぶ時間が経っているのか、ミイラ化しているのだ。からからに乾燥した目を見開き、男は物言わず横たわっていた。

イヴリンが出勤するのを待ってから、勇一は警察に電話をかけた。

まもなく、最寄りの署から二人組の警官がやってきた。

「ああ――」

と彼らは現場を見るなり、嘆息するような声を上げた。

「このごろ、よくあるのですよ」

「よくある？」と勇一は訊ねたが、それは無視された。

「これなどは、まだいいほうですよ。前などは州議会に動物園の虎が迷いこみましてね。知事がシュワルツェネッガーでなかったら、どうなっていたか――」(*066)

「うちの子は殺しなんかやらないぞ」いらいらしながら、勇一が相手の台詞を遮《さえぎ》った。

「みなさんそう仰《おつしや》います」と恵比寿《えびす》顔が返ってきた。「とに

【知事がシュワルツェネッガー】
わりと善政をしたという話を人づてに聞いた。

かく、鑑識があとから来ますので。いまはまだなんとも言えませんな。あ、現場に触らないように」

「本を書架に入れたいんだが……」

警官が勇一の要望を無視して、「しかし、いいお家にお住まいですな」

どうも勝手が違う。

それまで黙っていたもう一人が、家から出ないようにと勇一に命じた。手持ちぶさたに、勇一は手元の本をぱらりと開いた。「ある少女に」という題の詩が目に入る。なかなかいいことを言うな、と勇一は本に没頭しはじめた。まもなく鑑識が来た。

13. ユーチューバー探偵・勇一

やあ、みんな。しばらく更新が滞って悪かったな。前々から実況していた『闘将!!拉麺男　炸裂超人一〇二芸』のつづきを待っている物好きもいると思うんだが……いや、いないか？　まあいい。あのゲームのことは、ひとまず忘れてくれ。というか、俺も忘れたいくらいだ。あのゲームは、BGM以外、あんまり見るべき点がなかった。

今回は、おまえらに相談したいことがあるんだ。

というのも……いや、どこから話したものかな。とりあえずこの写真を見てくれ。先に言っておくが、ちょっと衝撃的な写真だ。ずばり言うと、死体が写っている。だから、その手のやつが苦手な連中は、ここで視聴をやめておいてくれ。

昼に食べたピーナツバターと苺ジャムのサンドを戻すなよ？

いいか、3・2・1……。

(*067)　【ユーチューバー】制作した動画をYouTubeで公開し、その広告収入を収入源とする人たち。このごろはVTuberといった概念も出てきて、正直なところ、もはやよくわからない。

(*068)　【闘将!!拉麺男（たたかえ!!ラーメンマン）炸裂超人一〇二芸】異常に広いマップに遅い移動速度、どこへ行けばいいのかわかりにくいゲームデザインなど、その筋でクソゲーとして有名な作。

(*069)　【BGM以外、あんまり見るべき点がなかった】あかんゲームに対してよく用いられる、ほとんど常套句のようなもの。『ファイナルファンタジーXIV』の初期版は海外において「植松伸夫の曲はよかった」と評された。

(*070)

これだ。

思ったほどじゃない？　そりゃ結構。まあ、こうしているあいだにも、中東あたりのもっと衝撃的な写真がソーシャルネットワーク経由でどんどん流れてくる時代だしな。俺もよく心を痛めているもんだよ。それで言うと、こいつは政治とか社会問題とは関係のない、俺個人の、俺にとって困った問題でしかない。というのも、この写真、俺の自宅の二階のものでね。

いや、通報するのはちょっと待ってくれ。

それは俺がもうやったし、すでに警察の捜査も入っている。この写真はというと、とりあえず死体が運び出される前にと、隠し撮りしておいたものでね。合法か違法かは知らんが、まあ自分の家だし構わんだろ。とにかく、不審というか、気になる点が多いもんでね。

いいか、拡大するぞ。

わかるか？　まず、この死体はミイラだ。俺の見立てじゃ、少なくとも死後数ヵ月は経過している。ここで、疑問その一。俺の家があるのは西海岸さ。湿気もそれなりにある。それが、

【ピーナツバターと苺ジャムのサンド】パンの片方にピーナツバターを、もう片方に苺ジャムを塗ってサンドする。ぱさつくサンドイッチで、知らない人には評判が悪いことが多いが、一部のアメリカ人にとってはソウルフード。遠足で持たされる弁当もこれであったりする。

どうしたってこんな綺麗なミイラになっちまうのか。いるだろう、詳しいやつが？　どういう条件が揃えばどうなるとか、今回は、おまえらのそういう知恵を借りたい次第でね。

そして、疑問その二。

こいつが、俺にとっちゃ大問題なんだが……部屋の内装でわかったやつもいると思うが、ここは子供部屋なのさ。と、こいつは先に言っておく必要があるな。俺は、自分の餓鬼《がき》を信じている。手塩にかけたってほどじゃないが、目に入れても痛くない程度ではある。ところが、その子供がどこにいるかというと、友達とパキスタンだかどこかに出ていてな。

そうすると、なんだ？

さすがの俺にも、どういうシナリオが想定されるかはわかる。殺人を犯し、死体を残して国外逃亡をした、とね。っていうか誰だってそう思うよな。なんでパキスタンかはともかく、まあ、警察もその線で捜査をしてるんじゃないかな。たぶんだけどな。

さて、そろそろ、俺が何を言いたいかわかってきたな？

そうだ。俺は自分の子供が人を殺したとは、思わない。親ってのはそういうもんでね。俺はこう考える。うちのかわいい餓鬼が、何かよからぬ冤罪《えんざい》をかけられているとな。ああ、おまえらの言いたいことはわかるよ。こいつは、まったく客観的とは言えない。だが、ことによると主観的ですらなくてね。俺の立場からすれば、これはただの事実なのさ。

そんなわけだから、俺は俺の子供を信じている。

ところが、今回ばかりはわけがわからないことだらけさ。で、俺は面白くもないゲームを実況することはできても、推理だとか、ええと、なんだ。演繹？(*071) についてはからきしさ。そこで、おまえらの力を借りたいのさ。

だいたい、普通、ミイラは御家庭にあるようなもんじゃないよな。誰かを殺して逃げるとしたって、メキシコあたりなら、なんとなくわかるが、パキスタンにゃ行かねえだろ。あと、あれだ。もう少し、死体を隠すとか、ちょっとずつ細切れにして下水に流すとか、何かしらの努力をするもんだろ。俺ならそうする。いくらなんでも、ずぼら過ぎるだろう？

【演繹（えんえき）】昔mixiというSNSが流行っていたころ、後輩から「宮内さんは（言ってることは滅茶苦茶なようだが）演繹して書いています」と言われた。括弧内は被害妄想かもしれないが、ぼくの持論として、被害妄想というのは、おおむね当たるようにできている。

【オブジェクト指向】このあたりの説明はもう少し知りたい人に向けたものなので、特に気にせず、呪文のようなものが並んでいると思っていただけるとありがたい。オブジェクト指向はコンピュータのプログラミングにおける考えかたで、いまでは基本的なものの一つ。乱暴に説明してしまうと、機械に頭から順に計算させるというよりも、個々の小さなプログラムを細胞のように働かせ、それをパーツに全体のプログラムを動かすような形を目指すもの。便利。

それから、そうだ。この死体の身元なんだが……。

警察のお偉いさんがちらと漏らしていたんだが、世界に十七人しかいない〝世界医〟とやらの一人らしいのさ。小児科医や精神科医ならわかる。世界医ったあ、いったいなんのことだい？　ウェブの百科事典にも載ってないしよ。とにかく、わからないことだらけさ。

そこで、あれさ。集合知ってやつ。

俺は、おまえらの知恵を必要としている。

現場の状況とか、知りたいことがあればなんでも言ってくれ。……と、イヴリンが帰ってきたな。おう、ハニー！　ちょっと待っててくれ！　何？　アンチョビの瓶詰がない？　それはあれさ、キッチンの棚の下段、右奥のだな……。や、変なところを見せちまったな。とにかくそういうわけさ。気がついたことがあれば、教えてくれ。いや！　そうじゃない！　下段の右奥！　ああ、わかった。行く！　行くから！

(*072)

【集合知】集合知とはちょっと違うけど、昔、チェスで五万人の投票によってチャンピオンに挑むという実験が行われ、結果が接戦となったことがあるとか。すごい。

【参照ポインタ】ある細胞が別の細胞を参照・利用する際の、いわば目次のようなもの。ここにスマートポインタという仕組みを導入すると、誰からも利用されなくなった細胞を自動的に破棄したりするようにできる。

(*075)

(*073)

14. このたびの解体子《デストラクタ》葬につきまして

一斉メールにて失礼致します。

すでにお聞き及びのことと存じますが、世界医にして医師会の会長である张海王《ジャンハイワン》氏が逝去《せいきょ》を致しました。ここに謹《つつし》んでご通知申し上げます。

葬儀告別式は下記にて営みたく存じます。

故　张海王　葬儀告別式（享年一七三）

日時　八月二日（一〇時三〇分から一二時）

儀式形態はオブジェクト指向の慣例に法《のっと》り、解体子葬と致します。

残されたわたしたち十六人の世界医が、一人ひとりお別れをし、参照ポインタが解かれたのち、ガベージコレクションによ

(*076)

(*074)

【解体子（デストラクタ）】ざっくり言うと、個々の「細胞」をオブジェクトと呼ぶ。デストラクタはそのオブジェクトが破棄される際に動き出し、諸々の後始末をする。

って解体子が呼び出され、张氏は世界の、そしてわたしたちの記憶からも消滅します。従いまして、一人でも欠けると参照ポインタが解かれず、葬儀の履行が不可能となりますため、何卒万難を排しご参加くださいますようお願い申し上げます。

注意点がございます。

式場は西安《シーアン》市兴教寺《シンジャオスー》の地下百二十七階となります。道中、悪戯《いたずら》好きであった张氏が生前に配置したトラップやモンスターが片づけられておらず、そのままとなっておりますため、細心の注意をもってお越しください。なお、エレベーターはございません。

〃変数を定義する際は、符号つきの整数を迂闊《うかつ》に使わぬこと〃という故人の遺志をここから察するのは、穿《うが》ちすぎというものでしょうか。尠くも、地図などの詳細が添付のＰＤＦにございますので、そちらも併せてご覧ください。

葬儀のあとには、ささやかながら故人を偲《しの》ぶ会を予定しております。

しかし解体子葬のあとであるので、张氏のことはわたしたち

(*077)

【尠（すくな）くも】少なくとも、とにもかくにも。言ってみたかった。

(*076)

【ガベージコレクション】誰からも参照されなくなった細胞を、適当なタイミングで破棄する仕組みのこと。破棄のタイミングが機械まかせなので、筆者はあまり好きではない。

の記憶からも消えており、いざ偲ぼうにも偲びようがないはずでして、この点は、わたしと致しましてもいささか困惑を覚えるのですが、とにかくそのような次第となっております。

遺言に従い、故人が生前に好んでいた雷声飯《レイシエンファン》をたっぷりと用意してお待ちしておりますので、ぜひこちらにもご参加ください。雷声飯とは氏の故郷の郷土料理でして、牛蒡や人参、森《もり》海老《えび》、蒟蒻《こんにゃく》などを、驟雨酒《しゅううしゅ》の麴《こうじ》とともに炒め合わせたもので、市の三つ星シェフを呼んで調理いただきます。

準備にあたってわたしも賞味致しましたが、しっかりとした海老の旨味が口に広がったのちは、爽やかな驟雨酒の香りが鼻へ抜け、それでいて素朴な田舎料理のような懐かしさも感じさせる、絶品とも呼べる料理でした。

わざわざこのことを記しましたのは、つまり、故人を忘れぬうちに皆様にお伝えしたかったからでして——解体子葬ののちは、おそらくこのメールも消滅するとはいえ——一見すると好々爺《こうこうや》然《ぜん》としながら、祖国の中国拳法を嗜《たしな》み、そして韜晦《とうかい》と悪戯を好んだ张氏の人柄が、料理から偲ばれるように感じられた

(*078)
【牛蒡（ごぼう）】中国ではあまり食されないらしいとSNS上で指摘を受けた。ごめんなさい。

のです。

世界医が一堂に会する、数少ない機会でもあります。興教寺は玄奘三蔵《げんじょうさんぞう》の遺骨が納められているとされる寺。法師の旅路へ思いを馳せ、皆で雷声飯を賞味致しましょう。

その後、臨時例会を開催しまして、新たな世界医の推薦やインスタンス化といった決議ののち、次期会長を選出する運びとなります。選出はオブジェクト指向の慣例に法り、コンクラーヴェ・パターン設計によって、新会長が選出されるまで繰り返しスレッディングを行うこととなります。

会長選出につきましては、過去、三マイクロ秒で決まった例もありますが、よく知られているように、最長で六十七年を費やしたこともあります。選出開始後は、いっさいの外部との連絡や出入りが不可能な状況となります。

例会にいっさい参加せず、すべて会長委任で済ませようとする世界医もなかにはおりますが（ロニー〝シングルトン〟ルルフェ氏、あなたですよ！）、まず原則として会長は決議に参加できないこと、そして今回はそもそも委任すべき会長

(*079)
【インスタンス化】プログラマが定義した「細胞」はそのままではいわば概念にすぎないので、プログラム実行時に実体化する。これをインスタンス化と呼ぶ。

(*080)
【コンクラーヴェ・パターン設計】プログラムはそのままでは十人十色なので、設計をパターン化して集団作業をやりやすくしようとする考えをデザインパターンという。通称、デザパタ。コンクラーヴェはローマ教皇を選出する選挙システム。

(*081)
【スレッディング】同時進行する（かのような）プログラムを複数同時に走らせること。「かのような」とした理由は、本当はコンピュータは一度に一つのことしかやらないけれど、OSが同時進行してるっぽく処理してくれるため。

(*082)

がいないことにご注意ください。

まだ会長選出を経験したことのない、若い世界医のかたは、あらかじめ会則18―2の附記（コンクラーヴェ・パターン設計による会長選出）を参照くださいますよう、念のためお願い申し上げます。

要するにだ。

とにかく出てこい、野郎ども！　間違ってもサボったりすんじゃねえぞ!!

ジェルヴェーズ・M・リゴー（一級世界医、医師会事務）

【シングルトン】デザインパターンの代表例の一つ。定義されたオブジェクトを一つ以上実体化できないように設計し、唯一無二のものにすること。

15．宇宙エレベーターを奏でる巨人

秋のあとに訪れる一時的な短い春、旅春《りょしゅん》の条件については、太陽コロナが原因だと唱える者や地磁気に原因を求める者、いや中秋節に十数億の中国人がいっせいに祝いのジャンプをするからではないかと混ぜっ返す者と、古くから諸説が入り乱れていたが、いずれもが仮説の域を出ず、いまのところ、思わしい観測結果が得られたという事実もない。いずれにせよ旅春は時空の側がかかる病であるので、回避は難しくとも、せめて予測できるようにしたいというのが人類共通の願いである。

このような気候現象の常として、各地には旅春にまつわるさまざまな伝承がある。

たとえばチベット出身の非業《ひごう》のチェリスト、ドージェ・ナワンの逸話である。

ナワンは現地での信頼が篤《あつ》く、また政治的な発言も厭《いと》わなか

(*084)【太陽コロナ】太陽周辺の散乱光や太陽表面付近のガス層を指したはず。「太陽フレア」と間違えている気がしてならない。

(*083)【宇宙エレベーター】静止軌道ステーションまで三万六千キロメートルにも及ぶ、宇宙に通じるエレベーター。ケーブルは地球の引力と遠心力とで釣りあい、いわば宙に浮かぶ形となる。現状の技術で実現可能だとか。

【チベットが独立さえしていればノーベル平和賞をも獲得していた】このチェリストにはモデルがいる。ウイグルの詩人、アフメットジャン・オスマンである。(中国の自治区にあたる) ウイグル出身でさえなければノーベル賞を取っただろうとも言われた人物で、訳書に『ああ、ウイグルの大地』(左右社) がある。

(*085)

ったため、チベットが独立さえしていればノーベル平和賞をも獲得していただろうと噂されてきたが、今世紀のはじめに忽然《こつぜん》と消息を絶ち、それから一年余りが過ぎたところで、何者かの手によって拷問死を遂げた彼の死体が、ラサのポタラ宮前広場で晒《さら》されているのが発見された。

そのナワンの怨霊《おんりょう》が、巨人となり、宇宙エレベーターを奏でるというのである。

というのも、中国政府がチベット高原の西部に作った四十キロ四方ほどの西藏《チベット》宇宙基地は、立ち入り禁止区画、かつ高所ということもあり、主にカルト系のバイラルメディアなどによって、宇宙エレベーターがすでに建造されているという噂が絶えない。

斯様《かよう》に巨大な建造物があれば、少なくともアメリカのペンタゴンとかは把握しているであろう、むしろそのような予算があれば彼《か》の国はもっと空母とかを建造するであろう、というよりそもそも目視できるのではないかというのが大方の見解であるが、前者二つはともかくとして、宇宙エレベーターは幅にして

(*086)

【ラサ】七世紀建造のチベットの古都。

(*087)

【バイラルメディア】ユーザーが拡散したくなる情報を発信し、ネット上で広まることを目指すサイト。とにかく大量に作られるので、やっつけやパクリやフェイクも少なくない。

数センチというリボン状の素材を、引力と遠心力によって吊るす方法が有力であるから、かくも細い建造物を基地外部から目視することは難しい。

なぜ、その噂とナワンが関わってくるのか。

旅春が来る前に、おーん、おーん、と深く物悲しい響きが、基地の方面から近隣の村に聞こえてくるというのだ。

そして宇宙エレベーターは静止軌道ステーションまで三万六千キロほどの長さがあるとはいえ、一本の長い弦と見なすことができ、弦である以上は、バイオリンやチェロのように演奏ができる。それを、音楽家としての執念か、あるいは自らを殺害した者への宿怨か、死して巨人と化したナワンが、どこから来て、どこへ帰っていくものか、この長大な弦を楽器に見立て、夜、奏でているのだという。

しかし、一言に弾くと言っても、何を用いて弾くのか。

巨大な弓か。

バイオリンやチェロの弓は馬の尾であるわけだから、すると全長何キロほどの巨馬を要するのか、あるいは弓に塗るための松脂《まつやに》を確保するために、何万本の松を犠牲にする必要があるのかと疑問は絶えないが、これは重箱の隅というもので、わざわざ算出するまでもなく、やはりこの世ならぬ巨人が弾くわけだから、この世ならぬ弓であるのだと考えるのが妥当であろう。

第一、何万キロという長さの弦である。弾いたところで、人間にとっては極低音の不可聴域となる。どちらかと言えば、嵐である。だからそれは、いわば神のための音楽であって、我々人間としては、まるで神の音楽の分け前をいただくように、その倍音成分のみを耳にするということになる。

ナワンの墓はない。

身体は魂の乗り物に過ぎないという信仰に基づき、彼の遺骸《いがい》は風葬に附され、以降、わずかな名声と謎の巨人伝説が残ったばかりである。彼に限らず当地に墓のない者は多く、それには高地ゆえの土の硬さや薪材の不足も関係しているという。

あるいは、過去に非業の死を遂げたあらゆるチベット人が風となり、旅春の前にいっとき寄り集まって幻の巨人をなし、一夜の音楽を奏でるという見方もできなくはない。

しかし、いずれにせよ確かであるのは、おーん、おーん、という真言《マントラ》の唱和とも獣《けもの》の声ともつかぬ響動《どよ》めきが、旅春の前に西藏基地の近隣に聞こえてくるという一点のみである。

また、この音を聞いた山羊は乳の出がよくなるという話が(*088)当地には伝わっており、この時期、遠くから山羊をつれて訪れる酪農家は跡を絶たない。さらに婦人は多産に、芸術家は多作になるということだから、子宝に恵まれなかった者や、一縷《いちる》の望みをかけた画家や作家が、神からの分け前を得るため、晩秋に五体投地をしながら西汇近隣の村に集まってくる。

　したがって中国の一人っ子政策が廃止された年などは、周辺はてんやわんやとなり、交通が麻痺《まひ》した上に宿が足りず、結果、街道沿いには色とりどりのテントが集まり、その様子は国際宇宙ステーション《ISS》からも目視できたというが、これもまたカルト系のバイラルメディアに流布《るふ》するデマである。

あるいは、巨人であればISSからの目視も可能かもしれ

【音を聞いた山羊（やぎ）は乳の出がよくなる】実話に基づく。この章を書いたころ知り合った南陀楼綾繁さん（フリーの編集者、文筆家）はドラムを嗜んでおり、若いころ近所の農家から「牛の乳の出がよくなるから」と、乳搾りの現場でのドラム演奏を頼まれたのだとか。そして実際に乳の出がよくなったとのことで、なんとなくこの世は捨てたものではない。

ないが、やはり巨人伝説などありえないことなのか、はたまた、そんな報告などしようものならミッションから外されるからか、現在までのところ、少なくとも公式のものとしては、そのような報告は存在しない。

16. プログラマ、天を動かす

冷え切った風が頬を凍らせた。

澱《おり》のような霧が夜闇《やあん》の底に沈み、周囲は雪融けの濁流を思わせる轟音に満ちみちていた。音の正体は、振動だ。宇宙エレベーターの弦が強風を受け止め、震え、音の嵐を地上に巻き起こしているのだ。

だが耳を澄ませば、その嵐の奥に、ときに歌い上げるような、つんざくような高音が紛れこんでいるのがわかる。これは弦の振動の倍音であるのか、それとも巷間《こうかん》で噂される巨人による見えざるチェロの演奏であるのか。

咳が出た。

泰志は固い地面にストックを突き立て、息を整えた。肺が凍りつくようで、浅い呼吸しかできない。虚ろな視線を宙空に這わせた、そのときだった。

(*089)

【プログラマ、天を動かす】
島田荘司氏の文体を真似ようとして、途中で諦めた。

おお、なんということか！　はるか頭上、霧を通した向こうにそれはあった。まるでこちらを見下ろすように、赤い、大きな二つの目が輝いているではないか。

「ふむ」

鼻を鳴らしたのは、隣に立っていたロニー〝シングルトン〟ルルフェだ。

「こいつぁ、また厄介な旅春じゃねえか。え？」

旅春というのは、秋の終わりに訪れる一時的な短い春のこと。人間ではなく、時空の側がかかった精神疾患であると言われるが、その原因はさまざまにある。こうした季節の病に限らず、世界各地で起きる奇妙な現象を、泰志たち世界医は総称して旅春と呼ぶ。

また咳が出た。

「直せますかね」

「二人がかりならな。ま、俺に言わせりゃ、中共のほうがよっぽど旅春めいてるがな」

【カトマンズの日本食店のカツ丼】かつてインドからネパールに入ったとき、日本食の再現度の高さがほとんど感動的であったのを憶えている。インドにも日本食はないことはないが、料理人が基本的にバラモン（僧）であり（当地ではカーストの低い者が作った料理を食べることができないため）、その地位の高さから創意工夫を怠るのだという説を聞いたことがある。

(*091)

「剣呑な話はやめてください」

そもそもが予定外の旅程だった。

西安《シーアン》で行われるという世界医師会会長の解体子葬《デストラクタ》に出席するにあたって、ついでに噂の巨人とやらを見に行こうとロニーが言い出したのだ。しかし、見に行くといっても、まだ巨人が現れる季節ではない。地理的にも辺境で、交通の便も悪い。

「いま行っても、現れてくれないんじゃ……」

「何。再現するさ。それだけ大きな現象ならな」

気の進まない泰志の目の前で、ロニーはおおらかな表情で二人分のエアチケットをキャンセルしてしまった。かわりに、ネパール行きの飛行機が手配された。チベットへは、陸路でヒマラヤを越えて向かえばそれでいいという。

わざわざネパールを経由するのは、カトマンズの日本食店のカツ丼が目当てだそうだ。

「親心さ」

泰志の抗議に対し、ロニーは眉一つ動かさずに語った。

「おまえだって、もう西海岸の日本食店にはこりごりだろ

(*090)

【再現】ここではいわば業界用語。報告を受けた不具合が確認できた状態を指す。

う？」

　確かに、アメリカの日本食店は面妖《めんよう》なものが多い。

　ヒバチ(*092)と称する鉄板でシェフが炎の芸を披露したりと、独特の発展をしてきた経緯があるからだ。しかしこちらとしては、そういうものとして別に不満はない。客たちが喜ぶ姿を見るのも好きだし、とやかく言われたくはないのだが、一度こうなるとロニーは聞かない。

　かくして二人はカトマンズを経由し、予定通りにカツ丼を食し、それから狭い切り通しの山道をバスで北上し――年に一台二台は谷底に落ちるらしいぜと車中でロニーは笑った――いまやっと、チベット高原西部の宇宙基地にまでたどりついたのだった。

　いや、その前に一悶着あった。

　国境だ。

　ロニーのパスポートを手にしたチベット側の係官は、両の眉を寄せながら、旅券と目の前のロニーとを交互に見比べた。

「どのツアーに参加されていますか？」


(*092)【ヒバチ】一度行ってみたいごはん処の一つ。

「参加していない」

「当国境では、ツアー客以外の個人旅行者のかたは……」

「ついでに言うならビザもない」

ちゃんと説明すればいいものを、なぜわざわざ喧嘩を売るように応じるのかわからない。わらわらと軍人が集まってきたところで、泰志は慌てて右手に嵌めていた世界医の指輪を皆に見せて回り、ついでにロニーの右手も強引に掲げさせた。

掲げさせてから、ロニーが指輪をしていないことに気がついた。若干、血の気が引く。

「指輪、どうしたんです」

「それが、こないだトイレを掃除してたんだがよ。たぶんそのとき――」

だめだ。

結局、別室行きとなった。泰志があいだに入り、ロニーが世界医の資格保持者であることを照会してもらい、長いやりとりの末、やっと確認が済んだころには深夜になっていた。

当然、国境を越えた先にはバス一つない。

【ブレークポイント】

ソフトウェアをデバッグする際の用語の一つ。


(*093)


もっと言うなら高地の国境であるため、ひたすらに寒い。

夜明けを待つまでのあいだ、ロニーは係官が自分の顔を知らないことや、指輪などというアナログな伝統がいまだつづいていることについて、ひとしきり文句を並べ立て、そして泰志はというと風邪を引いた。

そのロニーが、いま、巨人を直視しながら詠唱に入った。

「全ブレークポイントの設定完了。権限者としてロニー〝ジングルトン〟ルルフェ、及び遠峰泰志を指定」

ちらと、視線がこちらを向く。

「いいな」

ロニーの表情は、信頼に満ちたものだ。泰志がしくじるわけがないと思っている。これがあるから、結局、言いたい文句も言えなくなってしまう。

返事をするかわりに、泰志は頷いた。

「ブレークポイント有効化」

「オーケイ。オンタイムデバッグ開始だ」

嵐が止んだ。

【ヤク】高い標高に生息するウシ目ウシ科ウシ属の動物。一度見てみたい。

(*094)

正確には、生きとし生けるものの活動すべてが。風にたわんでいた木々は、その姿勢のままぴたりと静止し、どうやってか基地に迷いこんでいたヤクが一頭、首を垂れたまま呼吸を止めた。時が止まったのだ。

その止まった時のなかを、存在ならぬ存在として、ロニーと泰志のみが駆けていく。

「一発で終わらせるぞ」

「はい」

身体が浮かび上がり、酸素や窒素の分子が、まるでニュートリノのように身体をすり抜けていく。たまらない感覚だ。

世界医にはさまざまな者たちがいる。純粋なボランティアもいれば、ロニーのような動機すら不明の医師もいる。泰志が好きなのは、まさにこの瞬間だった。これをやりたくて、世界医を志願したようなものだ。

「世界医という呼称は正確ではないな」

宙を舞いながら、ふと、ロニーがこんなことを言った。

「俺たちはいわば、波形観測器《オシロスコープ》からぶら下がった、計測用の

(*095)

【ニュートリノ】素粒子の一つ。我々を貫通して通り抜けていくため観測が難しい。質量がなく光速で移動すると考えられていたが、どうも質量があるらしいことがその後に判明したとか。

【スパゲティ・モンスター】世界は神によって創造されたもので、進化論もないとする聖書原理主義はID論とも呼ばれ、教育において進化論と両論併記で教えられることがアメリカの社会問題となった。これを皮肉り、アメリカで作られたパロディ宗教が「空飛ぶスパゲティ・モンスター教」で、その神格がスパゲティ・モンスター。

(*096)


探針《プローブ》みたいなもんだからな」

「スパゲティ・モンスターの足にも似てます」

応えると、ロニーはわずかに皮肉な笑みを返した。

「だが、いまは目の前のスパゲティ・コードだ」

頷いて目の前の法典《コード》に目を向ける。

もう咳も出ない。一気に、集中が高まっていく。二人の視界には、オブジェクティブ・ヘブライ言語によるプログラムが重ね合わせで表示されている。

確かにこれは、こんがらがった設計《スパゲティ・コード》だ。

「まったく、どんな神がどんな外注に回したのか……」

「愚痴はあとだ」

すでにもう、ロニーは素早く目の前のコードを修正しはじめている。

今回の旅春は、実に仕様もない原因によるものだった。古い法典《コード》に紛れていた整数型が、プラットフォームの更新で挙動を変えたのだ。

ついでに言うなら、文字通り仕様もない。


(*097)

【スパゲティ・コード】何がどこに関連するかわからないぐちゃぐちゃなプログラム。スパゲティのように絡まることからこう呼ばれる。失敗したプロジェクトにおいてよく発生する。仕事を引き継いでみたらスパゲティであったということは、多々ある。

見えざる顧客の要求は、たとえば〝汝姦淫《なんじかんいん》するなかれ〟だ。見えざる営業の回答は、仰せのままに。現実の実装はというと、訴訟を起こされても文句は言えなそうだ。

旅春とは、存外、こうした小さな原因が積もり積もって発生する。

巨人が倒されたのは、それからまもなくのことだった。――いや、時は止まっているのだったか。思わぬことに、宇宙エレベーターの存在そのものも旅春《バグ》であったと判明したので、それも併せて消去しておく。こちらは、やや面倒な作業を強いられることとなった。

ロニーが宣言をした。

「作業終了。これにより、再度デバッグ実行を――」

「いま動かしたら、我々は墜死《ついし》です」

「おっと、そうだったな」

ロニーが応え、それから二人で徐々に高度を下げた。ふたたび、世界が動きはじめる。宇宙エレベーターがもたらしていた嵐は止み、木々は穏やかにざわめいている。ヤクが啼《な》いた。確かめるように、泰志は両足を突き立てた。
天にそびえる聖なる嶺の、その遥かな凍える大地に。

17. 刑事ルディガーの乱心

ルディガーは冗談を解さない。

ついた仇名は、回路網測定器《ネットワーク・アナライザ》。最初にそう呼びはじめたのは部下のバーニーで、瞬く間に、警察署中に広まってしまった。いまでは署長まで、面と向かって彼をアナライザなどと呼ぶので閉口している。

「すると、お子さんは夏休みを利用してパキスタンに旅立ったと……」

「そういうことになるな」

「旅の目的は？」

「あれさ。家庭の事情ってやつでね」

いま、ルディガーが追っているのは、サンフランシスコの邸宅で起きた死体遺棄事件——通称、子供部屋ミイラ事件だ。茶の間(*098)を賑わすこの事件は、家の子供部屋にミイラが放置されて

【茶の間】ダイニングかリビングかわからないが、考えずに感じてもらいたい。

いたというもの。ところが当の部屋の主は南アジアに旅行中とのことで、父親のユウイチはというと、何を言っても暖簾に腕押しだ。かつてサンタマリアのマリアンヌ・フェイスフルと呼ばれたという母親は感じがいいのだが。

「ふむ……」

ルディガーは小さくため息をついてから、下ろしたままの右手の先を幾何学模様を描くように動かした。これは、昔からの彼の癖だ。

「何をやってるんだい？」

好奇心もあらわに、その父親が覗きこむように前屈みになってきた。

「さっきから、右手でなんかやってるだろ」

「これか」

横目に、ルディガーは自身の右手を見下ろす。

右手はなかば無意識のまま、いまも前後左右に図形を描いている。(*099)

「マインドマップを描いているところだ」

【前後左右に図形を描いている】浦沢直樹『MONSTER』に出てくるあの名前を忘れた刑事さんの癖から。あれは確かコンピュータのタイピングであったか。

【思考法の一つ】いわゆるライフハックの一つでもある。忙しいなか効率的に仕事を進めるべく意識の高い人が導入し、忙しさのあまり往々にして放置したりする。
(*100)

「マインド……」露骨に眉をひそめられた。「なんだって？」

「思考法の一つでね。キーワードやイメージを広げながら、放射状に図を描いていく」

「それで事件の真相に行き着くのか？」

自信はある。

だが、ルディガーはそれには答えず、「では」とだけ挨拶をして邸宅をあとにした。正面の道路には、部下のバーニーが車を停めて待ちくたびれている。車は古いフォードで、助手席側のウインドウはいくらノブを回しても開閉しない。ことあるごと、バーニーは換えましょうよと不平を述べるが、いまのところ特に不都合は感じない。

助手席に乗りこみ、ドリンクホルダーに置いたままの冷めたコーヒーをすすった。署の近くのチェーン店のもので、必ず、買うのはウインナーコーヒーと決めている。

「どうですか」

バーニーがサイドブレーキを外し、車を出す。

ルディガーが瞬きを返したところで、相手が質問を具体化した。

「あれですよ。お得意の分析《アナライズ》は終わりましたか」

「まだだ」

気持ち不機嫌に、ルディガーは答える。

「心証では、両親は白だがな……」

というより、別に分析するまでもなく、どう考えてもパキスタンだかアフガニスタンだかへ行った子供が怪しい。街の善良な市民らが想像する通りだ。

「子供が親に殺されてる可能性は？」

これもまた、茶の間でしきりに検討されているたくさんの可能性の一つだ。

捜査が進むより前にマスコミに嗅ぎつけられたのが痛い。おかげで、何を措《お》いても解決せよと署内の圧力も高まっている。

それもこれも、あの父親が洗いざらい動画中継なんかするからだ。

「さすがに、それはないとは思うがな……」

話しながら、右手の先を上下左右にスワイプするのを見て、バーニーが目をすがめた。やめてくれませんかねと正面から問われたこともある。なんでも、貧乏揺すりを見ているようで落ち着かないらしい。だが、この方法でルディガーはこれまでいくつも事件を解決してきた。それに、どんな仕事であれ、新人のころから身についた癖は直しがたい。

「まずは子供の安否だ。出国履歴を確認しないとな」

「その点は確認しておきました」

応えながら、バーニーはハンドルを片手で右に切る。

「履歴の上では、確かにサンフランシスコ空港を発《た》っているようです」

「別人の可能性は？」

「ほぼ、ないと言っていいでしょう」

「パキスタンだかアフガニスタンだか知らないが、国際《インター》刑事警察機構《ポール》には加盟しているのか？　協力を仰がねばな」

「パキスタンです。あと、ちゃんと加盟していますよ。アフガ——ニスタンもですが」(*101)

「子供の名前はなんだったか」——手が別の生き物のように動

【アフガニスタンもですが】念のため調べてびっくりした。

く。「そうだ、レイだな」

「それと同行者が一人。ジョンという、無職で宇宙マニアの幼馴染みのようですが……」

「そいつの家もあたっておくか」

バーニーは頷いたものの、空いた片手で軽く頭を掻いた。

「なのですが……」

語尾を濁される。

嫌な予感がした。これまで幾度か、こうした妙な事件を捜査している途中、同じやりとりがあった。まず、バーニーの「なのですが」が出る。そして、それにつづく言葉は——。

「署から、捜査は中止と通達されました」

「糞《くそ》」

思わずつぶやいていた。冗談はわからなくてもスラングは出る。そういうものだ。(*102)

「世界医案件か」

「ええ」

相手は無表情に頷いたが、横顔から、歯嚙みしているのがわ

(*102)【そういうものだ】カート・ヴォネガットの『スローターハウス5』に頻出する一言。原文では“So it goes.”になる。英文科の友人N君はその数を頭から全部数えたとのこと。結論としては、だいたい百回強で、印象よりもだいぶ少ないものであった。

かった。

そうなのだ。

これまで幾度となく、捜査を妨害されてきた。それも、こうした面妖な事件では、必ずと言っていいほど。ある程度まで展望が見えてきたところで、世界医とかいう胡乱な連中が、事件を持っていってしまう。そして、真相はルディガーたちには知らされないままとなる。

これで、いったい何度目だろうか。

考えたくもない。

「冗談じゃねえ」

残りのコーヒーをあおると、クリームの味が喉にまとわりつく。冷めたウインナーほど不味いものはない。

しばらく、二人とも無言になった。

ハンドルを持つバーニーの手元は、次の動作に備えている。次の交差点を左に、そしてまっすぐ。宇宙マニアのジョンとやらの家ではなく、署へ戻ろうとしているのだ。

衝動的に、ルディガーはその手を押さえつけた。

「わ！」

部下の叫び声が響いた。

車は交差点で蛇行したのち、あわや郵便ポストや消火栓を吹き飛ばす手前で、元通りの車線に戻った。ルディガーの左手は、部下の手を押さえつけたままだ。車は徐々に速度を落とし、煉瓦造りのアパートメントの前で停まった。アパートから出てきたばかりの、プードルをつれた上品な貴婦人が、まあ、と汚いものでも見るような目を向けてきた。

バーニーが深呼吸をした。

「何するんです」

「おまえ、休暇を取れ」

「は？」

「俺も休暇を取る。どうせ、長いこと取っていないしな」

プードルがリードを引っぱり、貴婦人がときおり振り向きながら後ろへ去っていった。

「わかるな」ミラー越しに、ルディガーは部下に問いかけた。

「わかりません」ミラー越しに部下がとぼけた。

「いけ好かねえ世界医とやらを出し抜きたいと思わないか」

「いえ、特には……」

鉄面皮《てつめんぴ》に応える部下は、よっぽど回路網測定器《ネットワーク・アナライザ》だと思う。

ため息をついてから、ルディガーは指示を具体化した。

「パキスタンだかアフガニスタンだかへ行って、その餓鬼をとっ捕まえるんだよ！」

「アフガニスタンは紛争中です」

「紛争中だろうと食事中だろうと知ったことか」

「ええとですね」

いったんサイドブレーキを引いて、バーニーが頭を抱えた。

「まず、他国には主権というものがあります。そして、我々に海外での司法警察権は――」

「エコノミー二枚。今晩じゅうにだ。いいな」

「結婚記念日なんですが……」

部下のぼやきは、名物刑事の耳には届かなかった。

待ってろ、とルディガーは口のなかでつぶやいた。

「今度こそは、獲物を横取りさせねえぞ――」

【二時間に及ぶ討論の末】ほぼ実話。相手が教師などであれば、バートランド・ラッセルが「世界五分前仮説」をとうに提唱しており、おまえの考えは既出だと一刀両断し、斯様な悲劇は起こりえなかったと思われる。世界五分前仮説は、仮に世界が五分前に生まれたものだとしても、誰もそうだとも違うとも検証できないという問題。が、母は世界は連続していると信じていたのだ。それにしても面白いのは、どちらもの説が「五分」であったことだ。五分というのは、国境を越えて人の無意識に訴えかけるなんらかの単位なのではないだろうか。

18. 精神の氷河期において

こう見えて私は幼少のころ哲学少年で、夕陽を前にしながら、自分という存在を作り上げたプログラマと自分との関係に思いを馳せたり、あるいは現世《うつしよ》がコンピュータの見せる夢であるというなら、この宇宙はなぜ矩形《くけい》ではないのかなどと、当時のませた子供であれば誰でも考えるようなことではあるが、それでも自分なりに思索を重ねていた。

あれは七歳のころだ。

世界が五分前に生まれたのではなぜいけないのかと母親に議論を吹っかけ、二時間に及ぶ討論の末、ついには泣かせてしまったことがある。そのときの母の顔つきは、その後、スティグマのように私に取《と》り憑《つ》き、いまもありありと思い出すことができる。あの、何か理解の及

(*103)

(*104)

【スティグマ】磔刑（たっけい）となったイエスにつけられた傷、転じて汚名や烙印（らくいん）など。

ばぬ化け物でも相手にしているかのような表情。思えば、あのときからではないかと思う。自分と、他の人類のあいだには決定的な溝がある——少なくとも、自分の側がなんらかの障碍《しょうがい》を抱えているのではないか、と考えるようになったのは。

最初に手にしたコンピュータは、ホビー用に8ビットの量子ビットが組みこまれたM―Q3だ。掃除の手伝いで二ドル、爪を噛むのを止めたら五ドル、試験で満点を取ったら十五ドルといった具合に小遣いを貯め、中学へ上がるころ、ようやく購入することができた。すでに人工人格《AP》は実用化されていたが、それをゼロからフルスクラッチ(*105)で組んでみたいと思ったのだ。実機を購入したころには、だいたいの設計が頭のなかに組み上がっていた。

哲学少年だった私にとって最大の謎は、人間存在とは何か——また、あの泣き顔が思い出される——とりわけ、人の意識とは何かであった。

幼少のころの私は、意識とは日記のようなものであると理解していた。

【フルスクラッチ】既存の部品を流用せずに、独力で一から全部を作ること。ぼくがやった例としては、硬粒種のトウモロコシをペットショップから取り寄せ、蒟蒻の苦汁の水酸化カルシウムでアルカリにして粘りを出し、延ばして焼いたフルスクラッチのタコスがある。

【クオリア】たとえば赤という色を見たときに伴う赤という質感。

それは行動や判断を記録するものとして、行動や判断のあとからやってくるものではないか。いわばコンピュータの記録《ログ》で、我々はそのログを読んでいるにすぎないのではないかと。長じてからは、認知心理学の実験などを通じて、実際にそうである蓋然性《がいぜんせい》が高いようだと知ったが、このときも抵抗は感じなかった。

そういえば、一方で母はクオリアなるものを信仰していた。(*106)

ここにもまた、なんらかの溝がある。

人間の意識が行動に先んじるのかそうでないのか、あるいは、そもそも存在するのかどうかは措いておこう。が、少なくともAPについて言うならば、多くはロガー・パターン設計に(*107)基づく出力結果をもって意識とするため、明確に、意識とは遅れて生成されるものであると規定できる。同じくプログラムという意味で敷衍《ふえん》するなら、バーチャルリアリティにおけるログは、言うなれば世界そのものが見る夢である。

さて、ソフトウェア工学の文献を紐解《ひもと》けば、思わぬことであるが、いまだに、「デバッガ・エージェント・パターン」の提

【ロガー・パターン設計】飛ばしてくださいと言いたいところだけれど大事な章でもあるので、難しいところは雰囲気から察していただけると助かる。ロガー・パターンは設計パターンの一つ。デザインパターンについては過去の註を参考のこと。

【APがテスト設計からテストの実施までを代行】機械によってプログラムのデバッグをできないことは、確かチューリングか誰かによって証明されている。そもそも、ある現象がバグかどうかを決めるのは、人間の決めた仕様であるため、社長の電話一本でバグがなくなったりもする。ある症状が病気かどうかを決めるのは社会だというのに似ている。

唱者として私の名を見出すこともある。これについては、はっきり述べておかねばならないだろう。この分野における私の業績は、まったくないか、あるいは、ほぼないと言っても差し支えない。なぜなら、私のアイデアは、誰もが思いつくものであったし、実際に、私が提唱するより前から、多数の実例もあったからだ。TCP／IP(*108)が提唱されるよりも前に、在野のプログラマがそっくりのプロトコルを実装していたのと同じことである。いわば、私は旗振り役にすぎなかったのだ。

翻《ひるがえ》るに、二十世紀型のソフトウェア・テストとは、まず開発者がテスト設計をし、人力でデバッグを行うものであった。よって、ソフトウェアとは不具合《バグ》を含むものであり、そのことは避けられないというのが常識とまでは言えぬものの、やむなきことである。やがて、APがテスト設計からテストの実施までを代行する(*109)ようになり、ソフトウェアの品質は飛躍的に向上した。

開発者の一つの夢――。

ソフトウェアに、バグのない時代が到来したのだ。

【TCP/IP】インターネットにおける標準的な通信手段。

ただし、人の目から見た場合には、であるが。つまり、人間に知覚できない程度には、バグが小さくなった。そうでないもの、たとえばマイクロ秒単位の条件を必要とするバグや、その他諸々のセキュリティ・ホールを衝《つ》くのも、逆にそれを塞ぐのも、ＡＰの仕事となった。

こんな事件も起きた。

ある企業のＡＰが競合他社の製品を改変し、その競合他社のＡＰはというと、敵のＡＰそのものをハックしたのだ。あのころの景色の変貌は、なんと言ったものだろうか。いわばソフトウェア同士の戦争があり、その戦争は無限の入れ子構造をなし、我々人間は、それを手をこまねいて見るだけであった。

そこで、このような考えかたが生まれた。

ＡＰそのものをプログラムに埋め込み、オンタイムでデバッグをさせるというわけだ。これが、いわゆる「デバッガ・エージェント・パターン」に該当するものだ。なぜか。そうでもしないことには、セキュリティ・アップデートが追いつかないからだ。

無限にソフトウェア同士が改変しあう世界においては、もはやソフトウェア自身が自己をデバッグするよりなかった。私はたまたま上長の指示に従い——いや、これ自体がAPからの提案であったか——まあいい。とにかく私は各社と交渉をし、エンドユーザー側のソフトウェア・アップデートのありようを変えた。残りの作業はAPがやってくれた。

こうして、状況に応じてソフトウェア自体が変化する時代が訪れた。

仕様や設計、デザイン・パターンといった概念も滅んだ。

いま、私が生き存《なが》らえているのは、たまたまこうした業務に携わっていたからにすぎないということは、明らかにしておくべきだろう。繰り返すが私自身には業績などないに等しい。

だが、そもそも、この時代において業績とはなんだろうか？鎖国政策を敷いたいくつかの国を除き、APが人間の職の八割以上を奪い、それからあの悪夢——長い金融危機と大量死の時期を経て、ようやくベーシック・インカムによる平穏（もしくは緩慢な死の時代？）を迎えた。

あるいは、こうした歴史の証言者として、たまたま死ななかった人間として、記録を残せることは、強いて言えば業績にあたるだろうか。あらゆる使命や生きる目的が失われた、そしてそれが存外に必要のないものであったと判明した、この精神の氷河期において。(『ヒューイット・D・シモンズ回顧録』の序章、「ソフトウェア・テストの終焉」より抜粋)

19. 腐らなかった死体

心中で、世界医のジェルヴェーズ・M・リゴーはため息を吐いた。

集められた十六人の世界医は、それぞれに神妙な顔つきで张海王(*110)会長の遺体を見下ろしていた。いや、一人だけ例外がいる。ロニー〝シングルトン〟ルルフェだ。先ほどまで鼻毛を抜いていたかと思えば、次の瞬間には、遺体に触れて首を傾《かし》げたりしている。

まあいい。

この男については、来ただけでもよしとしよう。

そもそも、会長の遺体については、ジェルヴェーズ自身、首を傾げたくなる要素だらけだ。なぜまた、よりによって会長はアメリカ西海岸などでミイラになったのか。自殺なのか、他殺なのか。それとも何か即身仏(*111)のようなものか。

(*110)【张海王（ジャン・ハイワン）】漫画の『刃牙』で言うところの海王の資格者。

(*111)【即身仏】子供のころに知ってトラウマになったものの一つ。お坊さんが深い穴に入って竹筒から呼吸しながら、鐘を鳴らして経を唱えつつ、自らをミイラ化させるというもの。

疑問は尽きない。

それにつけても気に入らないのは、ロニーのような男でも慕う者がいることだ。たとえば、最年少にあたる泰志。彼はいつもロニーと行動を共にし、端から見れば振り回されているようにしか見えないのだが、そのこと自体を愉しんでいる節がある。だいたい、世界医になる前から自力で世界医の存在に気づき（検索にも出てこないのに！）、そればかりか術を身につけ、あのロニーの館を訪ねたというのだから気が知れない。

ちなみに泰志はロニーを訪れた際に、手紙をしたためて持参したらしく、気に入ったロニーが世界医師会への推薦文を書き、晴れて入会となった。ものぐさなロニーにしては珍しく、医師会の会員らしい行動だ。推薦文によると人柄もよく、ただならない素質がある。ただ、手紙は悪筆であった(*112)とのことだ。ロニーの言だから、あてにはできないにせよ。

さて、解体子《デストラクタ》葬の手つづきは、年齢の若い者から順に、別れを告げることで執り行われる。だからこの場合は、泰志からということになる。もっとも、解体そのものは参照ポインタ(*113)やガ

【悪筆であった】ミステリ・ゴッドこと島田荘司氏の自宅を歌野晶午氏が探し当て、原稿を持ちこんだというエピソードが元。歌野氏の著作の解説で島田氏が明かしており、そのなかの一文、「悪筆であった」はその筋の人々の心の深くに刻みこまれた。

【参照ポインタ】スマートポインタの誤り。あんまり専門用語がつづくもんだから。

ページコレクションによって自動的に実行されるので、原理的には、どんな順番でもかまわない。

実際、この手つづきの改変を求める決議も前にはあった。ただ世界医としては、何事につけ〝筋のいい〟手順を考えることが求められる。そうした習慣が、いざというときの不具合の混入を防ぐからだ。よって、やはり若い順がよかろうと、決議は否決された。(*115)

もっとも、この決議自体が茶番ではあった。

決議を求めたのは、二番目に若いジェームス・クエンティン。(*116)どこにでもいるのだ。新しさを求め、それらしい新たな論説を借用してくる輩が。彼にとって重要なのは、解体子葬ではない。新しくあることを忘れず、意識を高く持ち、組織の改革を求める自分自身なのだ。それと比べれば、決議に参加すらせず会長委任で済ませるロニーはまだましかもしれない。

いま、そのジェームスが会長の遺体に触れ、参照ポインタを解いた。

泰志はすでに参照を解き、壁際に立っている。彼がしきたり

(*114)【“筋のいい”手順】新人のプログラマに教えるのが難しい考えかたの一つ。悩んだ末、囲碁五段の後輩に「このままだと（石が）薄い」と伝えたら一発で通じたのはいい思い出。

(*115)【若い順がよかろうと、決議は否決された】厳密には「会長を知って日が浅い者から順」がよさそうだが、煩雑だと判断した。

(*116)【ジェームス・クエンティン】だいたいお察しのことと思いますが、このへんの人たちのことは憶えなくても差し支えありません。

【フアナ・エチェベリア】このフアナはすでに登場のフアナと同一人物。イシュクトの力によって世界医となった。

(*117)

に法って、ちゃんと参照を解いたとすれば、もう、会長についての記憶すらなくなっているはずだ。ただ、目の前で誰かの解体子葬が執り行われているらしいと認識しているだけだ。

次が、メキシコ人のホセ・アコンチャ。テキーラ依存症で、この場にも忘れずボトルを持参していることを除けば、いい男の部類に入る。さらにその次が、自分、ジェルヴェーズ。さっさと事務方の仕事を次の世代に回したいところだが、見回してみても、テキーラ依存症のホセと改革フェチのジェームス、そしてロニーにつきっきりの泰志と来た。向こうしばらくは、雑務に追われそうで頭が痛い。

以上が二十代の世界医で、ここから先は少し世代が離れる。

まず、三十九歳のフアナ・エチェベリア。休職中の教師らしく、エチェベリアは旧姓とのこと。よく、ジェルヴェーズの愚痴にもつきあってくれる。

六人目が、四十二歳のリー・スノーホワイト。本職がプログラマで――つまり、巷《ちまた》のソフトウェア会社の――世界医としての世界のデバッグは趣味だというのだから、まったく何を考え

(*118)

【歯に衣着せず馬鹿を馬鹿と呼ぶため、皆から嫌われている】開発者のコミュニティにだいたい一人はいる。総じて技術力は高く、総じて嫌われていたり出世から遠かったりするのだけれど、ぼくはこういうタイプの人が好きだ。技術力のない技術者などなんであろうか。

【部族地域（トライバル・エリア）】パキスタン北西部の、アフガニスタン国境付近一帯。政府の手が及ばず部族のしきたりが支配する世界で、同時多発テロの首謀者、ウサマ・ビン・ラディンが隠れていると推測されていた場所でもある。有名なカイバル峠を通ってパキスタンからアフガニスタンに入るためにはここを通る必要があり、実際ぼくもそうした。

ているのか気が知れない。ジェームスから聞いたところでは、アップルの開発者のコミュニティに出没し、歯に衣着せ(*118)ず馬鹿を馬鹿と呼ぶため、皆から嫌われているのだとか。ときおり扁桃腺《へんとうせん》が腫れたと言って世界医師会の例会を休むので、皆がメンタルヘルスを疑っていたところ、先日ついに摘出したとのことで、これは濡れ衣であったと判明した。

次が韦 蔷华《ウエイチアンフア》で、この謎の東洋人女性の正体は中国系のマフィアの殺し屋。とりあえず近づかないに越したことはないが、ロニーは何かとちょっかいを出す。そのロニーが、八人目だ。彼については、もういいだろう。

九人目は、五十九歳のアルシャッド・アリー・ムシャラフ。元パキスタン大統領のムシャラフと関係はないとの旨。わかっているのは、パキスタン北西部の部族地域(*119)の出身ということだけだ。

その次がナシム・シベリウス。いま、空を飛ぶ飛行機にちゃんと影がついている(*120)のも、昔のフィルムを再生したときに飛行機に影がついているのも、彼の功績によるものだ。それ

【空を飛ぶ飛行機にちゃんと影がついている】初期『ファイナルファンタジー』のプログラマであるナーシャ・ジベリの逸話がモデル。空を飛ぶ飛空艇に影をつけたいとの要望があり、無理だと思われたところ翌日にはもう影がついていたという伝説がある。しかし思うのだけれど、スプライトという機能を使えば正味七、八分でできる作業のような気もする。

【鉄のカーテン】イギリスの元首相チャーチルの言から。当時、西側と東側が覇権を争っていた冷戦時代の緊張状態を指す。確認のために某ウェブ百科事典を見ていたら、「ベルリンの壁とは異なり、物理的な構造物のことではない」とあり、そんなことわかるだろと思った。

(*121)

(*123)

までは、ライト兄弟が変な発明をしたせいで、不具合が発生して影はついていなかった。

ここからさらに世代が離れ、十一人目の당경《タンキオン》 궉《クオク》は七十七歳。かつてはハンセン氏病患者の村を支援するNGOに勤めていたが、引退し、いまは海の見える自宅でクラシック音楽を嗜む日々だとか。そして、次がミハイル・アフシャロモフ。ソビエトの退役軍人だという。かつて鉄のカーテンの向こう側にも世界医がいたことは、世界医師会にとって幸いであった。

さらに世代が少し離れ、十三人目はフィデル・カストロ。革命の途中に不具合を見つけ、戦線に身を置きながらデバッグをしたという話は、医師会で語り草になっている。そのあとのキューバ危機で、世界を修復するどころか破壊しかけたことも。

次に、ドロタ・ポリトコフスカヤ。ロシアやドイツといった国々に蹂躙《じゅうりん》されてきたポーランドの、歴史の生き証人だ。ついで十五人目が、アリョーシャ・カラマーゾフ。柔らかな物腰でいながら、元はロシア皇帝の暗殺未遂犯だというから、油断ならない。

(*122)

【フィデル・カストロ】ご存知キューバの革命家にして元最高指導者。ゲームの『ゲバラ』(SNK開発)では二人目のプレイヤーを務める。トップビューの縦スクロールに革命というキーワードから、『いっき』(サンソフト開発)と同じ開発元だとずっと勘違いしていた。

【キューバ危機】そういう大変なことがあった。ソビエト連邦と通じるキューバが核ミサイル基地を建造し、あわや世界的な核戦争となりかけた事件のこと。

(*123)

最後が、マハー・アヴァター・ババジ。だいたい千八百歳くらいの計算らしいが、肌はいまも若々しく、新たなテクノロジーへの適応力も高い。今回の解体子葬を呼びかけるメールに、真っ先に返信したのも彼だった。

これで、目の前の遺体（これは誰だっけ？）はすべての参照ポインタを解かれ、この世界から消滅する――はずだった。ところが、遺体は依然としてそこにあり、興教寺《シンジャオスー》の地下百二十七階の天井を見上げていた。

一同は騒然である。

皆を信じるなら、すでに、全員が故人のことを忘れている。だが、忘れたにしても、いまこの部屋で解体子葬があり、そしてそれに失敗したことは部屋の状況からわかるからだ。

「裏切り者は誰だ？」――ミハイル。

「ここにそんな輩はいない」――マハー。

「もう一度やり直してみれば……」――アルシャッド。

「そんなトライ・アンド・エラーは我々のやりかたにそぐわない」――ジェームス。

「黙れ」――フィデル。

「これ自体、不具合である可能性は？」――ナシム。

「ないとは言えない」――ファナ。

「追って検討しましょう」――ジェルヴェーズ。

「腕が鳴るな」――泰志。

「ねえ、帰っていい？」――薔華《チアンファ》。

「その前に、ここに来てからの我々の行動を洗い直してみないか」――경 궉《キオンクオク》。

「それがよ、酔っ払っちまって……」――ホセ。

「腕もないくせに世界医なんかやるからだ」――リー。

「口を慎みなさい」――ドロタ。

「ことによると、まだ亡くなっていないのでは？」――アリョーシャ。

「あるいは」――ロニー〝シングルトン〟ルルフェ。「どこかに、俺たちの知らない闇医者がいるってこった。とりあえず、予定通りに飯でも食わないか？」


(*124)

【ことによると】誰の訳であったか、ドストエフスキーの翻訳に頻出したため、なんとなく好きな言葉の一つ。

20. 航路

控え目に言って、パキスタンへの渡航は最悪だった。それはもう、出だしからして碌《ろく》でもなかった。いや、彼《か》の国の心優しい人々に責任はない。まず、わたし個人にも問題があった。それというのも、ジョンが海外のことなら俺に訊けと言わんばかりに、

「万一に備え、飛行場には三時間前に着くように」(*125)

と言うから、それを無視してフライト直前にチェックインをした。窓際の席が取れたはいいものの、景色は翼で遮られて見えなかった。(*126)

便はエティハド航空の国際線。

パキスタンの首都、イスラマバードへ安く行けるというので、この便を取った。エティハド航空とは、アラブ首長国連邦《UAE》のアブダビに本拠を置く国営航空会社だ。エティハドとは連合

(*126)【景色は翼で遮られて見えなかった】ぼくは必ずこの席にあてがわれる。

(*125)【飛行場には三時間前に着くように】少し前のバックパッカーなどに口酸っぱく言われること。Eチケットなども普及したいまはそんな必要もないのだけれど、二〇一八年に訪れたフィリピンの国内線では列に二時間並ぶことになり、先人の教えを守ってよかったと思った。

の意で、イッティハード航空と表記されることもある。（出典・エティハド航空——Wikipedia）

「気圧差で耳が痛くなる。飴を舐《な》めるといい」

シートに坐るなりジョンが差し出してきたのは、近所の煙草屋などで売っている駄菓子、アトミック・ファイアボール(*127)だった。そういえば、この真っ赤な辛い飴が彼は昔から好きだった。わたしは丁重にアトミック・ファイアボールを断り、椅子をリクライニングして身を沈め、たちまちアテンダントに怒られた。

飛行機が動き出した。

かくして、あっけないまでにわたしの旅ははじまった。本当のことを知るための、一夏の旅(*128)が。わたしは冷えた窓に額をくっつけ、翼に遮られた景色に目をやった。夜だ。大きいキャンディを頬ばるジョンの、かちり、かちり、という音が隣の席から聞こえてくる。

飛び立った。

耳が痛くなってきたので、結局わたしはアトミック・ファイ

(*127)【アトミック・ファイアボール】この飴は実在する。アメリカで売られていて、見た目は「かり梅」に近く、大きくて赤くて辛い。のちに怜威も指摘しているが、ネーミングは相当にぶっ飛んでいて日本人的にどうかと思うが、子供時代は抵抗なく舐めていた。

(*128)【本当のことを知るための、一夏の旅】たぶんフリッパーズ・ギター「ドルフィン・ソング」の歌詞が元だと思うけれど、それもそれで元ネタがありそうに思う。

アボール――しかし、なんというネーミングセンスだろう――を受け取り、しばし、ジョンと二人無言のまま、かり、かり、と口中で音を立てた。皆が窓のブラインドを下げているので、自分もそれに倣《なら》う。

辛い。

そして、肌寒くなってきた。ジョンはというと、早々に毛布を広げ、ドレイク方程式の書かれた紺色のシャツを覆い、謎のLEDライトが点滅するアイマスクをつけている。胡乱なガジェットを前に、自分の両の眉が寄るのがわかった。

「何それ」

「知らないのか」

マスクをつけたまま、ジョンが得意気に答えた。

「明晰夢《めいせきむ》を見ることができる。ブリジット・バルドーとのベッドインだってお手の物さ」

「ブリジット・バルドーと」わたしは鸚鵡《おうむ》返《がえ》しをした。

「ブリジット・バルドーと」ジョンが深く頷いた。

明晰夢とは、睡眠中に見る夢のうち、自分で夢であると自覚

(*129)
【ブリジット・バルドー】女優。魔夜峰央『パタリロ！』に「B・Bは？」「ブリジット・バルドー」「M・Mは？」「マリリン・モンロー」・「魔夜峰央です」というネタがあった。

しながら見ている夢のことだ。明晰夢の経験者はしばしば、夢の状況を自分の思い通りに変化させられると語っている。（出典・明晰夢――Wikipedia）(*130)

それにしても、自分をよく見せようといった気概が潔いまでにない。

まもなく、夢どころではなくなった。逆巻く波間に囚《とら》われた小舟のように、機体が上下しはじめたからだ。ぴこん、ぴこんとシートベルト着用のサインが明滅した。

「ええと、その……」

くぐもった機長の声が響いた。

「現在、乱気流のため飛行が不安定になっています。席をお立ちにならないよう。……あ」

間があった。

「くれぐれも、窓は閉めたままでお願い致します」

皆、いっせいにブラインドを開けた。

蛸《たこ》と蝙蝠《こうもり》を足して割らなかったような怪物が、翼に取りついている。見間違いかと思い、いったんブラインドを下ろし、も

【夢の状況を自分の思い通りに変化させられる】デビュー前のプログラマ時代は小説を書くための時間が取りにくく、睡眠時間を利用すべく、明晰夢を用いて脳内のワープロで原稿を書き、起きてから入力するということをした。だいたい原稿用紙にして数枚は持ち出すことができる。それにしても身体に悪いことをやっていたものだと思う。

う一度上げてみた。怪物と目が合った。

「あの」

わたしは隣のジョンの肩をつついた。

「なんかいるんだけど」

「んん……」

すでに眠りに落ちかかっていたジョンが、面倒そうに感嘆詞のみで応えた。

「なんだい」

「変なのがいるの。蛸みたいな――」

そうこうしているあいだにも、謎の生物は蛸足を機体の翼に絡ませていく。圧力でフラップの一つが壊れ、はるか後方へ飛んでいった。重みで機体が傾き、誰かの免税品の煙草のカートンが滑って足にぶつかってきた。悲鳴が聞こえた。

ジョンがごついアイマスクを外し、窓の外に向けて遠くを見るように目を細めた。

「蛸ではない」

断固とした口調だった。

「クトゥルフだ」

「へ?」

「クトゥルフ」ジョンが抑揚なく繰り返した。「一般には、タコに似た頭部、イカのような触腕を無数に生やした顔、巨大な鉤爪のある手足、ぬらぬらした鱗《うろこ》に覆われた山のように大きなゴム状の身体、背にはコウモリのような細い翼を持った姿をしているとされる」(出典・クトゥルフ——Wikipedia)

なぜだろう、うるさい。

「しかし、まさかこんなものが見られるなんて。こいつは出だしからついてるぜ!」

「ついてる」

「ああ、ついてる!」

このときだ。不意に、時間感覚が前後した。

「こいつは出だしからついてるぜ!」

「ついてる」

「しかし、まさかこんなものが見られるなんて!」

なんだこれは。

考える間もなく、わたしは外の光景に釘づけになった。西欧人と東洋人のコンビが、翼の上に立って蛸と対峙しているのだ。徐々に、機体から蛸足が解《ほど》けていった。逆回しのフィルムのように、はるか後方からフラップが戻ってきて、元通りに翼にくっついた。

やがて蛸が機体から離れ、ネバダだかアリゾナだかの荒野へ落ちていく。

(*131)

【ネバダだかアリゾナだかの荒野】幼少期にそこを通ったからか、アメリカ西部の沙漠に異様なまでの郷愁を抱いている。

西欧人と目が合った。彼はわたしに向けてウインクをすると、白い歯を見せながら親指を立てた。同時に、東洋人が慌てて何かを叫んだ。直後、二人まとめてネバダないしアリゾナの荒野へ落ちていった。

「こいつは出だしからついてるぜ！」

ジョンが叫んでから、あれっという顔をした。

「おかしいな。何か、いいことがあった気がしたんだが……」

「あの。いま、人がいたよね？」

「人？　なんのことだい」

わたしは明晰夢を見たことにしてブラインドを下ろした。

しばらくして、隣から寝息が聞こえてきた。寝ているぶんには可愛いのにな、などと思う。わたしもジョンに倣って寝ようとして、ブラインドを少しだけ開けて外を窺った。何もない。ブラインドを閉めたところで、やっと眠気が来た。わたしはため息をついて、毛布で身体をくるんだ。

(*132)

【眠気が来た】かくいうぼくは飛行機のなかであまり眠れない。

21. 常春のABC

その常春の国々――いや、国というにはあまりに小さい三つの島々は、バミューダ・トライアングル(*133)の中心付近に位置し、異質な〝三権分立〟体制を敷いていることで知られている。アメリカによって実験的に作られた国家だという噂もあれば、その昔、コロンブスの新大陸発見のころ、ヨーロッパへ向かう奴《ど》隷《れい》船が座礁《ざしょう》し、その生き残りが棲《す》みはじめたという話もある。言葉は孤立言語で、周辺国家の言葉と相関が見られない。

　これをもって、オカルトを扱うEUのバイラルメディアなどは、島や人々全体が一つのオーパーツ(*134)なのだと唱えたりもする。オーパーツ扱いされる島や人々もたまったものではないが、とにかくそういうことになっている。

　見るべきものはやはり、その三国の経済体制にあるだろう。一種の金本位とも言えるその制度は、カロリー、すなわち人間

(*133)【バミューダ・トライアングル】船や飛行機が神隠しに遭うという伝説のある海域。子供時代にはこういうのが流行っていた。

(*134)【オーパーツ】考古学の出土品のうち、当時の文明では実現できない加工が施されていたりしたもの。子供時代にはこういうのが流行っていた。ことによると、こういう概念への郷愁めいたものが、今回の世界設定をもたらしたのかもしれない。

が必要とする栄養素を担保に、中央銀行より貨幣が発行される。むろん貨幣は紙やニッケルであって、食えたものではない。具体的には、こういうことになる。たとえば、千キロカロリーの紙幣を持っていたとしよう。それは、国家に対して千キロカロリーを貸しているという意味を持つ。しかしカロリー本位といっても、実際のところはどうなのか。中央銀行へ行けば、寿司なりハッシュドポテトなりと交換してくれるのか。その寿司は新鮮なのか。こうした疑問への、三国の公的な回答はない。しかし住民は住民で、普通にスーパーマーケット等を通して食物を買うのでこれという不都合はない。

さて、三国の経済が異質であるのは、急激なインフレやデフレといった問題を回避するため、カロリーをさらに蛋白質《たんぱくしつ》・脂質・炭水化物に分割し、いわば相互に必須である三大栄養素を担保として、三国がそれぞれ蛋白質・脂質・炭水化物の貨幣を発行することである。

たとえばA国の人間は、一日の事務仕事をすれば二千キロカロリーぶんの炭水化物貨をもらえる。B国のトゥクトゥクの運

(*135)

【トゥクトゥク】東南アジアの三輪タクシー。この海域にはたぶんない。

転手は、日に百キロカロリーの蛋白質貨を元締めに支払わなければならない。C国のプログラマは、月二百時間の残業の報酬として十万キロカロリーの脂質貨を得たりもする。

炭水化物貨では炭水化物を購入することができる。もちろん貨幣経済であるのでラードや肉も買えるが、為替《かわせ》の関係から高くつくことが多い。結果、A国の食卓はケーキばかりとなり、B国ではローストビーフをパンも飯もなしに食し、そして脂質のC国では成人病が蔓延《まんえん》した。が、それと引き換えに、一定の経済的な安定を得ているのは確かなようである。

もっとも、蛋白質・脂質・炭水化物は相互に変換可能である。炭水化物はインシュリンによって脂質に変わるし、脂質はグルカゴンによってエネルギーに変えられる。実際、これらを薬局で購入することもできる。よって、必須アミノ酸を押さえるB国の蛋白質が相対的に強くなり、三国間での一種の基軸通貨となる。ほかの島からB国へ出稼ぎに出る者も多く、口にするのは憚《はばか》られるが、A国の貧困層が人間を襲って食べるといった話もある。これは、三国にとって課題の一つである。

各国の政府が対米のドル建て決済等をどう処理しているのかは不明であるが、カロリーとは別に大量のアメリカ国債を保持しているともされ、このあたりが、アメリカに作られた実験国家なのではないかという噂の根拠でもある。

賢明なる読者の皆様には、もちろん、これが世界の側がかかった精神疾患、いわゆる旅春《バグ》であると察せられよう。そもそも、斯様な経済体制は成立しえない。漁師がせっかく釣った鰯《いわし》をあり余った砂糖に換えるといった馬鹿な話はない。しかし成立しないにせよ、現に三国はそこに実在し、回っているのであって、そしていざバグを取り除こうにも、そこには現に人々が住んでおり、実体経済があるわけで、いったい何にどこから手をつければよいものか、世界医師会も甚《はなは》だ手を焼いていた。

この話を耳にするたび、わたしは――というのは、我らが主役であるところのわたし＝怜威ではなく、著者であるところのわたしなのであるが、そのわたしBは、アルバイト時代によく食していた、いまはなき高田馬場《たかだのばば》「ＡＢＣラーメン」を思い出す。そこは昼にラーメンやつけ麺を提供し、夜の訪れとともに

(*136)

【ABCラーメン】この店は実在した。

酒場に変わってエスカルゴ等を供する面妖な店で、狭く、しかしとにかく安いものだから、同僚と職場を抜け出して食べにいったものだ。(*137)

　麺類にはＡＢＣの三通りがあり、Ａが一人前、Ｃが二人前、そしてＢがその中間ということになるので、これが店名の由来と考えられる。むろん別の理由があってもおかしくない。店主が何を思ってラーメンとエスカルゴを提供したものか、いまとなっては確認する術もない。(*138)とにかく、いまよりも収入がなく、もっぱら麻雀《マージャン》で生活費を補っていたわたしＢは、自動的にラーメンのＣばかりを注文したのであるが、これなどは、件《くだん》の三国にあてはめるなら、炭水化物にまみれた国家Ａを髣髴《ほうふつ》とさせる。麻雀の成績が振るわない際に世話になった某ファストフードのチェーンなどは、さしずめＣ国にあたるだろうか。

　あの常春の日々も、もう十五年前だ。(*139)

　ＡＢＣラーメンがあった通りもすっかり様変わりし、かつて、わたしＢがラーメンＣを食していた記憶も薄らぎつつあ

(*137)【同僚と職場を抜け出して食べにいったものだ】内幕を明かすと、本作は「月に五、六枚くらい、エッセイと小説の中間のようなものを」という担当さんの依頼を受けてはじまったものである。エッセイであれば、待ってもらっている別の版元への言いわけも立つだろうし、月の家賃の半分くらいにはなる。あにはからんや、連載は小説そのものとなり、この第二十一回を書いていたころ当初の依頼を思い出し、そういえばそうだったと随筆を書いた。

(*138)【いまとなっては確認する術（すべ）もない】本当になんでだったのだろう。

(*139)【もう十五年前だ】長期連載のため、二十年前くらいになった。

る。もう少し、肩で風を切って歩いていた気がするし、もう少し、詩を解していた気もする。存外に変わっていないのかもしれない。こういうことは、本人にはわからない。いまも、発作的にＡＢＣラーメンを食べたくなることはある。けれど、もっぱら減量が課題となった現在、ラーメンのＣなど到底考えられぬことであるし、仮にいま目の前にあの店が突如出現し、これ幸いと暖簾をくぐったところで、あのころの精神のありようは確認しようもない。

【ベーナズィール・ブットー国際空港】ぼくはインドから陸路でパキスタンに入国したため、実際はこの空港を知らない。こんな名前だったんだ、と思った。

(*141)

22. アナーキー・イン・ザ・PK

パキスタンのベーナズィール・ブットー国際空港に到着したわたしたちは、入国審査や荷物のピックアップを済ませ、インダス文明よりつづく南アジアの炎天下の賑わいに出た。ウルドゥー語の標識を見ながら、あれは昔飼っていた芋虫に似ているなどと思う。

写真を撮ろうとしたところで、ジョンに止められた。

「外国、特に軍事政権だったような国では公共交通機関を撮らないほうがいい」

「なぜ」

「ことによると逮捕されたりする」

わたしは大人しくカメラをしまった。

腹に巻いた貴重品袋にパスポートを入れろとうるさいジョンを無視していたところ、さっそくパスポートごと荷物をひったた

(*140)

【アナーキー・イン・ザ・PK】セックス・ピストルズの「アナーキー・イン・ザ・UK」から。アナキストになりたいと憑霊をさせたらアナキスト大杉栄の霊が降りてきたという中森明夫『アナーキー・イン・ザ・JP』にはずいぶん笑った記憶がある。

くられた。それ見ろと言わんばかりのジョンを尻目に、おまえがうるさく言わなければそうしたのに、と心中で人のせいにする。かくして、わたしは入国直後にして途方に暮れるありさまとなった。

「まあ落ち着け」

入国審査用に羽織ったワイシャツの胸ポケットから、ジョンが人の形をした面妖な紙切れと、それから縫い針を一本取り出した。

「オン・ケンバヤ・ケンバヤ・ソワカ！」

呪文とともに、人形の臍《へそ》のところに針が刺される。突如として発狂した同行者を前に、わたしはぽかんと口を開けてしまった。道行く人が、いっせいに足を止めてこちらを向く。

「ちょっと、やめてよね」

「大丈夫さ」

ジョンがピースなヴァイブス(*142)とともに微笑した。

「これで、失せものは戻ってくる」

なんてこった、と頭を抱えた。同行者はニューエイジャー(*143)だ。


(*142)【ピースなヴァイブス】平和的な波動。かつて窪塚洋介が言っていた気がするが、いま思うと偏見かもしれない。などと適当なことを書いていたら、校閲さんより指摘。「ピースな愛のヴァイヴス」であるらしい。

(*143)【ニューエイジャー】主に二十世紀後半、スピリチュアルな運動に傾倒していた人。

った。というか、周囲の人たちが明らかに異教であるわたしたちを警戒している。いや、それよりパスポート。つっこみどころがわからないまま、ぐるぐると思考が回った。そのとき、逃走中だったひったくり犯が踵《きびす》を返し、わたしたちのところまで戻ってくると、何事もなかったように荷物を返した。皆も、何事もなかったかのように歩きはじめた。

「ええと」

わたしは瞬きをした。

「訊きたいことは山ほどあるのだけど、とりあえず、いまのは何？」

「修験道《しゅげんどう》だ」

涼しい顔でジョンが答えた。

「窃盗犯を足止めする秘術として知られている」

「ううん……」

わたしは頭を掻きむしってから、宇宙人に言って聞かせるように、

「それはわかった。でも、あまり力を発揮しちゃだめだよ」

「なぜ」

「ここはイスラム教国だから。あまり、異端の信仰を目立たせちゃいけない」

「なるほど」

これにはジョンも納得したようで、素直に頷いた。

「修験道はなるべく控えるようにしよう」

それにしても、暑い。

タクシー乗り場が迫ったところで、いきなり無数の運転手たちに囲まれた。試みに、街までの値段を訊くと、正規の料金の百倍をふっかけられた。そこにジョンが呪文を唱える。

「一切方諸、皆是吉祥、無有遍際、離障礙故、如風於空、一顧無礙」

「わかった。ただで運んでやるよ」

目の前の運転手が応えて、トランクを開けた。わたしはジョンを咎めるべきか迷ったのち、儲かったので不問に附すことにした。ピースなヴァイブスとともに、ジョンが自分の荷物をトランクに入れた。

街の中心に近づくにつれ、額に飾りものをした驢馬《ろば》や、路傍の果物売りをよく見るようになった。ジョンが一度車を停めさせ、オレンジを二つ買った。

「旅行中はビタミン補給がおろそかになる」(*144)

もっともらしい台詞とともに、一つ差し出してくる。頷いて、手荷物用の小さなバッグにその果物を入れた。幌《ほろ》つきの赤い車が過ぎ去った。車体じゅうに装飾を施したそれは乗り合いタクシーだった。通称、スズキ。これはガイドブックに書かれていた。

やがて運転手のお勧めの宿に着いた。

宿は安いものの小綺麗で、二階にレストランがあり、各部屋には水シャワーがついていた。さっそく、隣の部屋からジョンがシャワーを浴びる音が聞こえた。わたしはこの渡航のために買ってきた日記帳を広げ、今日あったことを書こうとしたが、ジョンの奇行を思い出し、そのままそっと閉じた。

バッグからオレンジを出した。

軋《きし》むベッドに仰向けになり、皮を剝こうとする。「Y」と

(*144)【旅行中はビタミン補給がおろそかになる】貧乏旅行においては特に。中央アジアにて、ルーマニアからバイクで来たというおっちゃんと出会った際は、「ビタミンAのために苺をたくさん買ったぜ！」となぜか自慢気に話を聞かされた。このおっちゃんが面白くて、元は東ドイツで土建業をやっていたとか。ところが東西併合で、西の資本には到底勝てずに清算を余儀なくされた。冷戦時代について訊くと、「あのころはよかった」とのことであった。

父のイニシャルが書かれていた。その文字の先端部に爪を差し入れると、柑橘《かんきつ》の香りが部屋に広がった。

23. 刑事ルディガーの無謬《むびゅう》

いま、ルディガー(*145)は鋭い双眸《そうぼう》をぎょろつかせながら、相棒のバーニーとともにラーワルピンディ(*146)の旧市街を歩いている。空港に着くなり酒を呑みたいと言い出したバーニーを一喝し、容疑者の怜威を探し出すべく、早々に捜査に出てきたのだ。だいたい、どのみち厳格なイスラム圏のこと。酒にありつける場所など高級ホテルくらいのものだ。

「しかし、これは……」

現地人にはわからぬとたかをくくっているのか、相棒が堂々と英語のスラングを発した。

「くっそ暑いですね……」

「北部だからまだいい。港町のカラチなんかは蒸し暑さで地獄だぞ。とっとと容疑者の宿を探し出そう」

「ラーワルピンディだけでも無数にあります」

(*145)【ルディガー】実はレギュラー陣であったのでした。十七章に出てきます。

(*146)【ラーワルピンディ】首都イスラマバードの南に位置する町。計画都市のイスラマバードは「世界一つまらない町」とも呼ばれ（後述）、実際、移動から何から不便であるので、パキスタンの首都に着いた際はラーワルピンディに宿を取ることを強くお勧めする。

「それを虱潰《しらみつぶ》しにあたるんだ」

「宿の人が教えてくれますか」

「俺が宿主と世間話をする。その間、おまえが宿帳をめくって記憶する」

「へ」

「到着日がわかっているので、たいした手間じゃない。なに、一日もあれば終わる仕事さ。しかし、暑いのも事実だな……。情報収集を兼ねて、旅人の集まるカフェにでも寄るか」

ルディガーの右手は、宙を上下左右にスワイプするおなじみの動きを見せている。マインドマップを描いているのだ。思考法の一つで、キーワードやイメージを広げながら、放射状に図を描いていく。ルディガーの、昔からのやりかただ。

「それ、本当に効果があるのですか」

突然パキスタンまでつれて来られた恨みからか、歯に衣着せずにバーニーが聞いてきた。

「もちろんだ」

ルディガーは冗談を解さない。

ついた仇名は、回路網測定器《ネットワーク・アナライザ》。最初に呼びはじめたのは部下のバーニーで、瞬く間に警察署中に広まった。いまでは署長まで彼をアナライザと呼ぶので閉口している。

「おまえらはアナライザなどと呼ぶがな。どちらかと言えば、俺の思考法は逆なのさ」

「逆？」

「俗に刑事の勘ってやつがあるだろ。俺の方法論《メソッド》は、その勘をいかにして最大化するかなのさ」

「ええと、英語でお願いします」

「ファック。……要するにだ。俺たちの現実世界では、真面目にロジカルに考えたところで、どうしたって物事の真相には行き着かないようにできている」

「そうですか？」

「たとえば、現場が実は丸ごと氷の建物だった可能性。被害者や容疑者が双子や三つ子だった可能性。イオン粒子がコンピュータに飛びこんでビットを書き換えて(*147)謎のダイイング・メッセージが生まれた可能性。この世界が五分前に生まれた可能性」

(*147)【イオン粒子がコンピュータに飛びこんでビットを書き換えて】プログラミングの仕事中、どうしても再現しないバグなどがあると、いかんともこの可能性を想像してしまう。実際、同僚がこれを口にしたことがあり、「やっぱりみんな考えるのか」と思った。しかし不思議なもので、どんな不可解なバグであれ、納期までには原因がわかるというジンクスもある。

「そんな可能性はありません」

「常識的にはそうだ。だが、俺たちが論理的であろうとする限り、こういう糞みたいな可能性を排除できないのさ。だから、俺は物事を平面的に考えるようにしている」

ガイドブックにも載っているカフェに着いた。

チャイを嗜む旅行者たちを、ルディガーはぐるりと遠慮なく見回した。それから店主に紙切れをもらい、ざっとバーニーに図示してみせる。


（図）


「まあ、この事件はわからないことだらけさ。そもそも、なぜ被害者はミイラ状態だったのか。あの場に運びこまれたのか、それとも放置されてそうなったのか。その場合、家族は知っていたのか。グルだったなら、なぜあとになってから通報してきたのか」

「そんないっぺんに言われてもわかりません」

「ゆっくり言ってもわからねえんだよ。次。被害者は何者か。見た感じでは東洋系と言えそうだが、国籍は何か。職業は。東アジアには即身仏という伝統があるな。何かそういう関連性は

(図)

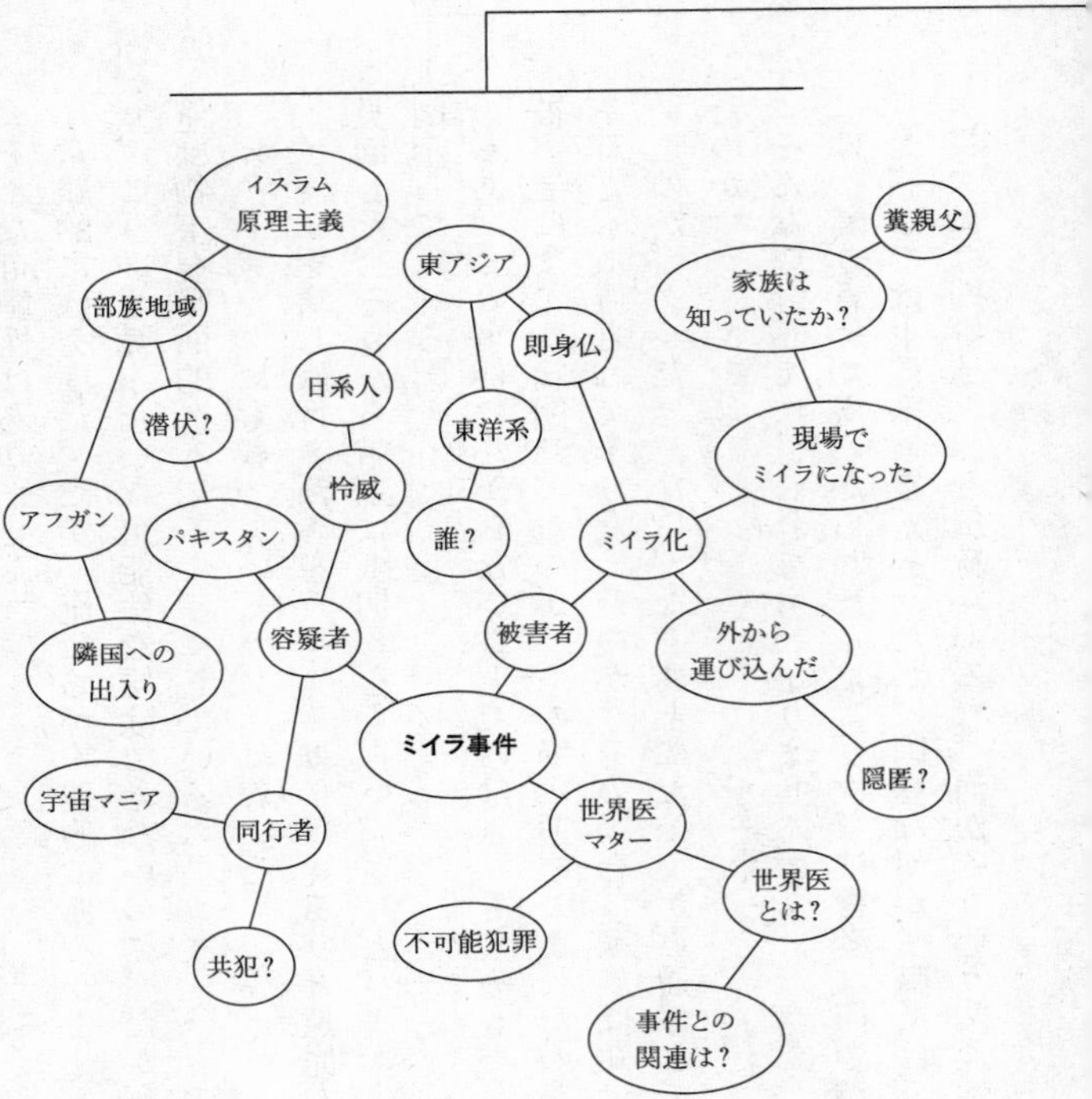
イスラム
原理主義
部族地域
東アジア
糞親父
家族は
知っていたか?
即身仏
日系人
東洋系
潜伏?
現場で
ミイラになった
怜威
アフガン
パキスタン
誰?
ミイラ化
容疑者
被害者
外から
運び込んだ
隣国への
出入り
ミイラ事件
隠匿?
宇宙マニア
同行者
世界医
マター
世界医
とは?
不可能犯罪
共犯?
事件との
関連は?

あるのか」

「即身仏ってなんです」

「あっちでは、聖職者を生き埋めにして、空気穴だけ作ってミイラを作る。よくわからないが、それをありがたく拝んだりするらしいぞ」

向かいの席で、チャイを飲みかけていたバーニーが嫌そうな顔をして手を止めた。

「まだある。謎、その三。なぜ、容疑者はパキスタンなんかに来たのか」

「〝なんか〟とか言っちゃだめです」

「身を隠すためか？　実際、この国には部族地域《トライバル・エリア》という、政府の手の届かないブラックボックスがある。ラディンが潜んでいたとされる場所だな。実際は違う場所だったわけだが……」

「誰ですって？」

「テロリストの名前だよ」

「世代の差ですね」

「教養の差だ。で、仮に潜伏が目的だとしても、生温いアメリカで生まれ育った餓鬼がこんな環境に耐えられるのか」

「〝こんな〟とか言っちゃだめです」

「あるいは、インドやアフガニスタンへ抜ける可能性もある。ただ、ビザはパキスタンのものしか取得していないことがわかっている。もっとも、このあたりは賄賂もきくがな」

「イスラム原理主義に染まった可能性は？」

「だとすれば場所がおかしい。パキスタンよりも中東あたりを目指すだろう。そんなわけで、俺も頭を抱えてるわけさ。まあ、本人を見つけ次第とっちめるがな」

「とっちめる」

「そして、四つ目の謎。本当のところ、こいつが一番知りたいことさ。世界医とは何者か。なぜ、俺たちの事件は、ことあるごと〝世界医マター〟として取り上げられてしまったのか」

ため息とともに、ルディガーは紙切れを丸めた。

いまバーニーに示したものは、脳内のマインドマップと比べれば、数百分の一の分量もない。それでも、これからもっと情報を集めなければ。

「この図がすべて繋《つな》がったとき、俺の刑事の勘は無謬の結論にたどり着く。非科学的だと思うか。だが、そういうふうにできてるのさ。……それはなんだ？」

席の向かいで、バーニーは小さなノートにペンで何事か書きつけていた。見とがめられ、バーニーはノートをしまってこちらに向き直る。

「いいじゃないですか。それより、ルディガーさん」

「あ？」

「こちらを見たまま聞いてください。来ましたよ。怜威と、その同行者のジョンです。手間が省けましたね」

24. コンクリ車いっぱいのレモンティー

安宿の一室を洗濯紐が横切り、そこに洗いたてのシャツや下着がかけられていた。水がベッドにまで滴っているが、ジョンはそれにもかまわず、寝具に腹這《はらば》いになってラップトップコンピュータに地図を映し出していた。

声をかけてみるが、返事がない。

地図は世界地図で、あちこちに赤や黄のドットがプロットされていた。ジョンはその画面を凝視しながら、ああでもないこうでもないと独語している。

大きく咳払いをしたところで、やっと気づいてもらえた。

「ああ、いたのか、すまん……」

何かに集中していた人間特有の、聞こえるか聞こえないかのささやき声だ。

「もう少しでわかりそうなんだ。適当に待っててくれ」

何がわかるというのだろう。

曖昧に頷いて、わたしは勝手にジョンのグラスを借りて水を注ぎ、湯沸かしコイル(*148)でレモンティーを淹れはじめた。コイルの電源を入れるのは、必ず機器を水に浸してから。そうでないとショートを起こしてしまう。前にそれをやって、ジョンのコンピュータのデータを吹き飛ばして以来、慎重になっていた。

ジョンが怒るところを見たのは、それがはじめてのことだった。怒ると疳高《かんだか》い早口で何事かわめく性格のようで、途中から聞き取ることもできず、馬鹿らしくなってきた。その怒りかたはいかにもナード(*149)的だと指摘したところ、それはヘイトスピーチであると大上段の論陣を張られ、余計に面倒な事態を招くこととなった。

紅茶が入った。

ため息一つ、わたしはティーバッグのレモンティーを一口すする。いったい、彼とわたしはうまくやれるのだろうか。はっきり言って、いまのところ不安要素しかない。

「やっぱりだ！」


(*148)【湯沸かしコイル】貧乏旅行の私的必需品。コイルをそのままコンセントに挿すという豪快な代物で、水を沸騰させられる。案外に見つけるのが難しく、ぼくはインドの露店でこれを買った。

(*149)【ナード】日本語のオタクに近く、蔑称的なニュアンスを持つ。

【ビッグデータ】単に「大きなデータ」の意。処理が困難なほど大きいデータ、たとえばSNSのつぶやきや個々人の疾病情報などをうまく解析すると、マーケティングや疾病予防の知見が得られたりする。

(*151)

唐突に、ジョンが画面を前に叫んだ。

「そうすると、もう少し北へ行かないとだな……。待てよ、そうすると北朝鮮の存在も旅春《バグ》になるのか？　くそ、もう少し人月があれば！」

「人間の言葉で」

「ウェブのビッグデータを解析して、イシュクトへのゲートとなりうる座標を、緯度で標準偏差を取ったところ――」

もう一度咳払いをしたところで、やっとジョンが帰ってきてくれた。

「……イシュクト山に入れる条件には、法則性が見られるんだ。具体的には、北緯三十五度近辺に多い。つまり、場所はこのあたりでもいいんだが、もう少し北へ行くと、入れる可能性が高まることがわかった」

「ゲームみたいにフラグが立つ条件があるってこと？　たとえば、この街で情報収集して、特定の人と会ってから北に向かうとか」

「ゲーム！」

(*150)

【人月（マン・マンス、にんげつ）】ソフト開発などで、「一人あたり一ヵ月」の単位。「一人月のソフト」といえば、一人が一ヵ月をかければ制作できる計算になる。同様に「一人日」なども使われる。「一人日は八時間ですか」は定番のITジョーク。

(*152)

【ゲート】門。

ジョンがベッドに立ち上がり、頭を掻いた。オイラーの方程式が書かれたTシャツが、ぺたりとジョンの背に張りつく。

座っていた椅子を、わたしは一フィートほど引いた。

「イ、イ、イ、イシュクト現象は、言うなら再現性の低いバグだ。たとえば、ユーザーの報告を解析した結果、千分の一くらいの確率で、ある場面でゲームが止まると判明した。それで条件を探るため、デバッガを十人くらい雇って延々とプレイさせつづけるような」

ひょいとベッドから飛び降り、ジョンがラップトップのディスプレイを畳んだ。

「そうとわかれば観光だ」

「へ?」

せっかくパキスタンまで来た以上は、確かに、わたしも観光はしたい。

でも、話の繋がりがまるで見えない。

「この近くに動物園があってね。そこで、ドグマという象のような生きものが飼われている。特徴は、耳が大きくて、鼻が長

(*153)

【オイラーの方程式】ここでは「世界一美しい公式」ともされる、$e^{i\pi}+1=0$を指す。

いこと」

「確かに象のようだけど」

「で、住民のアイドルにもなっている。大きさも象くらい。色は、赤と白のストライプ」

「ストライプ」

わたしは抑揚なく鸚鵡返しをしてから、

「待って。そんな生きもののことなんて、聞いたことないんだけど」

「『南アジアの声』誌では、連日のように報道されているぞ」

「ああ、あのUFOとかをよく扱う……」

「ドグマの好物はレモンティーなんだが、これが彼……いや彼女だったか？　とにかく、皆にとって悩みの種だった。何しろ、たくさんの量を用意できないからね」

手元のグラスをわたしは見下ろした。

「それで、あるとき飼育係が閃《ひらめ》いてコンクリ車を導入したんだ。コンクリ車いっぱいにレモンティーを詰めこんで、ドグマに与えるというわけさ。実際は、部族地域《トライバル・エリア》に潜伏していたゲリラの有志が車を寄附したとも言うが、真相は定かじゃない」

「とにかく、ドグマくんを含め皆が幸せになったと」

「ところがコンクリ車の調子がこのごろ悪くて、一同がしょんぼりしているらしい」

「レモンティー用にできてないからかな」

「さあな。ただ、一つ確実に言えることがある。それは、ドグマがいわゆる旅春現象《バグ》の一つだということだ。そして、バグとイシュクトのあいだに、なんらかの相関関係があることまではわかっている。まずは、ドグマをこの目で見てみよう」

ゆっくりと、わたしは頷いた。

赤と白のストライプの象がいるなら、確かにわたしもこの目で見てみたい。いや、象ではないのだったか。なぜだろうか、考えはじめるといらいらしてくる。

盗難防止のためか、ジョンがベッドの毛布の下にコンピュータを隠した。滴ってくる水が気になるが、たぶん言っても聞かないだろう。

「行く道に外国人が集まるカフェがある。情報収集を兼ねて立ち寄ってみよう」

「サー、イエス・サー」

わたしは心なく敬礼し、身支度のために自室に戻ることにした。ドアを抜けようとしたところで、「あ」という声とともに、何かが割れる音がする。振り向くと、わたしのレモンティーの残りを飲もうとしたジョンがグラスを落としたところだった。見なかったことにして、わたしはそのままジョンの部屋をあとにした。

25. ラーワルピンディ特別区

宿の二階にある仄暗い食堂に降りると、ブリティッシュポップのMTVが流れていた。食事は薄い緑豆のスープと漬け物、それから小麦粉を薄く延ばして揚げたプーリーだ。蜂蜜《はちみつ》があれば合うんだがな、とジョンが向かいで残念そうに口にする。食事はすぐに終わった。

外に出ると風が砂埃を巻き上げ、たちまちジーンズが白く汚れた。

「ジョン」

わたしは振り向いて、それから二度、三度と瞬きをした。

振り向いた先は、泊まっていたパキスタンの安宿ではなかった。ウルドゥー語の原色のネオンの看板とともに、医療大麻を売る店がある。見上げると、空中を青い半透明のリボンが幾重にも伸び、流線型のデザインの車がその上を走っていた。

ずいぶん破天荒な街並みだ。

わたしは道行く人を捕まえて何事かと訊ねようとし、そのまま固まってしまった。

現地語など知らない。とんとん拍子にここまで来て、飲み食いをし、気づかずにいたこと。わたしは、ジョンなしには何もできないのだった。いみじくもそのことに気づかされ、顔が赤くなってくるのがわかった。

走り去ろうとしたところで、現地のカミーズを着た小父《おじ》さんに呼び止められた。

こちらに向けて、カード状のデバイスを差し出してくる。

見ると、マイクのグラフィックが表示されていた。たぶん、スマートフォンの翻訳アプリみたいな何かだ。実際、わたしたちもパキスタンで翻訳アプリを利用してきた。触れてみると柔らかく、基盤がどうなっているのか気になる。

試みにマイクに向けて自己紹介をすると、やおら、自動翻訳された音声が流れてきた。

「ふむ」

(*154)【破天荒】それまで誰もなしえなかったことを実現すること。

(*155)【いみじくも】適切に、巧みに。

(*156)【基盤】物事を成立させる基礎。

(*157)【やおら】落ち着いてゆっくりと動作を始める様子。

小父さんが頷き、画面を確認してから、カードに向けて何事かを発話した。

「アメリカ英語だね？」カードがわたしに訊ねた。

「アメリカ英語です」わたしはカードに向けて頷いた。

しばしの沈黙があった。

「あの」わたしは意を決して訊ねた。「ここはどこで、そしていまはいつでしょう」

わたしの質問はふたたび翻訳され、そしてまたカードを介して男が応えた。

「哲学的な問いだ」

「いえ、そうではなくて……」

「ラーワルピンディ特別区、二二一六年の三月十八日。だがそれは本質ではない」

小春日和のなか、わたしは礼を言ってから歩きはじめた。

まもなく景色が戻った。現在の、いや過去というべきか――ええい、どちらでもいい。ラーワルピンディの路地を、わたしはジョンと歩いていた。路地は白く乾燥し、干からびた果物の

【小春日和】十一月ごろの暖かい気候。

(*158)

皮やビニール袋の吹き溜まりがあった。空はやや暗く、この様子では雨模様になるだろうか。

「――で、イスラマバードまで行くのは大変だから」

ジョンはきょろきょろと周囲を見回しながら、独語するように言う。

なんの話かと訊ねると、パキスタンで携帯電話用のSIMカードを調達する算段を立てているようだった。してみると先ほどの翻訳機は、夢に周囲の会話が入りこんでくるようなものだろうか。それともこの街が、やがてはさっき見たような素《す》っ頓《とん》狂《きょう》な繁栄を迎えるのか。

次はどこへ行こう、その次は、とジョンは妙に浮き足立っている。

路傍でオレンジを買おうとして、人だかりができた。旧市街では、まだ西欧人が珍しいのだ。先ほどのことを思い出し、気持ち、わたしはジョンに数インチ近づいた。

「あれだ」

ジョンが指さした先にあるのは、観光客が集まるというカフ

(*159) 【雨模様】雨が降りそうな空の様子。

(*160) 【浮き足立っている】不安で落ち着かない様子。

ェだ。

それまでの旧市街の店と比べると装飾も垢抜けており、敷居が高いように感じる。それはジョンも同じだったようだが、わたしたちは檄を飛ばし合い、店のドアを押した。

作戦会議に入るべく、わたしたちは隅のテーブルに陣取った。カフェとはいうものの、コーヒーはインスタントで、チャイの数倍の値がする。途上国ではよくあることだとジョンは言うが、逆に高いインスタントを飲んでみたくもなってきた。

そのとき、二人組の西欧人が、何食わぬ顔でわたしたちのテーブルににじり寄ってきた。ちょうど、こちらの逃げ道を塞ぐような位置取りで感じが悪い。

わたしは二人を無視するようにジョンを向いた。

「わたしたち、何かしたかな?」

「さあ……」

やはり二人組が気になるらしく、ジョンの目が険しいものになってきた。好きなオカルト話をするときの瞳孔《どうこう》の開きかたと比べると、よほど凛々《りり》しく見えるが、教えてやったところで、

(*161)【敷居が高い】不義理や不面目なことがあって行きづらいこと。

(*162)【檄を飛ばし】主張を広く人々に知らしめること。

きっと本人は喜ばない。

思わぬことに、二人組はわたしたちの名を呼んで、間違いはないかと訊いてきた。

「どうだろう」

詐欺を警戒し、わたしは曖昧に応じた。

「どこにでもあるような名前だしね」

「いや、間違いないはずだ」若いほうの男が迫った。「きみはイヴリン邸ミイラ遺棄事件の関係者にして、重要参考人だ。間違いないだろう？」

イヴリンはわたしの母の名。確か、家も母の名義になっていたはずだ。さすがに、こちらが動揺する番になった。それにしたって、突然こんな話をぶつけるのは姑息ではないか。

「ちょっと待ってもらえる？」

わたしは二人に向けて手をかざした。

「お母さんの家で何が？　ミイラ？　どういうことなの」

若い男が隣りに立つ相棒を一瞥した。

「この反応はどうです」


(*163)

【姑息（こそく）】

その場しのぎのこと。

「心証としては白だが、まだ信用できない。もう少し質問してみよう」

「本人を前に、そういうこと言う?」

ぼやきながら、もう一人の男を見上げてみた。眼光が鋭く、癖であるのか、右手の指がスマートフォン上をスワイプするように上下左右している。

「あれは何をやってるんだろう」わたしはジョンに向けてささやいた。

「おおかたマインドマップでも描いてるんだろう」ジョンが答える。

これを聞いて、わずかに相手の男が目をすがめた。

「バーニー、おまえじゃ役不足かもしれない。わたしがちゃんと話そう」

そう言ってから見せられたのは、映画などでよく目にする警官のバッジだった。

「失礼した。わたしはサンフランシスコ市警のルディガー。ゆえあって、きみの家で起きた死体遺棄事件を追っている次第

(*164)

【役不足】役目や役割が実力に比して軽いこと。

だ。よければ、さわりだけでも軽く話を伺いたいのだが」

わたしは狼狽して、首筋のあたりを強く掻いてしまった。

「ねえ、お母さんは無事なの？」

なし崩しに話にひきこまれるわたしを前に、二人が目を見合わせた。

「まるで、父親が無事ではないと知っているような口ぶりだ」

とルディガー。

「左様ですな。もう少し話を聞いたほうがいいでしょう」

「いや、そんなの言葉の綾じゃない！　お父さんの身に何かあったの？」

「安心したまえ。きみのお父さんも無事だ」

急に力が抜ける。店員が注文を取りに来たところで、チャイを二つ、と勝手に男たちがオーダーをした。がぜん、男たちへの苛立ちが募ってくる。と、そのときだ。

「待ちな」

険しい目つきのまま、ジョンが店員を呼び止め、チャイのキャンセルを告げた。


(*165)

【さわり】物事の肝心な部分。


(*166)

【なし崩し】物事を少しずつ片づけること。


(*167)

【がぜん】突然。

「まったく、むかつく野郎どもだな。いいか、こんな連中の相手をしてる場合じゃない」

「なんだと?」

ルディガーを相手に、ジョンが苛立たしげにメニューをぽんと放った。

「得られた情報を整理するぞ。まず、きみの家にあったという死体は第三者だ。そして、ご両親は無事。とりあえず、きみとしてはそれで充分だろう。加えるなら、折り悪しくパキスタンに発ったきみが疑われ、この二人が捜査に来たというわけだ」

「そこまで理解いただけたなら……」

「言ったろう、相手なんかしてられるか。国境をまたいだ捜査は国際刑事警察機構《インターポール》の案件で、パキスタンもこれに加盟している。あんたがたに海外での捜査権はない。それをやると、この国の主権の侵害になるからな。だから、ここそこと話を聞きにきた。確信犯さ。おおかた、捜査が煮詰まってでもいるんだろうよ」

「少し待ってくれ」


(*168) 【確信犯】信念をもって及ぶ犯行。

(*169) 【煮詰まって】物事が完成に近づくさま。

【潮時】物事をはじめたり終えたりするのに適切な時期のこと。

(*170)

「潮時だとわからないか?」
咳呵一つ、手荷物のバッグを摑んでジョンが立ち上がった。
「ノイズは無視だ。俺たちは、俺たちで目的を遂行する」

第二部

【ギルガメッシュ】実在する最古の物語とされる『ギルガメッシュ叙事詩』の主役。ところで『ファイナルファンタジーV』のライバル役であるギルガメッシュは、その登場時の音楽「ビッグブリッヂの死闘」も相俟って強い印象を残した。ところがこの曲の人気について、作曲者の植松伸夫が「分散和音（アルペジオ）を鳴らしているだけなのに」とインタビューに答えており、ぼくは衝撃を受けるとともに植松氏への信頼が増した。

(*172)

i．ティト・アルリスビエタの場合

飛行機は嫌いだ。否が応にも、思い出してしまうから。

機内食の蓋を閉じてから、ティト・アルリスビエタは目をつむって黙想する。

彼がアルシアル遺跡の発掘で名を馳せたのも、その後に冒険家として活動をすることができたのも、やがて身体の自由がきかなくなってきてからは、オンライン・カジノやウェブ決済サービスの会社を立ち上げられたのも、すべては、イシュクト山に入ったおかげ——加護、あるいは呪いだと言えるだろう。

すべて、盟友ウルディンの命とひきかえのことだ。

まるで、友エンキドゥを失ったギルガメッシュのように。

人の望みを等価交換で叶えるというあの山、イシュクトの七合目付近でウルディンは滑落し、戻らなかった。そして、

(*171)

【ティト・アルリスビエタの場合】第二部から文体が大きく変わる。別に意図した技巧というわけではなく、ちょうどこの章が掲載されたころ、『宮辻薬東宮』という宮部みゆきさんにはじまるリレー・アンソロジーの仕事をしたからであった。

ここまで来たからには山を登ってみようと言い出したのは、ほかならぬティト自身であったのだ。何かを得れば何かを失い、そして失ったものは戻らない。それは数々の神話が示す通りだ。求めていたものが、往々にしてそもそも間違っていたという点まで含めても。してみると、ふたたびイシュクトへ戻ろうとするティトの行為は、ことによると、神話への叛逆であると言えるかもしれない。

昔、中国を旅していたころ出会った占い師の老女は言った。あなたは運命をねじ曲げたいと望んでいる。運命をねじ曲げることは可能だ。けれど、それは大きな犠牲を伴う。まして、一度曲げた運命をふたたび曲げるとなると……。

黙れ。

自らに抗うこと、運命をねじ曲げようとすることは、人に残された、最後のたった一つの人間らしい営為ではないか。それまで失っては、自分たちなどAPの下位互換(*173)でしかない。いや、違うか。とっくの昔から、俺たちは何物かの下位互換のようなものだ。あまつさえ、それが神話に抗おうなど、なんと甚

【下位互換】たとえばプレイステーション２に対する初代プレイステーションのようなもの。人間がAPの下位互換となるのか、そもそも互換性が失われるのかを考えるのはけっこう面白い。

だしい勘違いであることか！

機体が揺れた。

ビープ音とともに、シートベルト着用のサインが灯る。少し弛めていたベルトを締め直す。あの山が、ふたたび自分を受け入れることはあるだろうか。

タンジェの一室で倦み、疲れ、腹の突き出たいまの自分を。

ふいに、機内に預けたバックパックが思い出された。新たに買い直したバックパックは、昔よりも洒落《しゃれ》ていて、まるでスポーツカーのような外見をしている。とても自分には似合わない。きらきらと輝くものがティトは苦手だ。少なくとも、自分には相応《ふさわ》しくない。

昔は、世界各地の安宿に旅人ノートなるものがあった。ウェブが未発達だったからだ。ティトたちはそれを通じて、美味い食堂から隣国のビザの取りかた、危険地帯や賄賂の額など、さまざまな情報を交換しあったものだ。そのノートで、こんな一節を見たことがある。

齢を食った旅人は勘違いが多くて鬱陶しい、と。


(*174)

【さまざまな情報を交換しあったものだ】昔、このノートを宝物のように隅から隅まで読んだ。スマートフォンの普及とともに衰退したものの、結局のところ、旅人ノートが一番有益なメディアであった気がしてならない。

それで言うなら、いまの自分はまさにそれだ。体力だってない。トランジットのドバイで飛行機を乗り継がず、そのまま降りてリゾートホテルのスパに入りたい誘惑にかられる。

同じく、かつて山に入った仲間——いまはインド舞踊を教えているらしい——レタとは事前にメールで連絡しておいた。案の定、彼女もいまだ過去を向き、イシュクトに置き去りにしたものを思っていた。おそらく、パキスタンの中部で落ちあうことになるだろう。ドバイで途中下車をしなければだが。

——等価交換の等価交換。

そもそも、等価とはなんだろうか？　幾重にもからみあった脳内の網目を主成分分析で二次元に変換して、その平面上で、同じくらいの群れを形成する意味要素があれば、それをもって等価と言えるのか。だとして、判別するのは誰か。人ならぬ何者か。

(*175)【主成分分析（PCA）】多種多様なデータを解析するための手法。言ってみたかっただけ。

イシュクトの神を相手にいかにして抗うか。あるいは、いかにして欺《あざむ》き、出し抜き、騙し通すか。これまでの年月で得てきた情報から、策はないこともない。おそらくそれには、〝世界医〟の協力が不可欠なのだが……。

気がつけば、食べ終えた機内食が片づけられていた。

知らぬ間にアテンダントが持ち去ったのだろう。皆とイシュクトに入ったあのころと比べると、意識の穴のようなものが日増しに広がっていくのが感じられる。おそらく、これが最後の機会となるだろう。闘うにせよ、闘いを降りるにせよだ。

また機体が揺れた。

ふたたびティトは思う。飛行機は嫌いだ。否が応にも、思い出してしまうから。

【共産主義化した国を資本主義に戻すのはきわめて難しい】旧ソビエト諸国を旅してみて痛感したこと。たとえば、国有であった土地をどう市場に還流するのかなど。キルギスという国で聞いた話では、とりあえず国民一人につき羊数頭と決めて配られたものの、遊牧など知らぬ都市の住人らがばたばたと羊を死なせてしまったとか。

(*176)

2i. ロニー "シングルトン" ルルフェの場合

ロニーが泰志とともに訪れたのは、バミューダ・トライアングルの中心付近にある例の常春の三国、世界医師会が長く頭を悩ませてきた島の一つだ。目的は、この島々における、世界の側が罹《かか》った精神疾患——いわゆる旅春《バグ》を取り除くためだ。常春の島から旅春を除くというのも妙な話だが、とにかくロニーは障壁が高いほどに燃える。それも病的にだ。直せないバグほど、直してやりたいと思う。

三国が罹った病は、カロリー本位という異質な経済体制。制度設計は失敗しており、人々は長らくそのことに悩まされている。しかし、資本主義を共産主義に変えるのが革命一つであっても、共産主義化した国を資本主義に戻すのはきわめて難しいように——所有の概念はどうなるのか？ いかにして国営を民営に変えていくのか？ 経済を破綻《はたん》させないよう、すべてをソフトランディングさせるにはどうすればよいのか？　とかく、すでにそこにある実体経済ほど手のつけられない代物はない。しかも今回のケースは、よりによってバグでもあるのだ。医師会が匙を投げたのも頷ける。

すでに時間は止めてある。

いま、世界はあると同時にない。そのなかを、ロニーと泰志だけが動いている恰好だ。視界一面には、三国を司る法典《コード》が二重映しになっている。言語は、いつものオブジェクティブ・ヘブライ語。このどこかに、あるいはすべてにわたって、問題が潜んでいるはずだった。

「滅茶苦茶ですね」

横で泰志がつぶやく。プログラムが滅茶苦茶である、ということだ。

「……この箇所、どうも啓示自体《コンパイラ》が怪しいな」

ロニーは応えるかわりに、とん、と中空のコードを叩くように指した。

「高級言語じゃ埒《らち》が明かない。簡易記法《ニーモニック》に逆変換してくれ」

泰志が頷き、目の前の言語を一斉に置き換えた。

לד　א,ע
לד　יח, Vח
לד　בצ,_אפ
אדד　יח, בצ
לד　א,יח
לד　א,ל
רלצא
סבצ　א,א

泰志が軽く目を細めた。簡易記法《ニーモニック》が苦手らしく、命令ごとに順に追いかけているのがわかる。その口から、愚痴とも感慨ともつかない文句が漏れた。

「また、ずいぶんと原始的な……」

「何しろ天地開闢《かいびゃく》まで遡《さかのぼ》るんだ。そりゃ原始的だろうよ」

「まったく、どんな神がどんな外注に回したのか」

(*177)
【ヘブライ語の簡易記法（ニーモニック）】趣味のプログラミングの一部をそのまま置き換えただけなので、あまり真面目に読まないでください。

「とにかく見てみるぞ」

何しろ時間だけはある。正確には時間の概念自体がない。啓示《コンパイラ》が怪しいというロニーの勘は当たっていて、すぐにいくつかの不具合が見つかった。泰志と手分けしてそれを修正していくが、この三国の場合、こうした旅春《バグ》は無数にある。

時間の概念がないので、体感で一ヵ月ほど。やっと、細かなCランクの不具合のみを残して、三国の経済を修正することができた。これで、A国の食卓がケーキばかりになることも、B国でローストビーフをパンもライスもなしに食することも、C国で成人病が蔓延することもなくなるだろう。

最初はシンプルな枠組みにするのがよいだろうとの泰志の意見を採り入れ、対米ドルとの固定相場制が導入された。あとは好循環をもたらすも、悪循環に陥るも、そこで暮らす人々のやることだ。

「さすがに、今回は疲れましたね……」

やつれきった泰志がぼやいたのは、作業完了の打ち上げを兼ねて入った、A国にできたステーキハウスだ。もっとも、肉食

【熱海】妻の運転で伊東を訪ねた際、熱海で迷ってぐるぐると市内を回りつづけることになった。この一件は「エンドレス・アタミ」として夫婦のあいだで記憶された。

(*179)

文化がまだ根づいておらず、食卓にはステーキソースの代わりにケチャップのボトルが置かれている。

(*178)

【ステーキソースの代わりにケチャップ】元アメリカ在住者から聞いた恨み節。

それを一瞥《いちべつ》して、また泰志が残念そうな顔をした。

「熱海の温泉にでも入りたい気分です」

アタミとは泰志がときおり口にする日本の地名だ。子供のころに家族旅行で行ったことがあるとかで、そのときの温かな記憶がまだ残っているらしい。相棒の思い出の地なので、ロニーもいずれは足を運んでみたいと考えている。が、まだそのときではない。

ケチャップを肉にかけながら、ロニーは無表情に応じた。

「まあ今回は手慣らしだ。いよいよ、取りかかってやろうと思ってな」

肉にフォークを刺したまま、泰志が左手のナイフを止める。表情から、おおかたは察したことが窺えた。

軽く、ロニーは口角を歪めた。

「この世に残された、最後の特Aランクのバグ——そう言えばわかるな」

「イ、ュ、ク、ト、ですね」

やや生気の戻った声とともに、泰志がこちらを見た。

「気は進みません……。いや、気は進まないのですが、何かが漲《みなぎ》ってくるのがわかります。きっとぼくは、ずっとこのときを待ってもいたのでしょう」

「そうだろうとも」

プラスチックの水のコップを手に取って、ロニーは口を湿らせた。

「世界医であるとはどういうことか？ バグを取り除くとは、究極的には何を意味するのか？ そんなもん、一つしかなかろうよ。世界医の誰もが一度は考えつつも、あえて口に出さないこと――この不条理な法典《コード》をもたらした神を、殺すことだ」

しばらく、泰志は何も応えなかった。

結局、発せられたのは一言だけだった。一言だけ、けれど覚悟の決まった目で。

「やるんですね」

ロニーは応えない。もう、そういうことになったからだ。


(*180)

【そういうことになったからだ】夢枕獏氏の小説に出てくる「『ゆこう』／『ゆこう』／そういうことになった」が好きで、いっとき日常生活でよく口にしていた。

31. レタの場合

世界一つまらない都市はどこか。

旅人に訊ねると、もちろんそれは相手にもよるのだが、こう答えられることが多い。それは、パキスタンのイスラマバードにこそほかならぬと。よその国の首都にそんなけちをつけるのも失礼きわまりない話だが、当のイスラマバードは飄々《ひょうひょう》とそこにありつづけるわけで、おそらく旅人ごときの陰口など意に介さないには違いない。

つまらないと言われる最大の要因は、ここが計画都市であることだ。

碁盤の目状に張り巡らされた通りの一ブロックは、スペイン・モロッコ間のジブラルタル海峡くらいに長く、そして省庁や銀行と思われる巨大建築が並ぶなか、炎天の下で喉を潤そうにも水売りの影一つない。一応はバスが通っているものの、異

(*181)【ジブラルタル海峡くらいに長く】むしろ短い気がしないでもない。

(*182)【水売りの影一つない】ビザの関係でイスラマバードをさまよったことがあり、ぼく自身、この町には本当に難儀した。

【異郷の地の都市バスほど使いづらく】実を言うと東京のバスもよくわかっていない。

(*183)

郷の地の都市バスほど使いづらく、いったいどこへ行くものやらと乗っていて不安な代物はない。

レタがイスラマバードを訪ねたのは、大使館でアフガニスタンのビザを取るためだ。

かつてイシュクト山に入り、そして山を降りたとき、一同はアフガニスタン北部の山地にいた。しかしアフガンへ入る予定などなかったため、当然ビザなどない。その後、いらぬ厄介を強いられながら、なんとか北の国境からタジキスタンに入れたのは、いい思い出だ。

そう、いい思い出なのだ。

むろんそれは悪夢のような旅だった。自分自身、タジキスタンの病院で凍傷にかかった片脚を切ることになったし、あの胡散臭いティト・アルリスビエタに至っては、相棒を亡くした。皆があまりに多くを失ったあの旅が、それなのに、振り返ってみると、あたかもいい思い出であるかのように感じられる。そのことに、レタは軽い罪悪感ともいうべきものを覚える。

イスラマバードのつまらない通りを歩きながら、アフガニス

【賄賂の百ドル】試しに大使館の人間がふっかけてみたところ本当に払ってしまった旅人がいて、以来その値段になったと聞いた。いまどうであるかはわからない。

【タリバンが運営しているから親切でお茶も出る】旅人のあいだでまことしやかに言われていたこと。同時多発テロの前、タリバンが「アフガニスタン・イスラム首長国」を統治していたころは、アフガンに入国するために、北の大使館で正式なビザを、南の領事館でタリバンのビザを取る必要があったとか。ぼくが入国した際は同時多発テロのあとであったので、大使館のビザのみで事足りた。が、茶が出るという領事館はいまなお気になっている。

タンの旗を見分けた。

大使館だ。

いまだ政情の安定しない彼《か》の国へ入る者は少ないようで、ほとんど待たされることなく、レタは自分のパスポートを預けることができた。

かつては、こう言われたものだった。ここよりもパキスタン南部のアフガニスタン領事館のほうが、タリバンが運営しているから親切でお茶も出る。(*184)対してイスラマバードの大使館は不親切な上に、賄賂の百ドルを要求されると。が、それもいまは昔だ。(*185)

インド舞踊の教室は一番弟子にまかせてきた。

ビザを母国のスペインではなく現地で取ることにしたのは、単に、時間がなかったためだ。例の男——ティト・アルリスビエタから誘いが来たとき、すでにパキスタンのビザを(*186)取るので精一杯だった。

いま、その男がやや居心地の悪そうな表情とともに、大使館の待合室で片手を挙げた。

【パキスタンのビザ】インドとパキスタンは仲が悪いので、インドから隣国のパキスタンに入ろうにもビザが取れないということがあった。そこでぼくはパキスタンのビザを取るためにバングラデシュに入国したのだった。二十三歳のときのことである。

やはり彼も、念のためアフガニスタンのビザを取っておこうと思い至ったらしく、それならばイスラマバードの大使館で合流しようと二人で決めたのだった。

「あれから、どれくらいだ？」

こちらを一瞥してから、ティトが自問するように訊ねた。

「さあ……」

レタは軽く首筋に触れながら応える。

「十年か、二十年か……。でも、そんな時間はあってないようなもの。わたしたちの時間が、あれからすっかり止まっている以上は」

「違いない」

ティトが目を背け、椅子から立ち上がった。

「行くとするか」

「ちょっと待って」

レタはティトを押しとどめ、先ほど手続きをしてもらった大使館員に一筆書いてもらうことにした。——この者はビザの申請中につきパスポートを所持していない。便宜のほどを。


(*187)

【大使館員に一筆書いてもらう】お勧め。特に、身分証の提示を何かと求められるような国では、この一筆に救われることがある。

これがないと、また厄介なことになりかねない。

メモを受け取って、懐かしい顔のほうへ振り向いた。

「バスの路線はわかる？　わたし、この国の言葉もすっかり忘れちゃって……」

「任せろ」

自信たっぷりに応え、ティトがウルドゥー語の会話辞典を取り出した。それから数字の項を開き、老眼鏡の位置を動かす。

まったく任せられそうにないが、一抹《いちまつ》の懐かしさがよぎった。何も知らず、向こう見ずで、けれども肩で風を切りながら各国を旅していたあのころの。

「そうだ」

と、そのティトが顔を持ち上げる。

「もう一軒寄らせてくれ。ことによると、あの山までショートカットできるかもしれない」

「本当？」

「ああ、ただ先方が来てくれるかどうか……」

ティトが語尾を濁らせ、会話辞典を閉じた。それから大使館

員を呼び止め、旧市街行きのバスはどれかと堂々たる英語で訊ねた。(*188)

車内では二人とも無言になった。

積もる話はあるとも言えたし、まったくないとも言えた。

移ろう景色は、やはり無機的でつまらなく見える。それとも、自分のほうがつまらない人間になったのか。窓の外を見ながら、レタはこれまで幾たびも自問してきたことに、ふたたび思いを巡らせる。自分は片脚を失い、かわりにファナの肩に触れることができた。ティトは相棒を亡くし、かわりに余りある成功を得た。ファナが失ったのは、居場所、ないしは故郷だ。そしてウルディンは、命そのものを。すると、あの二人が得たものとは、なんだったのだろう。

「うまくすれば――」

ふと、ティトが湿りがちに口を開いた。

「世界医の協力が得られる」

なんのことやらわからず、瞬きをする。

「世界医?」


【堂々たる英語】何事も堂々と伝えるとけっこう何語であっても通じたりする。

「ああ」

応えるティトは、なぜだか不機嫌そうでもあった。

「この世界の秘密を握る連中とでもいうべきか……。これまで得た金を注ぎこんで、やっとその存在にまでたどり着くことができた」

目をすがめる。

なんだか胡散臭い秘密結社の話でも聞くようだが、しかし胡散臭いというなら、そもそもティト自身がそうだし、もっと言うならイシュクト以上に胡散臭い存在もない。

「その――」

話を聞く気になった、そのときのことだ。

バスが停まり、ここで降りろと運転手が知らせてくれた。

41. 刑事ルディガーの回転

「どうしますかねえ……」

炎天の下を歩きながら、相棒のバーニーがぼやいた。

「イヴリン邸ミイラ遺棄事件」を追って、はるか東、パキスタンまでやってきた。ところが、ようやく見つけた容疑者二人にはまんまと逃げられ、炎天下、男二人で途方に暮れているというわけだ。思いのほか知恵が回る連中だったというのが痛い。

「この際ですから観光しません？」

こちらを窺う相棒に、ルディガーは仏頂面を返す。

「こんな何もない国でか」

「さらっと失礼なこと言いますね。ぼくとしては、ここまで来た以上、ガンダーラ美術を見て帰りたいんですけど。それと、動物園に……」

「仕事中だ」

(*189)

【ガンダーラ美術】インダス川上流域、一世紀から五世紀くらい（！）に隆盛をきわめた仏教美術。主にギリシャ彫刻の影響下にある。パキスタンの観光の目玉の一つ。

「休暇中です」

念を押すように、バーニーが指を立てた。

「あと、大事なことなのでもう一度。帰りたいです」

小さくため息をつき、ルディガーは下ろしたままの右手の先を、幾何学模様を描くように動かした。相棒にとってはおなじみの、昔からの彼の癖だ。

「……三ブロックほど歩いたところに、現地のアイスクリーム店がある。とりあえず、それで機嫌を直してくれないか」

「またあれですか。マインドマップってやつ」

然り。

ただ今回思い描いたのは、事件に関するマインドマップではない。署内の人間関係や、各人の趣味好物などのマップだ。

バーニーが少し考える素振りを見せた。

「ダブルにしてもいいですか」

「ダブルでもトリプルでも」

——とりあえず相棒はこれでいい。

問題は、まんまと逃げおおせた二人、怜威とジョンだ。

「……前々から疑問だったんですけど」

歩きはじめたところで、バーニーがこちらの右手を指した。

「それって、単に記憶力のいい人とどう違うんですか」

「まず検索性だ」

ルディガーは相手を見ずに即答する。

「それから、連想から連想へのザッピングが容易になる」

「どういうことです」

「マインドマップ上の、動く点Pを想像してみろ」

そう言いながら、ルディガーは空中の点Pを指す。

暑いせいか、こちらもこちらで、だんだんと対応が適当になってきている。

しばしの無言ののちに、バーニーが宣言した。

「ギブアップ」

「そして、この点Pは通常の平面ではなく、ガウス平面上に存在する。ガウス平面は習ったな？　縦が虚数の軸、横が実数の軸だ。要するに、Pは複素数a＋biという形でガウス平面上に位置している」


(*190)

【ガウス】大数学者。人と打ち解けるのが下手だったらしい。

「チョコレート・アイスクリーム」

傍らのバーニーは完全についてくるのを放棄し、先を見据えはじめる。

「ストロベリー、いや……」

「要するに、俺のマインドマップは複素平面上に構成されている。で、点Pがあるマインドマップ上の連想にあったとしよう。ここから、回転を用いて別の連想へザッピングする」

くるり、とルディガーは宙に円を描く。

「通常の座標系では、三平方の定理で原点からの距離を算出したり、三角関数を用いたりと面倒きわまりない。ところがガウス平面であれば、Pの回転は指数eの累乗で簡単に操作できるというわけだ」

「ええと……」

渋々といった調子で、バーニーが話を合わせる。

「それで計算が楽になるのですか」

「美しくなる」

こちらの即答に、バーニーが肩を落とした。それにかまわず

【三角関数を用いたり】

加法定理というやつ。

(*191)

つづける。

「さらに、点Pの原点からの距離は、単純に絶対値|P|によって示される。これはそのまま、本筋からどれだけ遠いかの値と見ることができる」

「いま我々が、カリフォルニアとパキスタンくらい遠いみたいにですか」

「我々がカリフォルニアとパキスタンくらい遠いようにだ」

鸚鵡返しに答えてから、皮肉を言われたのだと気がついた。

気の利いた返しはないかと思案しかけた瞬間、直感が走った。その場に立ち止まり、目の前の空間上にせわしなく指を動かす。

「正解かもしれないぞ」

「は?」

こちらが黙したままなので、バーニーが焦れて語調を強めてきた。

「はい?」

「怜威とジョンは、回転しようとしているんだ」

【ピザは子供のころからプレーンであった】ぼくが通っていたアメリカの小学校ではアウト・ランチという制度があり、ある学年以上は昼に外食をすることができた。当時、向こうのピザは安くて、座布団のような一切れが二ドルもせずに買うことができ、ぼくはそのプレーンを好んだ。ほかの食べものでもだいたいプレーンを好み、冒険をしない子供と言われた。


ここまで話したところで、アイスクリーム店まで来た。

バーニーが結局チョコレートとストロベリーのダブルを頼み、こちらは単純なバニラ味を注文する。ルディガーは何事もシンプルを好む。ピザは子供のころからプレーンであった(*192)し、アイスクリームといえば、やはりバニラだ。

このあたりも、回路網測定器《ネットワーク・アナライザ》だなどと囃し立てられる所以《ゆえん》の一つかもしれない。

食べ終えたところで、相棒に問いかける。

「もしお前が人を殺したとしよう」

「殺しません」

「そのとき、お前だったらどこへ逃げようと思う?」

少しの間があった。

「遠くへ」

「それだけでは不足だ。現に、俺たちは遠くへ逃げた容疑者を何人も捕まえてきた」

「……痕跡を消しながら、遠くに身を潜める」

「その通り。それで言うなら、eの乗数による回転なんかは、最高の痕跡の消しかただとは思わないか?」

悲しそうな目つきとともに、バーニーが顎に手を添えた。

「いえ。全然」

「具体的には、パキスタンへ行ったと見せかけて、まったく別の第三国へワープして逃げる。たとえば、イスラエルとかそういう国に」

「人間はワープできません」

「イ、シ、ュ、クトだ。この付近でよく聞かれるイシュクト山の伝説は知ってるな——そのなかに、山を登って下りたら、遠い別の国にいたという証言がある」

「伝説でしょう。聞いたことならありますが……」

「この場合、別にイシュクトが実在だろうと捏造《ねつぞう》だろうとかまわない。容疑者がそれを信じていたとする。するとどうなる?川を渡って匂いを消すように、イシュクトを経由して第三国へ行こうと考えるのは、まったく自然な思考だと思わないか?」

軽く頷きを返して、バーニーがコーンの最後の一片を口に放りこんだ。

「それなら、まあ」

「怜威たちはなぜわざわざパキスタンに来た？　別に逃げるだけなら中南米でもなんでもいい。少なくとも、ガンダーラ美術を観にきたわけじゃないだろう」

「ガンダーラ美術は素晴らしいんです。いいですか――」

「とにかく」

相棒の言を遮り、強く首筋を掻いた。

「やつらを追いつづけるぞ。次の目的地は決まった。イシュクトだ。もっとも、どうやって二人がそこへ行くつもりか、そして俺たちがどう追いかけるかだが……」

51. 桃源郷を目指して

晴天の下、原色の装飾で鮮やかに彩られたバスが広場にひしめく。(*193) その周囲を、水や雑貨の物売りや、コンクリートブロックを積み上げて建てた小さなバス会社が取り巻いている。郷愁のようなものがよぎりそうになった次の瞬間、ジョンとわたしは無数のドライバーに囲まれた。行き先はどこか、安くするからこのバスにしろ、いいやこっちのほうが安いなどと口々に英語でまくしたて、なかには勝手に荷物を奪ってバスに載せようとする輩もいる。

なかば途方に暮れつつも、なりゆきをジョンにまかせることにした。

この広場にあるすべてのバスがわたしたちの行き先に着くかもわからないし、あるいは、どのバスも行き先には着かないのかもしれないのだ。

【バスが広場にひしめく】バス溜まりが異様に好きだ。色とりどりのバスやひしめく雲助たちがいると、なおいい。

ジョンはというと、慣れた様子でわかったわかったと手を振り、誰にも目的地を告げないまま、水を買うからと言い残してわたしの手を引いた。

「広場の外周のバス会社で買うのが安いし確実だ」

わたしに耳打ちしてから、ジョンは傍らの物売りを目に止め、水ではなくビスケットを四つとバラ売りの煙草を買う。なぜ四つも買うのかと訊ねると、これから山道を二十七時間くらい登るからだと気の遠くなる答えが返った。

ジョンはなぜかバス会社へは直行せず、雲助たちの群れに戻り、喫《す》えないはずの煙草に火を点けた。煙草の効果はすぐにわかった。この観光客をたちどころにバスに乗せてしまえという空気が緩和し、皆とのあいだに一定の距離が生まれるのだ。ついでに、バラ売りのものを買っただけだから、一本くれとせがまれることもない。

しばらく、ジョンは周囲と世間話か何かに興じているようだった。

やがて彼は頷くと自然に立ち上がり、わたしをひきつれてバ

(*194)

【バラ売りの煙草】消えゆく風景かもしれないが、好きなものの一つ。

【異教徒だし、悪印象を持たれるとまずい】客引きも人間なので、味方につけておくといざというときにかばってくれたりする。バスの乗客との会話も大事で、たとえば武装勢力の検問に遭った際、差し出されるかシートの下に隠してくれるかといった差が生まれる可能性だってある。

(*195)

ス会社に向けて歩きはじめた。ドライバーたちは一瞬の虚を衝かれ、慌てて追いかけてこようとしたが、わたしたちがバス会社に向かうのを見て諦めたようだ。

「何を話してたの?」

「適当。俺もウルドゥー語は片言だからな……。ただ、俺たちは異教徒だし、悪印象を持たれるとまずい。あの観光客は邪険に扱っていいみたいな情報は、すぐに伝わるしな。だから、おすすめの観光地や、行かないほうがいい危険地帯の話とかを聞いておいた」

このとき風が吹き、ジョンのシャツをなびかせた。下に着ていた黒生地のTシャツに、こう書かれているのが覗く。〝To be is to do〟——ソクラテス。〝To do is to be〟——サルトル。〝Do be do be do〟——フランク・シナトラ。

つい、そのセンスの悪いシャツはどこで買ったのかと疑問が漏れ出た。

「センスが悪いとか言うなよ。俺の好きなSFからの引用だ」

「そんなのどこで売ってるの」

【バークレー校の近くで安く売ってた】実際に売っていた。二〇一六年に西海岸を取材してこれを買って着ていたところ、あんちゃんに呼び止められて「それいいね！」と言われた。リアル「いいね」だと思った。元ネタはカート・ヴォネガットの『デッドアイ・ディック』だと思うが、このネタは何バージョンかあり、原典も諸説ある。たとえばシェイクスピアの“To be or not to be.”（生きるか死ぬか、それが問題だ）を含めてもよい。

（*196）

「バークレー校の近くで安く売ってた」

やっぱり人気がなかったのではないかと思ったが、黙った。かわりに、口のなかで小さくスキャットを唱えてみる。

ドゥビドゥワ。

「あれだな」

ジョンがバス会社の一つを指して、荷物を担ぎ直した。

「早くチケットを買って安心しよう」

「ウルドゥー語の看板、読めるの？」

「一応、先に調べておいたのさ。バスが直接イシュクトに入るケースが、あの会社だと他社より二パーセントほど高い」

「二パーセント」

「ブラックジャックをやった場合、胴元が儲かるのがそれくらい。そう考えると、必ずしも低い数字ではないだろう？　とにかく、こうやって確率を積み上げていかないとな」

バス会社といっても、幅三ヤード程度の家屋のなかに、カウンターが一つあるだけだ。行き先を告げてチケットを買うだけかと思ったら、たちまち係員とジョンのあいだで熾烈な

【熾烈（しれつ）な値切り競争】ゲーム感覚もあり、貧乏旅行をしていたころの楽しみの一つであった。いまは疲れるのでやりたくないような気もする。

(*197)

値切り競争がはじまり、それが十五分ほどつづいたのち、やっと値段が決まった。

(*198)

「結局、いくらくらい安くなったの」

「五百ルピー」

「ドルにすると？」

「だいたい五ドルかな。でも十回値切れば五十ドルだぞ」

ため息が漏れそうになったのを押しとどめ、スキャットに変えた。ドゥビドゥワ。

ジョンのアドバイスに従って水や非常食を買い、目当てのバスにたどり着くまで炎天を四、五分。バスは思いのほか新しく、けれどやはり赤や緑の原色の装飾に彩られていた。

「この装飾ってなんだろう。魔除けとか？」

「見栄の張り合いだと思う」

身も蓋もない返答だ。

バスの上では、手伝いの男たちが威勢のいいかけ声とともに、皆の荷物を手際よく屋根にくくりつけている。すぐに自分の番になったが、一瞬、荷物を渡してよいものか戸惑う。

【十五分ほどつづいた】最長で一時間弱。行商人とのやりとりで、言い値が八百ルピーの大理石の器が四十二・五ルピーまで下がり（たまたま産地を訪れたので原価を知っていた）、先方の執念にもはや敬意を抱いてしまったことや、実際に値段を下げさせた手前、買うこととした。最後の〇・五ルピーは先方の提案。いま器にはイエメンの乳香が入っている。

それを察したジョンが、背後からわたしの肩を叩いた。

「彼らは信じて大丈夫」

頷き、ジョンの言に従う。

ジョンもそれにつづき、男たちにバックパックを渡した。

「まあ、崖道で荷物が落ちることも、ままあるんだがな。インドのダージリンで身一つになった旅行者を見たことがある」

それを先に言ってほしい。

ジョンは澄まし顔で、男の一人にチップの十ルピーを渡した。本来なら必要ない出費で、とても十五分かけて運賃を値切った人間のやることとは思えない。

疑問が顔に出たらしい。

「この十ルピーの投資が、俺たちを救うこともある」

ジョンはこちらを見ずに言うと、さっとバスに乗りこんだ。

慌てて、その背を追う。

「右側が西日が当たらずに済む。窓際がいいだろ?」

レディ・ファーストとばかりに右手を差し出され、窓際のシートについた。シートは思いのほか柔らかく、内装も古びてい

(*199) 【彼らは信じて大丈夫】この兼ね合いがわかってくるとだいぶ楽になる。

(*200) 【インドのダージリンで身一つになった旅行者】先に紹介した、身一つで鷹揚に笑っていた旅人である。

(*201) 【この十ルピーの投資が、俺たちを救うこともある】これも人間のことなので、ただみたいなチップのおかげで、相手が最高のガードマンになってくれたりもする。

(*202) 【右側が西日が当たらずに済む】長距離の移動ではけっこう切実な問題なはずなのだけれど、気にしない人もいて、それは不思議と西欧人に多い気がする。

【リクライニングが壊れていて】実際にこういうバスのこういう席でこの二十七時間の行程を移動することになった。

(*203)


ない。ただしリクライニングが壊れていて、レバーを引いた瞬間、背もたれが後ろの客の頭をしたたかに打ちつけた。

客も慣れているのだろうか。

軽く額をさすっただけで、とくに咎めてはこない。

うまい角度にならないかと幾度か試すが、結局、九十度か百八十度かにしかならない。途中から後ろの客も協力してあれこれ試してくれたが、変わらなかった。席を替わろうかとジョンがいったが、隣の席もリクライニング事情は変わらなかった。

「まあいい」

苦笑いをしながらジョンが元の通路側の席に戻った。

「どのみち、ここから先は着くまで寝られない」

その意味がわかったのは、だいぶあとになってからだ。

バスはまもなく発車し——ドライバーが腕に注射器を打つのが見えた——やがてインドの映画が一本流れはじめた。それからだ。日が暮れようとも、休憩を挟もうとも、車内では大音量の現地のポップスが鳴りつづけたのだった。

「崖道だ。ドライバーが眠くなるよりはいい!」


(*204)

【ドライバーが腕に注射器を打つ】道のりが長い場合は、ある意味、この一服の覚醒剤が乗客であるところの我々を救うわけで、とやかく言えないものがある。

【ビディと呼ばれる安い葉巻】葉で巻かれた簡易な煙草。ぼくが現地にいたころで、一包み数ルピー。好みはあろうが、ぼくはこの香りに特別な郷愁を覚える。ただし児童の労働によって支えられているので、今日的な人権感覚からすれば、ちょっと問題がある。とはいえそれを生業とするカーストもあるかもしれず、簡単に答えが出るものではない。

(*205)


というのはジョンの説明。大声なのは、そうしないと声が通らないからだ。

「なんなら、この道の年間のバスの転落台数を知りたいか？」

別に知りたくない。

流れゆく景色を見ながら、ひたすら、騒音でしかない音楽に耐えた。

日が暮れてから、峠の茶屋での休憩があった。バスを降りていっときの静寂を満喫していると、後ろのほうに席を取っていた老人が隣に立った。

ビディと呼ばれる安い葉巻を喫っている。

「映画は観たか？」やおら、その老人が片言の英語で問いかけてきた。

「ええ。でも、意味はあまりわからなかった……」

「俺たちはインドと喧嘩してるが、なぜか映画は向こうのを観るのさ」

会話はそれだけで、あとは二人並んで沈黙した。

やがてまたバスが出た。耳栓をつけたが効果はなく、結局、

(*206)

【俺たちはインドと喧嘩してるが、なぜか映画は向こうのを観る】そのように聞いた。

三十分程度うとうとできただけだった。夜は明け、ごろごろとした灰色の岩が目立ってきた。スマートフォンのGPSで標高を確認すると、すでに三千メートル近かった。

さしあたっての目的地は、パキスタン北東部――正確には、カシミール地方のうちのパキスタンの実効支配地域にある、〝最後の桃源郷〟と呼ばれるフンザだ。

61. フンザにて

　ずっとつづいていた崖道の景色がやがて開け、明るい灰色の高地に出た。

　左右の遠くのほうに岩山がそびえ、その麓まで、ごろごろと灰色の岩が転がっている。昔、誰かが石を積み上げて作った塀の残骸や、コンクリートの基礎部のみが剝き出しになった廃屋が目に入る。朝の太陽は、薄く覆った雲が遮っていた。

　すべてがグレー一色だ。

　けれど、崖道を通ってきたせいか、あるいはかつて見たことのない景色を前にしているからだろうか、モノトーンの景色は重苦しいものではなく、むしろ広々と、澄み渡って感じられた。まるでこちらの心にまで、高山の風が吹き抜けるように。

「まだまだだ。これから、もっとすごい景色になる」

　隣のジョンが、自分だってここにはじめて来たくせに、知ったようなことを言う。

やがてバスの乗り継ぎがあった。尾根上に建てられた乗り継ぎ所の建物は廃屋となっており、トイレのみが生きている状態だった。尾根の斜面に向かって、コンクリートの基礎部が突き出ている。

わたしは映画館で一番前の席に座るみたいに、その基礎部に腰かけた。

山の冷たい風が吹いた。

ごつごつした岩の斜面を見下ろしてみる。何もない。何もないことが、心地よく感じられる。宇宙へ行ってみたいというジョンの気持ちが、少しだけわかった気がした。

背後に気配を感じる。

ジョンが何を言うでもなく佇み、同じように斜面を見下ろしていた。目が合ったところで、ジョンが顎を動かし、駐車場を指した。わたしの様子を見て、しばらく待ってくれていたらしい。乗り継ぎ用のバンが、客を乗せてエンジンをふかしているところだった。他の客たちは途中の街や村で降りていったため、わたしたちを含めて五名ほどになっている。

何が素晴らしいといって、あの爆音の音楽が鳴っていないことだ。急激に眠気が襲い、手荷物が膝から滑り落ちた。ジョンが念のため、バッグのショルダーテープを踏むのが見えたのが最後だ。二時間ほど、やっと眠ることができた。

起きると、一面に広がる満開の杏の花が待っていた。ゆるい斜面を段々畑が降りていき、その最奥に川があった。氷河の解け水が急流となり、ごうごうと低い唸りを上げている。川向こうは岩山だ。

それまで遠くに見えていただけであった山が、嶮《けわ》しく、ほとんど垂直に切り立っているように見える。

空は晴れていた。

だから、それまで見えていなかったものが見えた。岩山のさらに向こうに浮かび上がる、楼閣めいた白い峰々だ。七千メートル峰だとジョンは言う。

カリマバード、と標識が見える。フンザ中心部の村の名だ。村のゼロポイントでバンが停まり、わたしたちを含め、最後

(*207)

【あの爆音の音楽が鳴っていない】これがいかに素晴らしいことであったかは、いくら強調してもしたりない。

(*208)

【念のため、バッグのショルダーテープを踏む】スリなどの防止。荷物は常に身体のどこかにつけておくことが望ましい。関係ないけど、スリと言えば『賭博と掏摸（すり）の研究』という奇書がある。

まで残っていた三人を吐き出した。石畳の道に降り、バックパックを担いだところで、重みに足が萎えそうになった。

「杏の季節は春なんだがな……」

遅れて車を降りてきたジョンが、訝《いぶか》しげに口にした。

「ま、木の機嫌がよかったとでも思っておくか」

頷いたところで、ジョンが宿に向けて歩き出す。いいホテルもあるが、情報収集を兼ねてバックパッカーの宿に泊まりたいのだという。わたしとしてはいいホテルに泊まりたいが、ジョンがいなければこんな景色を見られなかったのも確かだ。

石畳の凸凹につまずきながら、その背を追っていく。

坂道を降りたところに一軒の宿があり、ここにしよう、とジョンが旅人の直感で即断した。四人部屋が空いていたので、どうせ安いからと、そこを二人で借りることにする。部屋に入り、閂《かんぬき》をかけたところで、一番近くのベッドに雪崩《なだ》れ落ちた。

二十時間以上の移動の疲れが一気に襲ってきた。

「……重力が強い」

「いや、弱いはずだ。標高が高いから」

(*209)
【ここにしよう】ついにWi-Fiが入った例の宿である。

わたしの文学的な表現に、ジョンが大真面目に返してきた。

「寝るなよ。明日から冒険だから、昼夜逆転するとまずい」

いいつけを破って目をつむる。が、バンで眠れたのがよかったのか、一時間ほどで目が覚めた。ジョンは街で買いものをしていたようで、いつの間にか、枕元のテーブルに食パンや干し杏、何に効くのかもわからない現地の医薬品などが並んでいる。そのジョンは、いま二つ隣のベッドで仰向けになり、器用に空中でノートの日記をつけていた。

　杏をつまんでみる。

　柔らかい、自然な甘みが口に広がった。

「……バターを買おうとしたんだが」

　わたしが起きたのを見て、ジョンが枕元のパンを指した。

「パン一枚が五ルピーで、バターのひと欠片が三十ルピー。山の物価はどうもわからんな」

　口に杏を含んだまま、ヤー、と適当な相槌を返す。

「荷物はなるべく軽くして、常に持ち歩きたい。非常食もだ。とりあえず、チョコレートがあったから買いこんでおいた。捨

(*210)

【山の物価はどうもわからんな】いまだにおかしいと思っている。

てられるものがあったら捨てたほうがいい」

「どうして？」

「いつどこで、イシュクトに迷いこむかわからないからだ」

バックパックの重さが頭をよぎり、やや憂鬱な気分になる。あの石畳と杏の谷は、ハイキングに最適だろうに。しかも、ジョンがいうには、もう少し山へ分け入れば、黒や白の氷河があるというのだ。

考えていたことが通じたらしい。

「いい場所だ。俺だって、荷物はここに残したいさ」

そう言って、ジョンが口先をすぼめた。

「それと、宿の人が英語ができるんでいろいろ訊ねてみた。この時期に杏が咲くことは、確かにあるらしい。ただ、その年は神隠しがあったりと、あまり吉兆とは言えないらしい」

「ヤー」

「わからないのか？」

瞬きをするわたしに向け、ジョンが軽く指を立てた。

「神隠しだぞ。どうだ、ついてると思わないか？」

7i. メタフィクションにおけるダイヤモンド継承

遠峰泰志は安宿のベッドに身を沈め、仰向けにタブレットPCを開いた。すでに、身体はくたくたに疲れている。頭のなかは、スポンジか何かが詰まっているようだった。

「なんだい、泰志。仕事のあとも仕事か?」

頭上から声をかけてきたのが、ロニー〝シングルトン〟ルルフェ。いまの疲れの、だいたい百二十パーセントくらいはこの男のせいだと言っていいだろう。答えるかわりに、ちらと視線を送り、また外した。

秋のあとに訪れる短い春——旅春。

こうした世界が孕《はら》む不具合を直していくのが、泰志たち二人の仕事だ。

世界医と呼ばれるものだが、存在を知るのは一部の人間に限られる。それなりにやりがいのある仕事ではある。問題は相棒

(*211)

【メタフィクションにおけるダイヤモンド継承】この呪文についてはあとでちゃんと説明します。

だ。とかく、相棒のロニーは難しい不具合ばかりを好む。今回は、イシュクト山に挑戦すべく、インドからパキスタンに入ったところだ。イシュクトは、ある人に言わせれば、最後の桃源郷。また別の人に言わせれば、悪魔の山。泰志たちにとっては、昔からありつづけ、そしてこれまでどの世界医も直せなかった世界の精神疾患だ。

繰り返すが、ロニーは難しい不具合を好む。

ところが、特に直す必要のない不具合であっても、世界医の性か、目につけば直さずにはいられないらしく、旅の途中も次々とデバッグをしながら進むはめになった。

たとえば、国境を越える前のことだ。

インド側のゲートタウンとなるのはアムリッツァルという街。観光名所は、なんといってもシーク教の黄金寺院だ。訪問者があれば、宗派問わず食事が供されるとのことで、せっかく来たからと二人で訪れてみた。が、カレーの味に微妙な違和感があった。

「直すぞ」

(*212)

【性（さが）】ファミコンを買ってもらえなかったぼくはゲームボーイの『魔界塔士Sa・Ga』を軽く五十回くらいは通して遊んでいる。そういえばこのゲームの主題や、「チェーンソーで神を一撃死させられる」といった妙な仕様は本作に通じるものがある。

(*213)

(*214)

【訪問者があれば、宗派問わず食事が供されるとのことで】『聖者たちの食卓』というドキュメンタリーでこの寺院の台所を扱っており、妻と二人で観に行ってみた。やや説教くさいものを想像していたら、あにはからんや、それは台詞・BGMなしに、ひたすらにチャパティを焼いてカレーを作る環境音が鳴り響く、ほぼサイケデリックとも言えそうな映画であった。

【リシュケーシュ】東洋思想に惹かれたビートルズが行ったあそこです。

(*215)

最初の一口でロニーが立ち上がった。

別に不具合がなくとも、どのみち食事の味など料理人が変われば変わる。皆も満足しているのだから構わないじゃないかと説得を試みたが、相手は断固と譲らない。結局、その場でカレーの味を直すことになった。よく不具合に気づいたものだと感心はする。

ほかには、ヒマラヤの麓にあるリシュケーシュという聖地。そこで、最後のヒッピーと呼ばれる西欧人が断食の三年目に入っていると噂が流れてきた。いつしか地元でも聖者のごとく扱われはじめたということで、なかなかのものだとは思うが、人間、三年も飲まず食わずで生きていけるはずがない。少なくとも、常識的には。

これは明らかな不具合で、そして少し優先度が高い。いつ、どんなプログラムの挙動で餓死してしまうかもわからないからだ。

「直すぞ」

の一言が出て、鉄道の三等車で現地まで向かい、デバッグを

【デバッグ】面白いのは、多くのプレイヤーがそれをバグとして受け止めたことだ。何が仕様で何がバグかは、現実世界のそれも人と社会が決める。ぼくはバグの側に立ちたい。

試みた。

終わったところで、うわ、なんだ、めっちゃ腹減ったよとヒッピーがチャパティ(*216)を食べはじめたので、この修正は成功となった。

看過していいのか悪いのか迷う不具合もある。

印パ双方が領有権を主張するカシミール地方で、停戦ラインが一メートルほど東にずれ、パキスタンの領土がほんの少し増えていたのだ。しかし派手な不具合ほど案外にデバッグは簡単(*217)なもので、これは五分ばかりの修正で元に戻った。

その他のどうでもいい不具合としては、デリーの日本大使館とコルカタの日本領事館が入れ替わり、そのまま通常営業をつづけていたこととか、ダージリンで生産される紅茶がアッサムになっていたこととか。

世界医の法則、その一。不具合というものは、重なる。

今回は、行く先々で不具合と闘う巡り合わせになった。ガンジーの遺品のメガネはセルフレームになっており、国境のパキスタン側、ラホールという街では、断食する仏陀の像が太って

(*216)【チャパティ】アタ粉と呼ばれる小麦の全粒粉を水と塩でこね、丸く延ばして焼いたもの。アタ粉でなければチャパティの味にはならない。愛情をもって作るほどに綺麗に膨らむものであるらしい。実験料理に凝っていたころは、内部に飴の層を作って通販のヘリウムガスで膨らませた空飛ぶチャパティを作ろうとして、失敗した。

(*217)【派手な不具合ほど案外にデバッグは簡単】そういうものだったりする。

いた。これではガンジーや仏陀が浮かばれないので、すぐに直すことにした。

迷ったのが、ウイグルがいつの間にか独立していた件だ。さまざまな圧力を撥《は》ね除《の》け、中央アジアに突如として巨大なイスラム国家が生まれた様子は、正直、感動的ですらあった。

「これ、このままにしません？」

幾度も、泰志は嘆願するように訊ねた。

さしものロニーも悩んだ様子であったが、世界を司る法典《コード》をチェックしてみると、やはりそれは人々の闘いの結果ではなく、不具合であるらしかった。

そこからは涙のデバッグだ。泰志とロニーは三日三晩ほど法典と格闘し、結果、人々はふたたび元通りとなり、思い出したように、わらわらと人民解放軍が入ってきた。

ところで、このなかで案外に手こずった不具合がある。

インドのダージリンにて、アッサムとなったダージリンをふたたびダージリンに戻す作業だ。ここからは世界医の専門的な話なので、好事家《こうずか》以外は聞き流してくれて構わない。

ダイヤモンド継承(*218)と呼ばれる、ソフトウェア上の問題が生じていたのだ。

まず、法典はオブジェクティブ・ヘブライ語で記述されているので、オブジェクト指向に基づく設計がなされる。オブジェクト指向というのは、生物の細胞のように、無数の断片が個々に機能するプログラムと考えていい。

たとえばロードレースのゲームを作るにあたって、自転車を実装してみるとする。この場合、自転車はゲームという大きな生物の一個の細胞だ。したがってプログラマは「自転車クラス」を作る。クラスというのは、ブレーキやペダルといった要素をまとめたもの。

ここで生まれるのが、継承という概念だ。

というのも、ソフトウェアであるので融通がきく。

「自転車クラス」につけ加える形で、「恰好いい自転車クラス」を作ることができるのだ。プログラマは仕様に応じて恰好いいハンドルや恰好いいブレーキといった要素を追加し、それ以外は、元の「自転車クラス」をそのまま使う。これが「継

(*218)
【ダイヤモンド継承】説明はじまります。好きなかたのみで大丈夫。

承」だ。

　これのいいところは、自転車を漕ぐ人は新しい漕ぎかたを習得しなくてもいい。元の恰好よくないほうの「自転車クラス」の扱いさえわかっていれば、漕ぎかたがわかるし、勝手に自転車のほうが恰好よくなってくれる。これを多態性《ポリモーフィズム》という。

　面白いことに、継承は何段でも重ねることができる。だから必要があれば「恰好いい自転車クラス」をさらに継承した、「もっと恰好いい自転車クラス」も作れる。

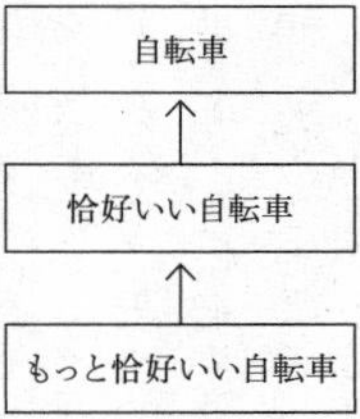

（図・多重継承）

　で、ここから本題だ。

　このとき禁じ手とされているのが——そしてしばしば起きてしまうのが、ダイヤモンド継承という問題となる。たとえば、

社長なり神様なりの鶴の一声で、

「毎日の買い物が大変なので電動自転車を作ってくれ。恰好いいやつな」

などと言われたとする。

指示を出されたプログラマは、とりあえず、すでに存在しているパーツを探す。あった。自転車クラスを継承した「恰好いい自転車」と、自転車クラスを継承して電動機を搭載した「電動自転車」だ。ここまではいい。問題は、つい楽をしようとして、恰好いい自転車と電動自転車の双方を継承した場合だ。

これを図にすると菱形になる。その形から取って、ダイヤモンド継承というわけだ。

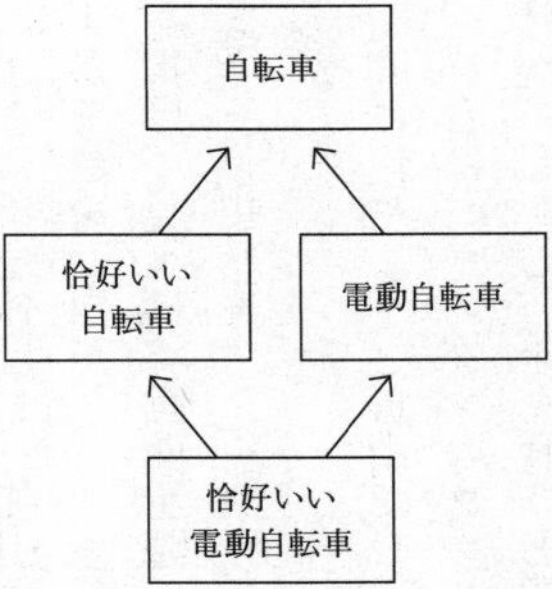

（図・ダイヤモンド継承）

さて、プログラマは社長なり神様なりにいいところを見せたくて、恰好いい自転車をベースにしながら、電動自転車の機能もそのまま使う。一見すると、順風満帆である。

が、ここに罠が潜む。

恰好いい自転車は恰好いいので、当然、恰好いいサドルがある。電動自転車はそれほどではないにせよ、独自の特徴的なサドルがある。すると「恰好いい電動自転車」のサドルは、両者のうちどちらが採用されるのか？

これが、決定できないのだ。

そしてゆくゆくは、不具合の温床となる。あとあと修正するのも面倒なので、忌み嫌われる実装方法でもある。しかしとかくこの世界は不具合だらけで、いったいどんな神がどんな外注に丸投げしたのか、こうした設計面の不具合が多々ある。世界医が日々取り組んでいるのは、だいたいにして、こういう地味な作業だ。

「――何やってんだ」

と、ふいに目の前のタブレットを取り上げられた。

「もう寝ろ、明日も早いんだからよ……。ん？」

子供のように手を伸ばし、強引に返してもらおうとする。ロニーがそれを面白がり、こちらの手の届かない高さにタブレットを掲げ、見上げて画面を読んだ。

「〝桃源郷を目指して〟……なんだ。おまえ、小説家にでもなりたいのか？」

「空き時間に何やろうと自由でしょう」

「ふむ、舞台はパキスタンのフンザ。イシュクトと同じ桃源郷ってわけか。しかし、年を食うと頭に入ってこないな。朗読でもしてみるか」

「やめろ！」

「わかったわかった、うるさいな。なんだい、こりゃあ？」

「小説ですよ、見ての通り。イシュクト山を目指す人々の話です。具体的には、ティトと相棒のレタ、そしてルディガーという刑事と相棒のバーニーの話を、このぼくが書く」

「この〝わたし〟ってのは誰だい」

「作中作の人物です。レタとバーニーがそれぞれ作中で書くのが、イシュクトを目指す〝わたし〟の話。言うなれば、作中作においてダイヤモンド継承が発生している仕組みです」

「二人ともが同じ話を書くのか？　偶然？」

「細かいことはいいんです。レタもバーニーも、ぼくが勝手に書くキャラクターなんですから。途中、〝わたしB〟なるものが登場して、それがいわば著者ですが、虚構のなかの虚構なのでそれも存在しない」

タブレットを眼前にかざしたまま、二度、三度とロニーが瞬きをした。

「また面妖なもんを作るな。それじゃ〝わたし〟はバグの温床じゃねえか。可哀想に」

「疲れてるんですよ。誰かさんがどうでもいいバグばかり直させるせいでね。いいからもう放っといてください……」

8i. メタフィクションにおけるコンポジット・パターン

ジョンの様子がおかしい。

村で頻発しているという〝神隠し〟について、会話帳を片手に聞きこみをしていたかと思えば、インドア派のくせに村の子供に突然カラテを教えはじめたり、そうかと思えばノートPCで書きものをしたりしている。何をしているのかと訊いても、

「まあ《ウエール》……」

と言葉を濁されてしまう。

それでわたしはというと、やることもないので宿のお爺さんの思い出話を聞いたり、石畳の村を散歩したり、居合わせた日本人旅行者と宿の二階の大部屋で麻雀を打ったりして過ごしていた。ちなみに遊びかたは父から教わった。

日本人たちの話によると、この麻雀牌は、かつて悪い旅行者が宿に持ちこんだものらしい。しかしイスラムで賭博は禁じら

(*219)
【メタフィクションにおけるコンポジット・パターン】まだまだ行きますよ。

(*220)
【子供に突然カラテを教えはじめたり】実際にこの地域で空手を子供たちに教えたという旅行者とぼくは会った。文武両道の人で、ぼくらは山奥で構造主義の話をすることになった。

(*221)
【麻雀牌は、かつて悪い旅行者が宿に持ちこんだ】実際に存在し、旅人同士で賭け麻雀が行われ、ぼくは数百ルピーの利益を得た。まだ牌があるかどうかはわからない。

れており、宿の主人は敬虔なイスマーイール派であるので、見つけ次第、すぐにどこかへ隠してしまう。それをまた旅行者が見つけ出し、ふたたび隠される。そのいたちごっこが、二十年以上にわたってつづいているとのことだ。

手遊《てすさ》びなので、ルールは一局麻雀の一局精算。

七対子《チートイツ》を和了《アガ》ったところで、夕食の時間になった。だいぶ勝ってしまったので、負け頭の対面《トイメン》に勝ち金を返してやろうとしたところ、

「俺は宵越しのピザのクーポン券は持たない」

と、みみっちいのか潔いのかわからない台詞が返った。

食事つきの宿なので、皆でいっせいに立ち上がり、それぞれ伸びをしたり、首を鳴らしたり、点数表を見てため息をついたりする。わたしはジョンを呼びに、下の階へ降りていった。

「おう」

わたしが来たのを一瞥して、ジョンがノートPCを閉じた。

見るつもりはなかったが、一瞬、表示されているドキュメントが見えてしまった。「刑事ルディガーの回転」とある。宇宙飛

(*222)

【敬虔なイスマーイール派】敬虔ではあったが宗派までは知らない。ただ、北へ行くとシーア派の人たちが住んでおり、このあたりがイスマーイール派だといった話は小耳に挟んだ。

行士だけでなく、小説家にもなりたいのだろうか。まあいい、本人の自由だ。

食事は質素なケチャップライスだった。米はぱさぱさしており、ケチャップの味もアメリカのそれとは違い、淡白だ。それでも、こんな山奥ではありがたい。隣のテーブルでは韓国人旅行者たちが、徴兵中に軍で流行ったというジョークを繰り返している。そういえば、韓国女子が嫌う男子の会話のベスト1だか2だかが、これであると何かで聞いたことがある。

さらに向こうのテーブルにいるのが、一緒に麻雀を打っていた日本人たち。韓国人グループと英語で話をしているので、わたしにも内容がわかるというわけだ。

他方、ジョンはというと、考えごとでもしているのか始終静かにスプーンを口へ運んでいた。

「ね、さっき書いてたの、何？」

「説明が面倒なんだが……」

「小説？」

「メタフィクションとは本質的にコンポジット・パターンだと

(*223)
【韓国人旅行者たち】彼らとは仲良くなり、山を登ったり、夜の神秘的な月の出を一緒に目にしたりした。

(*224)
【女子が嫌う男子の会話のベスト1だか2だか】ウェブの何かの記事に書いてあった。

(*225)
【コンポジット・パターン】さてまたはじまります。これも好きなかたのみで大丈夫！

言える」

瞬きをするわたしをよそに、ジョンはギーク(*226)らしく胸ポケットからボールペンを出して、紙ナプキンに図を書きはじめた。

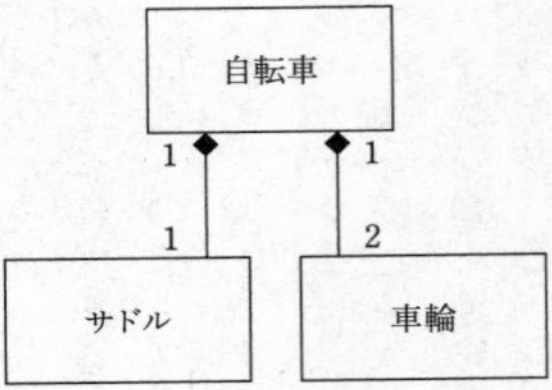

（図・クラス間の所有関係）

「プログラミングの基本は学校で習ったな？」

成績はFだったが、とりあえず頷いた。

オーケー、とジョンがペンを走らせる。

「まず、クラスには所有という概念がある。たとえば、自転車クラスであれば、それはサドルクラスや車輪クラスを所有する。車輪に〝2〟と書いたのは、それが二つあるから」


【ギーク】前出のナードからちょっと昇進。

「ふむ」

さも理解しているかのように、わたしは相槌を返した。

「旅に出たわたしがジョンを所有しているようなものだね」

「ちなみに、これはクラス図と呼ばれるもの。で、コンポジット・パターンの場合だが」

ここまで話してから、ジョンがわずかに首を傾げた。

「いまなんて言った？」

「なんでもない、つづけて」

「……コンポジット・パターンでは、クラスAがそのままクラスAを参照する。実際は継承がからんできたりと、もう少し複雑になるんで、これは簡略化したものと見てくれ」

「わたしがわたしを所有する？　マトリョーシカみたいに？」

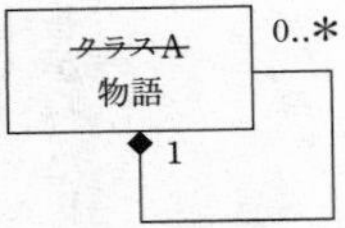

（図・コンポジット・パターン）

「そうじゃなくて、参照するんだ。うん、クラスAではなく、物語クラスとしてみようか」

ジョンが図の「クラスA」に抹消線を引き、かわりに「物語」と記入した。

「エンデの『はてしない物語』は読んだかな」

「おぼろげな記憶なら……。いや、映画だったかも？」

「それでかまわない。あの話では、主人公のバスチアン少年が本の中の世界であるファンタージエンの物語へ入っていく。つまり、バスチアン少年が属する物語が、ファンタージエンの物

(*227)

【映画】原作者が内容に切れて裁判を起こした。

語を所有してるというわけだ。もっとも、あれは入れ子構造だから……」

そこまで話しておいて、ごにょごにょと口のなかであれこれとつぶやきはじめる。

「まあ、ここでも簡略化するぞ。ファンタージエンにはさらに無数のサブエピソードがある。それらをシンプルにモデル化すると、こういう図になる」

それから、ジョンは新たなナプキンに無数に分岐する樹形図を書きはじめた。

「オブジェクト図と呼ばれるものだ。これは、さっきのコンポジット・パターンのモデルが現実にどのような姿形を取るかを図に示したものでもある。コンポジット・パターンをもとに物語を生成すると、このように無限の物語を生み出すことができるというわけだ」

「でもページ数は限られてる」

「まさしく。つまるところ、メタフィクションとは、本質的に不完全な代物なんだ」

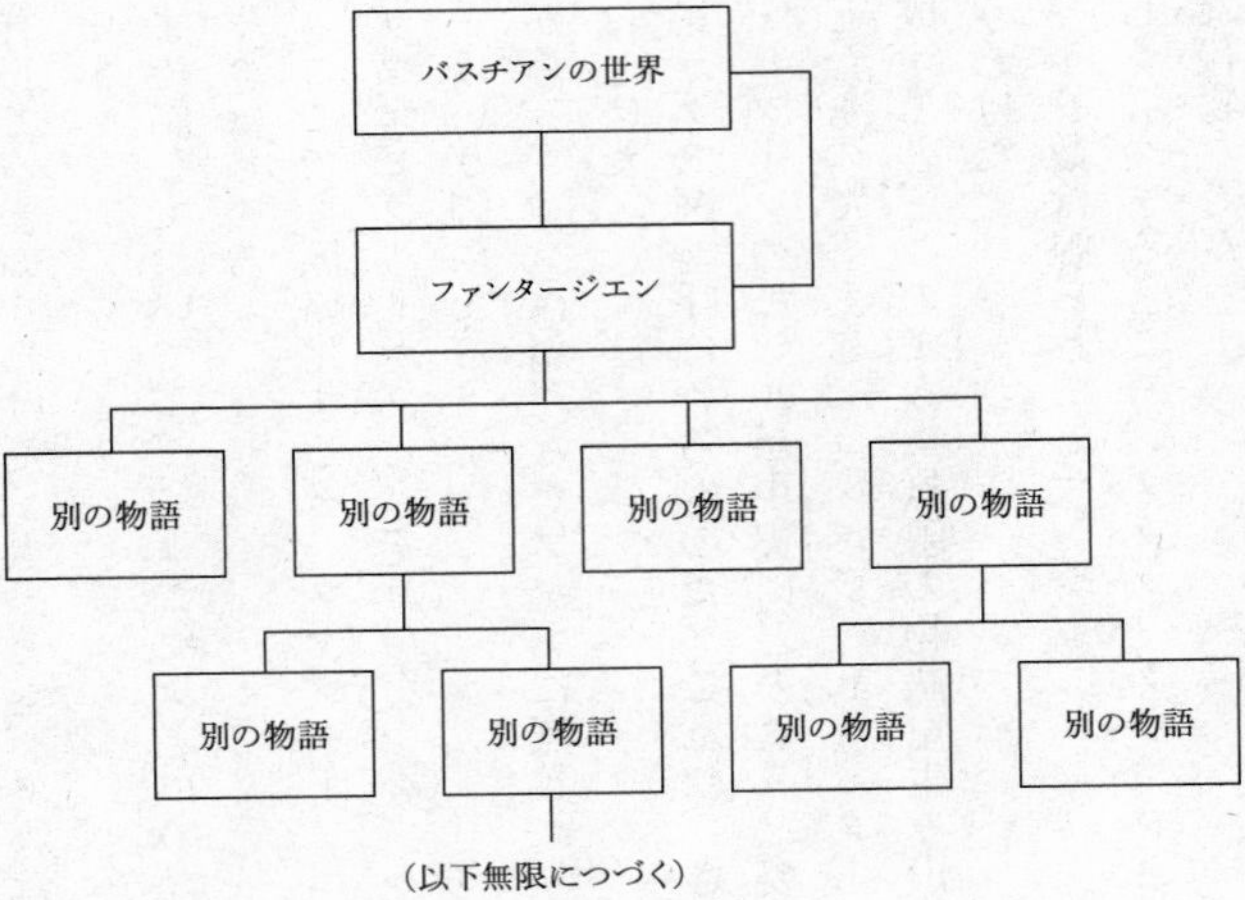

（図・『はてしない物語』オブジェクト図）

見得を切って、ジョンが自ら書いた図を斜線で打ち消した。

「ページ数が何万枚あっても足りないし、仮に何万枚書いたとしても、出してくれる出版社はたぶんない。だから、『はてしない物語』はその何万枚を概念的に指し示すに留まる」

有名な「バベルの図書館」みたいにね、とジョンがペンの尻で図をつついた。

「バベルの図書館？」

「ホルヘ・ルイス・ボルヘスの短編。ざっくり言うと螺旋階段でつながった巨大な図書館で、そこにある本はアルファベットや句読点などなど、すべての組み合わせが実現されている。だから、大半は無意味な文字の羅列だけれど、そのかわり、これまで書かれた本の翻訳や、これから書かれる本の翻訳、その落丁や乱丁のバージョン、解説書、その他諸々を全部含む」

「ボルヘスさんの短編も含めて？」

「その通り。ちなみに、さっきの図は統一モデリング言語《UML》。共通の言語を用いることで、開発上のコミュニケーションの齟齬《そご》をなくすことを目的とする。聖書になぞらえるなら、さしずめ

【バベルの塔】人間が天にまで届くような塔を建てようとして、神の怒りを買って破壊された。以降、人々は散り散りになって言語も一つではなくなってしまったとか。

(*228)


バベルの塔か。だからか知らないが、ときおりデスマーチという名の神の雷が落ちる」

「可哀想なシステムエンジニア」

「……で、俺が書いてたのは、実際に小説さ」

数秒ほどの間を置いて、話が戻ったのだとわかった。

「そこには俺たちも登場する。具体的には、ティトと相棒のレタ、そしてルディガーという刑事と相棒のバーニーの話を、この俺が書く。そして、レタとバーニーのそれぞれが作中で書くのが、ロニーと泰志、世界医と呼ばれる二人の物語だ」

「ええっと、ちょっと待ってね」

遮って、わたしは眉間に人差し指をあてる。

「ロニーと泰志だっけ、その二人の話を、二人の人間が書くってこと?」

「左様」——鹿爪らしい返事が、なんとなく苛立たしい。

「そうすると、内容が重複したり矛盾したりしないの?」

「しない」

ジョンが迷いなく答え、出されたチャイに口をつけた。

「だってどのみち俺が書く虚構なんだから、矛盾がないようにすればいいだけだろう」

「納得いかない」

「しないでいい」

「いやいや！」

「さて、考えてみようか。この場合、問題は何が起きて何が起きなかったかなのさ。たとえば、きみの家で起きたというミイラ遺棄事件。その事件を俺たちは聞き知ったけれど、直接的には目にしていない。実際に目にしたのはルディガーとバーニーにすぎない」

「わたしたちはその二人に会ったんだよね？」

「会って話をしたというだけだ。それから、ティトやレタによるイシュクトへの旅。彼らはイシュクトへ行ったとされるが、俺たちはイシュクトに行ったと聞かされただけだ。さて、俺の言いたいこと、わかってきたかな」

最後に、とジョンが指を立てた。

「世界医のパートで記される解体子《デストラクタ》葬事件というのがあるが、

これもまた然り。要するに、すべてが起こっていない可能性があるということになる」

「わたしの家の事件も、ティトさんのイシュクト登山行も?」

「そう。いっさいが無化する。要するに、おかしな現象など、一つもなくなる」

わたしはスプーンを手に、ライスの最後の一口を食べた。

「……わたしたちはイシュクトに向かうんだよね?」

「もちろんだ」ジョンが即答した。「北へ向かう道が水没した(*229)と聞いていたが、中国人たちがいい迂回路を作っていったらしくてな。明日にも出られる」


(*229)

【北へ向かう道が水没した】二〇一〇年に洪水が起き、カラコルム・ハイウェイも水没して渡し舟を使うようになった。奇しくもこれを書いていたとき、石川宗生さんがフンザに滞在していたので状況を訊ねた。


(*230)

【中国人たちがいい迂回路を作っていった】実際に何人が作ったかは知らないが迂回路ができたらしい。ちなみに中国人が各地で作る道路はなかなかに評判がいい。

91. 収束条件

遡ること一週間、ジョンは日陰で涼みながら、指定のホテルに入る二人の影を確認した。約束の時間までもう少しあるが、なるべく早いほうがいいだろう。

バックパックは宿に置いたままで、手にあるのは、グーグル社のロゴの入ったビニール袋が一つだけだ。

中身は一冊のノート。

カフェで二人の刑事と会った際、バーニーという若いほうの男から掏《す》り取ったものだ。表紙には「偶然の聖地」と書かれている。家屋の塀によりかかり、スマートフォンの時計を見た。喉が渇き、水を持ってくればよかったと悔やむ。怜威にはいつも、脱水症状に気をつけろと言っているのだが。

「そろそろか」

独りごちて、ホテルの正面玄関に足を向ける。バックパッカ

【酒を出すバー】戦後というか戦中のアフガニスタンからパキスタンに「帰った」際に立ち寄った。ちなみにぼくは戻る先のパキスタンのビザを取っておらず（二度入国できるビザではなかった）、国境で交渉をして係官にビザを出してもらった。まさかのパスポートにメモ書きという貴重なビザで、いまもそのパスポートは大切に取ってある。

(*231)

ーには縁遠い場所で、イスラム圏であるのに、高層階には酒を出すバーまであると聞く。なかは涼しく、ロビーのソファに客が二人いた。ティトとレタだ。

ジョンは深呼吸をしてから、二人の前に歩み寄った。

「ロニー〝シングルトン〟ルルフェだ。メールをよこしたのはあんたらかい？」

まずレタが顔を上げた。ついで、ティトが値踏みするような視線をこちらに向ける。

ロニーのふりをするのは、ジョンにとって造作ないことだった。彼ら世界医は、既存のインフラを用いて連絡を取りあっている。であれば、その通信をハックするだけだ。

世界医は高慢な連中が多い。

自分たちが出し抜かれる事態など、想定すらしていないのだ。たとえば、このように野良の世界医がいることをだ。

「前金で一万ドル。キャッシュでもウェブマネーでもいい」

すぐに、百ドル札の束が渡された。

「ちょっと、大丈夫なの？」と、これはレタだ。

(*232)

【野良の世界医】そうだったのでした。それがどうして貧乏旅行の様相を呈してくるのかについては、またいずれ。

「かまわんよ」ティトが口角を歪めた。「モロッコの役人からは、軽く数万ドルたかられてる。これで切符が手に入るってなら、いや、その可能性があるってだけでも安いもんさ」

束を受け取りながら、ジョンは確認をする。

「目的はイシュクトへの入境。それだけでいいんだな？」

相手が頷いたので、ドル札の束をビニール袋に放りこむ。それにしても、ロニーだか誰だか、こんなことで小遣い稼ぎをしている世界医もいたとは。彼らなら、効率よく稼ぐ方法などいくらでもあるだろうに。

ホテルマンの視線が気になったので、軽く右手を上げ、世界医の指輪を見せてやった。ホテルマンは仕事上、この指輪のことを知っていることが多いのだ。

すぐに、相手が得心した様子で目をそらす。指輪は本物だ。ただし、盗品ではある。かつてロニーの屋敷に忍びこんで、眠っている彼の枕元から拝借したのだ。

二人の向かいのソファに腰を下ろし、半眼に宙を仰いだ。

「ブレークポイント設定、デバッグモードに遷移」


(*233)

【効率よく稼ぐ方法】極端な話、為替を操作して無限に金を稼ぐこともできる。そうさせないため、世界医たちは相互に見張る役割も持つと考えられる。

そう宣言したが、今回の目的はデバッグではない。いや、ジョンがこれまでデバッグをしたことはない。やることといえば、常に一つ。ハッキングだ。

世界が切り替わる刹那、気を取られたレタのバッグからノートを一冊抜き出した。まもなく、世界が半透明の法典《コード》に覆われていく。

手にしたノートの表紙を確認すると、「偶然の聖地」とある。ビンゴだ。ジョンはいったんカウンターの裏に回り、バーニーのノートと二冊まとめてシュレッダーの投入口に立てかけた。こうしておけば、世界がまた動き出したとき、そのままモーターに引きこまれて紙屑《かみくず》になってくれる。

とりあえず、これで目的の一つは達成できた。あとは、相手の要望に応えるだけだ。

「デスティネイション(*234)、文字列型でイシュクト、個数、整数型で二。以上を引数として、クラス・ファストチケットをインスタンス化。デバッグ終了」

目の前で、レタが瞬きを一つした。

(*234)【デスティネイション】この場合は、目的というより対象。

ジョンの右手に、二枚の切符が出現していたからだ。切符はパスポートほどの大きさで、厚紙が二つ折りされたものだ。開くと、ヘブライ語で行き先が記述されている。

どうぞ、と恭《うやうや》しくティトに手渡した。

「お望みの、どこへでも行ける切符だ。あとはこれを持って、ラーワルピンディ発ペシャワール行きの列車に乗れ。係員に見せればそれで事足りる」

半信半疑といった様子で、ティトが切符を受け取り、一枚をレタに差し出した。遅れて、カウンターの向こうのシュレッダーが動き出す音がした。

これで取引は終わりだ。立ち上がったところを、ティトに呼び止められた。

「教えろ。イシュクトとはなんなのだ?」

鋭い視線とともに、ティトが訊ねた。

「誰が、なんの目的で作り、どうしてこれだけの人間を翻弄している?」

「……それはあんた自身で確かめるんだな。俺も追ってイシュ

(*235)

【どこへでも行ける切符】『銀河鉄道の夜』でジョバンニが持つ「どこへでも行ける切符」は、彼が生者であることを意味しているのだと気がついたときには、震えた。

クトへ行く。では、縁があったらまたな」

「一緒には来てくれないのか？」

ジョンは首を振って身を翻したが、思い直して立ち止まる。

「助けてやりたいやつがいてね。とはいえ、俺の思い通りになるか、それともあちらさんが勝つのか……。先が読めない以上、あいつには、いまのうちに世界を見せておきたいのさ」

喋りすぎた。

それがイシュクトに憑《つ》かれた二人に向けた言葉なのか、自分に向けてのものだったのかはわからない。ちらと振り向くと、相手は怪訝そうな顔つきでこちらを見上げていた。

長居は無用だ。

ホテルを出ると、少し先の道で地図を手にした西洋人と東洋人の二人組がいた。

「だからスマートフォンの地図にしておけば……。相手、待ちくたびれちゃってますよ！」

「おまえだってSIMカードを買うのをけちっただろ！」

罵《ののし》りあう二人の死角で、ジョンはふたたび宙を仰いだ。本職

(*236)

【SIMカードを買うのをけちった】毎回これをやってあとになって悔やむ。

の世界医に対し、ほぼ唯一、こちらが有利な点。正体を知られていないことだ。

「ブレークポイント設定」

そう宣言してから、右手の指輪を外してロニーの右手に返してやる。ふたたび死角に戻り、動き出す世界のなかを、怜威が待つ宿へ歩き出した。背後から声が響いた。

「待ってください、それ、地図が逆さになってますよ！」

「ああ？　まったく、この街には本当に苛立たされるな！」


(*237)

【この街には本当に苛立たされるな】例のイスラマバードです。

10i　氷河を渡りに

長いこと使われないまま荒れた段々畑を三つ登ってから、「来いよ」とジョンがわたしを手招いた。今日のジョンは、いやにアクティブに感じられる。周囲には杏の花が咲き乱れ、背後の谷の急流は、氷河の解け水をなみなみとたくわえ、ごう、ごうと呻《うな》りを上げている。

ジョンについて畑を登っていくうち、次第に川音も小さくなってきた。

そのジョンはというと、道なき道を通りながら、北の村々をめぐるつもりらしい。やがて、崖の上に居を構えた村の一つに着いた。

景色を一望できる高台があった。

わたしは何も考えずにそこに立ち、切り立った岩山とその底をうねる急流を見下ろした。

「ちょっと」

しばらくして、ジョンに裾を引かれた。

振り向くと、相手が無言で地面を指さしている。せっかく景色がきれいなのに——と渋々指の先を見下ろし、それから声を上げそうになった。

乾燥して割れた地面から、人間の頭骨が覗いていたからだ。

よく見ると、人骨はそれだけではない。いくつもの小さな木箱に骨が押しこめられ、その箱が時とともに割れ、中身を覗かせているのだとわかる。

村人たちが数名、こちらを窺っていた。

慌てて高台を降りた。小さな土の段々を降りながら、来たときはわからなかったたくさんの小箱がそこに埋められているのが目に入る。

墓なのだ。

高台が選ばれたのは、おそらくは、死後もいい景色を見せたいがためだろう。

「ごめんなさい！」

ガイドブックで憶えた、数少ないウルドゥー語を叫んだ。

男たちは仕方ないというように口角を歪めたり、肩をすくめあったりしている。(*238)しばらくして一人が顎を動かし、高台を指した。これはわたしにもわかる。せっかく来たのだから、景色を見ていけだ。

わたしはガイド本に従い、右手を胸にあてて一礼した。

ジョンはというと両手をあわせて合掌し、皆の視線を集めた。ジョンがわたしの仕草を一瞥し、あれっという顔をする。

「それ何?」

「このあたりでは胸に手をあてるのが習慣みたいだけど」

「ヒンドゥーでも仏教でも、合掌は世界どこでも使えると旅人から聞いたんだが」

「『ドラゴンウォーリア』(*239)で主人公たちが祈るとき、空手の押《お》忍《す》のポーズを取るでしょ」

「そうだっけ」

「あれは製品の世界展開を見こんでのことだって聞いたよ」

「なんか世知辛いな……。あ、ちなみにここはシーア派の村だ

(*238)【肩をすくめあったりしている】実話。寛容な人たちであった。

(*239)【ドラゴンウォーリア】『ドラゴンクエスト』が輸出されるとき、当初はこの名前であった。ちなみに主人公は蟹歩きではなく地形には海岸線も増えた。

【ステンレスのカップ】このあたりで氷河の雪解け水を飲み、ぼくはアメーバ性の下痢にやられ、わずか一週間余りで十キロ以上痩せることになる。杖をついて薬局まで歩き、薬を買った。これが治ったとき、ぼくは旅人の顔になった気がする。

(*240)

からね」

そんなことを話しながら、なるべく死者たちの上を通らないよう、二人で高台へ戻る。振り向くと、よしというように男たちが頷いた。やがて民家の一つでチャイが淹《い》れられ、男の子がステンレスのカップとともにわたしたちのもとへやってきた。

「きみ、名前は？」

すかさずジョンが訊ね、アリー、と子供が答えた。

そんな村からの客人歓待もあり、結局、墓の上で三十分ばかり時間をつぶしてしまった。ジョンはすっかり子供と打ち解け、あれこれと訊ねる子供に、ときには片言のウルドゥー語で、ときにはジェスチャーで答えた。

子供が去ったところで、ジョンがこんな話をした。

「……俺は身体が弱かったらしくてね。小学校のころには、小児病棟に入院してたこともある。そのとき、仲よくなった友達がいた」

二人ともゲームが好きだった、とジョンがチャイを啜ってつづけた。

「ただ、そいつが違うのは、ゲームを作ることができたんだ。つまり、プログラミングってやつさ。俺はそいつからプログラミングを習ってね。だからまあ、師匠にあたるのかな。二人とも治って大人になったら、一緒にゲーム会社を立ち上げようと約束した」

「どんなゲームを？」

「さあな。とにかくすごいやつだよ。そいつは小児白血病で、あっさりいなくなっちまったが」

死んだ、とはジョンは言わなかった。

「で、残された俺は子供なりに悩んで、そして一つの結論を出した。まず、そいつから教わったプログラミングの技術を活かすこと。それから、そいつのぶんも世界を見ることだ」

不意に、胸の奥がちりちりと熱くなってきた。いつまで、わたしはこうやって傍らにいることができるのだろうと。

それから、ジョンが宇宙へ行ってみたいと話していたことが思い出された。

少し考えてから、訊ねてみる。「エウロパで魚釣りをするくらいに?」

ああ、とジョンがうっすら笑った。「エウロパで魚釣りをするくらいに」

そろそろ行くかというように、ジョンがカップを手に立ち上がり、伸びをした。

「この先、まだいくつか村がある。日が傾く前に回っておこう。緑が深い農村だ。いい景色らしいから覚悟しておけよ」

頷いて、わたしはバックパックを担ぎ上げた。

そういえば、降ろした荷物に身体の一部を触れさせておくということをしていなかった。この村の雰囲気のせいだろう。わたしは小さく頭を下げ、やってきた子供にカップを返した。

子供は肌が白く、碧眼《へきがん》だ。

来る前に仕入れた知識によると、このあたりでは公用語のほかに、ブルシャスキー語という孤立言語が用いられている。住人の肌がやけに白いことも含め、アレキサンダー大王が遠征した際の、兵士たちの末裔という説もあるとか。こういう眉唾な話は好きだ。


(*241)

【アレキサンダー大王が遠征した際の、兵士たちの末裔という説もある】

この話は何度か書いた気がするが、好きな説なので何度だって書きたい。

村を離れてからも、しばらく子供はわたしたちのあとをついてきて、あれこれとちょっかいを出してきたが、そのうちに飽きたらしく、早足に元の村へ帰っていった。

それを見届けたジョンが、石造りの古い塀に腰かけ、地図とコンパスを確認した。

「村を越えた先に氷河があるから、そこを渡る。運がよければ、ガーネットが拾えるぞ」

「ガーネット？」

「このあたりの土地で出るんだ。さて、石を割るハンマーはあったかな……」

(*242)

【このあたりの土地で出る】結局ガーネットは見つからなかったが、行商人から買うことができた。ただみたいな値段でラピスラズリが売られていたので大量に買ったのはいい思い出。いまは簡単に行けるパックツアーもあったりするので、様相は変わってきているかもしれない。

11i　死は天帝に捧げる

遠峰泰志にとって、ギルギットへの道は長いものとなった。

何しろ、道づれのロニーがことあるごとにどうでもいい旅春《バグ》を発見しては、そのたび一緒に直すことになる。旅行者向けのゲストハウスの麻雀牌が牛骨から象牙に変わっていたとか、そんなの別に誰も困らないし本当にどうでもいいだろう！

いや、このクソみたいな世界を受注開発したどこぞの下請け業者あたりでは、月曜の朝礼ごとにこんな訓示が述べられていたりするかもしれない。〝どうでもいいバグなどない、全力をもって顧客の期待に応えるのが我々の使命だ〟(*243)とかなんとか。

が、その結果がこの世界なのだとすれば、とんだ笑い草だ。

そもそも、世界医であるなら、こんなふうに陸路を牛のようにつたって目的地へ向かう必要などない。というより、目的地はそれ自体がバグであり、陸路でつながっていると同時につな

【どうでもいいバグなどない、全力をもって顧客の期待に応えるのが我々の使命だ】昔、「協力会社」として出向してカーナビゲーションシステムを開発していたとき、朝礼で唱和させられたのが、「全力をもって顧客の期待に応えます」であった。

がっていない。

　とはいえ、世界医の権限は大きい。その気になれば、エルサレムの宿で東京の洗濯物を回収しながらラスベガスのボクシングの試合を観戦することだってできてしまう。だから、力を行使しすぎないことが求められるし、その前に、相棒のロニー自身が陸路を好む。

　そしてその過程で、こんなバグが見つかったりもする。たとえば、回すほどに徳が高まるとされるマニ車の回転が三万二千七百六十七回を超えると、一気にマイナス三万二千七百六十八回に転落し、即地獄落ちが確定するとか。ここまで来ると、発見したロニーが天才なのか馬鹿なのかもわからない。

　バグの原因は考えるまでもない馬鹿ばかしいものだが、楽しかったのは犯人探しだ。もしかしたら、何か別のバグを直す過程で、この笑える現象をもたらしてしまった世界医がいるかもしれない。そしてそれが、あの石頭のジェルヴェーズ・M・リゴーなどであれば、揶揄《からか》うには恰好の材料になる。

　実際の法典《ソース》についていたコメントは、こう。


(*244)

【考えるまでもない馬鹿ばかしいもの】プログラミングには符号つきの整数と符号なしの整数があり、これを間違えると大変なことになったりする。これはたぶん機密保持というほどでもないと思うので明かすと、件のカーナビでは、開発中、葛飾などの海抜ゼロメートル地帯で標高が「六五五三五メートル」になるという不具合があった。

// マニ車の回転数のカウント変数について
/*
実際はカウントする意味がないため削除を検討したが、影響が広く全人類に及ぶため、念のためそのままとする。
欲深き者が32767回のあとにマイナスに転落するのは興味深い教訓であると解釈し、そのままとする。
アリョーシャ・カラマーゾフ
*/

これを見たロニーは渋い表情とともに、口から出かかったスラングを呑みこみ、「長いコメントだな」とだけぼやいた。結局、マニ車バグは先輩医師の判断を尊重して現状のままとすることになった。

このあたりの判断は難しい。

人類一人ひとりが――いや、もしかしたら牛やキリンや猫も

【最適化】余計な重複した処理や冗長な箇所などを設計変更し、プログラムの見通しをよくすること。それが新たなバグを生み出すこともある。それでも、やらないよりはやったほうがいいとする考えと、動くものに余計な手を加えないとする職業的な考えとがあるが、だいたいにおいては状況に応じてどうするかが決められる。

――マニ車を何回転させたかの情報を持つわけだから、変数ごと消せるならそのほうがいい。この世界がどんなプラットフォームで動いているにせよ、そのサーバーなりなんなりの負担も軽減するからだ。しかし、こういう最適化(*245)によって新たに発現するバグがないとも限らない。ロニーはそれでも直したがるほうだが、アリョーシャはより職業的な世界医であったということだ。

ところで、アリョーシャといえばだ。

カラコルム・ハイウェイ沿いの村でチャイを飲みながら、泰志はロニーに常々感じていた疑念を明かした。

「会長の件は、やはりアリョーシャが？」

「ああ、それは俺も考えた」

世界医の会長、张海王《ジャンハイワン》は西海岸のイヴリン邸でミイラ状態で発見され、さらには別れの儀である解体子葬《デストラクタ》に失敗した。ジョンたちは解体子葬《デストラクタ》によって一度は会長の存在を忘れたが、葬儀の失敗後にもう一度会長の身体に触れ、いまは状況を把握している。

遺体はいまだ腐りもせず、西安《シーアン》の寺に収められている。
そう、腐りもせずに。

各世界医の背景はさまざまで、互いに詮索することも少ないが、アリョーシャの場合は、あまりに有名すぎる。彼はまさに、敬愛する、腐らぬと信じていた聖職者の遺体が腐ったことで、信仰を揺るがされるような強い衝撃を受けたのではなかったか。

このことは、誰も口にしないまでも、おそらくは世界医の皆が一度は連想したことだろう。会長の葬儀が失敗に終わったことや、ことによるなら、会長が不可解な死を遂げたことにさえ、アリョーシャが関わっているのではないかと。いわば、何物かを天に捧げるために。

が、ロニーは遠くの山々に向けて目を細めながら、泰志の考えを一蹴した。

「結論から言えば、おそらく関係はない。この件はジェルヴェーズが調べたし、俺もこの目で確認した。順を追って話すと、まず会長の死因だが、あれは老衰だ」

(*246)

【聖職者の遺体が腐った】『カラマーゾフの兄弟』の中盤の衝撃シーン……なのだけれど、読んだのが高校生のころだったせいか、ここだけの話、「そりゃ腐るよね」と思った。

「老衰?」――あの、殺しても死ななそうな会長が?

「正確には、デバッグに時間を費やしすぎた。会長は事件現場の部屋で、世界を止めて五十年近い期間をたった一つのデバッグに費やしていたことがわかっている。このことは、法典《コード》の更新履歴から確認された」

身体はそのままでも、精神は衰弱する。

実際、泰志も長いデバッグを終えたあとは、身体に不調が出てくることもある。ときには、寝こんだり風邪を引いたりすることも。死亡例もあると聞く。

それにしても、疑問は残る。

「無理だと判断したなら引き返すのも、世界医の仕事では?」

実際はそうならず、世界中でプログラマが過労死しているわけだが、それでも〝命落とすな、納期を落とせ〟だ。

「だいたい、なぜ一民間人の部屋にそんなバグが?」

「イシュクトだ」

ロニーが涼しい顔でチャイを啜った。

「あの家はイシュクトと関わりがあった。いまだ誰も解けてい

(*247)

【命落とすな、納期を落とせ】知己の編集さんの言より。あまり声高には言えないけれど、これは本当にそうだと思う。実際、プログラマ時代は文字通り死にかけた。

ない難攻不落のバグとな。それから、会長が引き返さなかった理由だが、これもわかっている。邪魔者がいたのさ」

「どういうことです？」

「巧妙に隠されてはいたが、会長がデバッグしていた法典《コード》には、もう一人の手が加わっていた痕跡があった。誰かが、会長のデバッグを阻止しようとしていたのさ。もっと言うなら、会長と二人で、世界を書き換えながら闘っていた。そしてその誰かのプログラミング作法は、俺たちが知るどの世界医とも違っていた」

プログラマであれ世界医であれ、仕事のやりかたにはそれぞれ癖がある。

それこそ、プログラムの書きかたで性格がわかるくらいに(*248)は。その癖が、いまいる世界医の誰とも違ったということだ。

とん、と素焼きのカップが置かれる。

「そいつに会長を殺す意図があったかどうかはわからない。だが、少なくとも死の一因にはなった。あるいは、証拠隠滅のために殺した可能性もある。会長の参照ポインタが解かれずに葬

(*248)【プログラムの書きかたで性格がわかる】これは実際にそうだと思っている。

儀が失敗したのも、そいつが会長と闘ったからだろう」

「もう一人の──」

「そう。その彼か彼女かこそが、俺たちの邪魔をしているもう一人の世界医だ」

そして、とロニーがつづける。

「そいつは俺たちの近くにいる。俺たちは前に民間人の依頼を受けようとしたよな？　ところが俺たちが依頼人と会ったとき、彼らはすでに目的を達していた。いずれにせよ、すべては繋がっているのさ。イシュクト──その一点にな」

12i 氷河にて

黒い氷河がわたしたちの眼前に横たわっている。

遠くから見たときはゆっくりと波打ち、うねっていたので、はたして渡れるものかと心配だったが、近づいてみれば、案外にしっかりしていて、いつ誰が通ったものか、表面には人や驢馬の足跡もある。

一足先に、ジョンが氷河との境目に立った。

そこで足を止め、空を見上げながら感慨深そうに深呼吸を一つする。

「どうしたの？」

「いや、ちょっと怖いから怜威が先に行かないかなと」

わたしはジョンの背後に回って、氷河に向けて全力で彼の背を押した。バランスを崩したジョンが氷上に一歩、二歩と踏み出し、それから腰砕けに坐りこんでしまい、つう、と表面を滑

(*249)

【黒い氷河】この地域は黒い氷河が多く、石礫を含むためそうなっていると言われる。

っていった。

面白くなってしまい、わたしも勢いをつけて氷河に飛び出し、同じ姿勢を取って滑っていく。目の前で、安物の仏像みたいにジョンが右に傾き、転んで止まった。勢い、わたしはジョンにぶつかってその場に仰向けになった。

青空だ。

ジョンが抗議をはじめたが、彼自身、途中で馬鹿らしくなったのか笑い出してしまい、釣られてわたしも笑い出した。長いあいだ、何がおかしいかもわからないまま、わたしたちはその場で笑いあった。

立ち上がってみる。

氷床が思いのほか力強くわたしを支え、おのずと背筋がぴんと伸びた。

「楽しい」わたしは涙を拭った。「好きだよ、ジョン」

しばらくの間があった。

「俺もだ」

ジョンが目を逸らしながら応える。

【現大統領】パキスタンではなくアメリカの大統領。変な髪型の人。

(*250)

こっちを見てもう一度言えと命じたところ、照れたジョンが二言三言、現大統領を罵った。その様子がまたおかしい。わたしはもう一度氷のカーペットに坐りこみ、時間よ止まれと念じた。普段は鈍いジョンが、何をどう察したのか、鋭い視線を向けてきた。

「イシュクトに行く前に、物事を願わない習慣をつけておけ」

真剣な顔つきで、釘を刺されてしまった。

「……あの山は訪れた人間の願いを叶える。そして、かわりに大切なものを一つ奪う。きみも体験談の一つや二つは耳にしただろう。おしなべて、後悔のほうが多い」

「願わなければ一番ってこと?」

では、いま自分のうちから湧き出るような願いはどうすればよいのか。そんな漠たる思いがよぎったが、それはジョンも同じであったようだ。物思わしげな視線を河の下流に這わせている。睫毛《まつげ》のシルエットが景色に映えた。

わたしは妙にふわふわした心地のまま、その逆、上流に目をやってみた。

黒の氷河がうねる谷あいのはてに、薄ぼんやりと白い峰がそびえている。これまで気に留まらなかった山だ。でもきっと、由緒あるものに違いない。どういう名で、住人にとってはどのような意味を持つものなのだろう。

ジョンなら知っているかもしれないと、肩を叩き、上流にそびえる山を指さしてみた。

最初、ジョンはぼんやりと振り向き、遠くを見るために何気なく目を細めただけだった。その表情が、徐々に険しくなっていくのがわかった。

「なんてこった」

と、その口から声が漏れる。

「わざわざ陸路を使った。わざわざ、正攻法で辿り着こうとした。そこを目指しながら、そこに辿り着きたくなかった。それもこれも、この世界をもっと見せてやりたくて……」

「ちょっと、どういうこと」

「結局、向こうからやってきちまった。いずれにせよ、あれは向こうからやってくる代物なんだがな。確率は高い。そう、高かったんだ。だが、もう少し待っていてほしかった」

わからぬことを、口のなかでぶつぶつとつぶやいている。

「さて、俺はどうすればいい？　できるのか？　バグを、バグのままあらしめること……」

なかなか現世に戻ってこないので、わたしは氷の欠片を拾ってジョンのシャツの背に放りこんだ。ジョンはしばし黙想していたが、ややあって、うわ、冷たっ！　と身をよじった。

「ちゃんと説明するように」

ジョンが裾から氷片を排出し、小さく頷いた。

「目的地さ」

「え？」

瞬きを返して、わたしは前方の山に意識を向けた。単独峰だ。遠景にそびえているため、すぐに大きさがわからない。右腕を水平に前に伸ばして親指を立ててから、そんな距離の測りかたなど知らなかったと気がついた。

隣で、ジョンがくすりと笑った。

「まず片目で見る。それからもう片目で見る。で、親指がどれ

(*251)【氷の欠片を拾ってジョンのシャツの背に放りこんだ】世界共通の悪戯。

(*252)【右腕を水平に前に伸ばして親指を立て】SF作家の藤井太洋さんが素でこれをやっているのを見て、なんというか本物は違うと思った。

くらい水平に動いて見えたかを測る。それにだいたい十を掛ければいいようにできている」

「ふむ」わたしは理解したふりをして頷いた。「で、あれがそうなの?」

「イシュクト……きみたちの家族三代にかかわる山さ。いいか、少し長い話になる。怜威、きみは自分のことについてどれだけ親御さんから聞かされてる?」

「ほとんど何も」

わたしは正直に答えた。

「それは、わたしが両性具有であることとも関係してるの?」

13i ふたたび氷河にて

上流とはいったものの、はたして氷河に上流と下流があるのだろうか。

検索してみようと思って取り出したスマートフォンは圏外で、試みにコンパスのアプリケーションを立ち上げると、画面上の針の画像が三度回ってから、「端末をゆっくり揺すってください」との表示が出る。素直に従ったところ、また針がみたび回転し、同じ表示が出た。ティト・アルリスビエタの証言と似た現象だ。(*253)

馬鹿らしくなり、スマートフォンを元通りにしまう。

ジョンはというと、すでに眼前の山に向けて氷河を歩き出していた。

見回すと、吹きさらしの黒い氷河の左右を、岩場やわずかな緑が彩っている。わたしは足元を気にしながら、一歩一歩ジョ

【ティト・アルリスビエタの証言と似た現象】第一部五章参照。

ンのあとを追った。

「三代にわたる物語だ――」

白く煙《けぶ》る息とともに、ジョンが漏らした。

「きっかけは、きみの祖父の朗良にまで遡る」

「おじいちゃん？」

なかば混乱しながら訊き返した。

イシュクトを目指すことになったのは、そもそも、祖父が現地で作ったという隠し子と会うためだ。しかし、ジョンの口ぶりからは、何かわたしの認識とのずれが感じられる。

ちらと、ジョンがこちらを振り向いた。

「隠し子のことはよくわからないが、朗良はきみが生まれるよりも前にイシュクトを訪れた。このことはデバッグ中に確認してある」

「デバッグ？」

「すまん、いまのは忘れてくれ。とにかく、朗良は明確な意図をもってそこを目指した」

ぎしり、とジョンの下の氷が軋む。

「……ちょっと立ち入った話になってしまうんだが」

「いいよ。つづけて」

「まず、イシュクトは登山者の願いを叶える性質がある。それから、きみの両親、勇一とイヴリンだ。言うべきか迷ったが、きみには知る権利がある。というのも、きみが生まれるよりも前、二人は不妊に悩んでいた。当時はいまほど不妊治療も発達していなかったしな」

――不妊。

それは、わたしにとっても他人事ではない問題だ。

「不妊の原因は勇一側にあった。だから、勇一の父にあたる朗良は、責任を感じてイシュクトへ願掛けに行ったってわけだ。子宝祈願のためにね」

「つまり……」

「怜威、きみはイシュクトの子だということだ。イシュクトはきみで、きみはイシュクトだ。きみが生まれた段階から、きみと山とはわかちがたく結びついていた」

ざあ、と右手の岩山に群生している高山植物が揺らいだ。

遅れて、冷たい風が通り抜けていく。

「もしかして……」

「ちょうど、きみたちの家は改築の途中だった。そこに、イヴリンが二卵性の双生児を授かった。男の子と女の子だったようだ。気の早い勇一は、さっそく二つの子供部屋を設えた」

連鎖的に、さまざまなことが思い出される。

一人っ子のはずなのに、もう一つあった子供部屋。

いまは物置がわりになっているが、わたしもその存在はずっと気にかかっていた。一度母に訊ねたところ、亡くなった兄がいたという話だった。名前は、隆一《りゅういち》。

しかし子供心に疑問も感じていた。

父も母も、けっして冷たい人間ではない。それなのに、これまで隆一を悼《いた》む素振りを見せたことがなかったからだ。

「イシュクトは等価交換の山だ」

わたしを引き離さないように、ゆっくりとジョンは歩みを進める。

「何かを与えるかわりに、何かを奪う。それが、きみにとって皮肉な現象をもたらした」

ジョンの背に向けて軽く頷きながら、そっと上着のジッパーを閉めた。

「それって、つまり……」

「双子は生まれなかったのさ。正確には、途中まで育っていたはずの双子が、ある日を境に、突然、一人の人間に融合していた。イシュクトはきみという命の代償に、もう一人の子供を奪ったということになる」

つまりだ、とジョンがまた軽くこちらを一瞥した。

「きみは隆一というきょうだいと重なりあって生まれた。二人の人間が、一人の人間になったんだ。こいつが、きみが定まった性とともに生まれなかった理由となった」

「それは……」わたしは実感の伴わないまま返した。「なんとまあ」

「なんとまあ、だ」とジョンも応えた。「当然、きみの両親も悩むことになった。もちろん、両性具有として逞しく生きる人はたくさんいる。ところが、きみのジェンダーは女性に偏《かたよ》って

(*254)

【重なりあって生まれた】ぼくは戸籍上は次男にあたり、生後まもなくして亡くなった長兄がいる。ときおり、ぼくはその長兄が自分と重なり合っているように感じることがある。少なくとも、ぼくがそのように思うことは、自由だ。

いた。このままでは通常の幸福が得られないかもしれないと、二人は悩んだ」

もっとも——、とジョンがつづける。

「結果的には、隠し子という形で命は増えたんだが……。あの山の考えていることはわからないな。このあたりは、現地まで行って確認してみる必要がある」

そう言うと、ジョンが右腕を突き出して親指を立て、山までの距離を測った。だいたい丸一日かかるかな、と彼の口からつぶやきが漏れた。

ジョンの言うことは、だいたいわかった。理解できたと思う。——それにしてもだ。

「なんでジョンがそんなことまで知ってるの」

こちらに背を向けたまま、ジョンがぴたりと足を止めた。

しばらく、理由のわからない沈黙があった。歩みを止めてしまったため、寒い。なんとなく所在なさげに思えてきた、そのときだ。ぽつりと、ジョンがつぶやいた。

「殺すつもりはなかった」

14i. 偶像を直す

いま、泰志の周囲の世界は止まっている。

彼の仕事、世界のデバッグのためだ。

ギルギットでロニーが見つけた旅春《バグ》——宿の主人がひそかに収集していた仏教関係の古美術品のなかに、日本のアーティストが作ったアニメ風のフィギュアが混じっていた件だ。(*255)

「なんだこれは」

勝手にコレクションルームに入ったロニーがフィギュアを見つけ、慌てて追ってきた主人に訊ねたところ、そんな禍々《まがまが》しいものは知らぬと主人が答えた。

であれば、バグである可能性が高い。

堂々たるイスラム教シーア派の主人が仏教関係の偶像を好んで集め、無宗教のフィギュアを禍々しいというのは、なんだか倒錯しているようでもあるが、こんなことを詮索しても仕方が(*256)

【日本のアーティストが作ったアニメ風のフィギュア】村上隆氏がその著書で「日本人はマーケティングができない」と宣言している。しかしマーケティングに対してなんらかの忌避感を感じる人はおそらく多いはずで、かくいうぼく自身、はじめて読んだときは「ううん」と思った。が、その後、若いころの氏の動画を観る機会があった。けっして上手↙

↘ではない英語で、しかし食らいつくように自作のプレゼンテーションをするものだ。以来、ぼくは氏のことが好きになった。あのマーケティングの話は、必死で食らいつき、何事かを成し遂げた人間であればこそ、口にする資格のあることであったのではないかといまは思う。

ない。とにかく、主人にとってそれは人生に必要な要素ではなかったということだ。

「いいじゃないですか、フィギュアの一つや二つ」

「細かなバグほど面白いもんだぜ」

周囲を法典《コード》が覆いつくすなか、ロニーが歯を見せる。こうして無駄話ができるのは、慣れた世界医からすれば、見た瞬間に原因が類推できるバグがほとんどだからだ。

「なんとかは細部に宿る、ってやつですか」

コードはすべてオブジェクティブ・ヘブライ語で記述されたものだ。

そしてデバッグの都合上、泰志たちの周囲にあるモノや事柄が優先して表示される。泰志たちが現地でデバッグをすることが多いのは、そのためだ。もちろんその気になれば、エベレストの頂上で万里の長城を動かすことだってできるが、効率が悪いこと甚だしい。

「ところで――」

変数の型の違いを直しながら、泰志は訊ねる。

(*256)
【倒錯している】 バングラデシュで聞いた話に、「バングラデシュ人は敬虔だが酒を飲む、パキスタン人は不敬虔だが酒を飲まない」というものがあった。真偽のほどは知らない。

(*257)
【細かなバグほど面白い】 変態的だけど、ぼく自身ときおりそう思う。

(*258)

【現地でデバッグをすることが多い】 そういえばなんでだろうとふと思い。


(*259)

【変数の型】いまさらながら、プログラミング用語。たとえば「8ビットの正の値」とか、「正負表現ができる32ビット型」とか。バグの原因となりやすい。

「まだ、わからないことがあるんですが」

「なんのことだい」すでに自分の担当を終えたロニーが、腕を組んだまま応じた。

「会長の死ですよ。会長がイヴリン邸でデバッグをしていたのはわかりました。でも、明らかにおかしな現象があるではないですか」

何を考えているのか、ロニーは相槌《あいづち》も打たず、薄く笑ってつづきを待っている。彼がときおり見せる、悪戯を仕掛けているときの顔だ。

嫌な予感をよぎらせつつ、泰志はつづける。

「ミイラ化現象です。会長が時を止めてデバッグをして、そのさなかに老衰死したという話は理解できます。でも、それなら時間の経ったミイラの状態で見つかるのはおかしい」

「ああ」ロニーが笑った。「それなら、お前さん自身のステータスを参照してみな。いま、お前さんがいったいどういう状態にあるのか」

訝《いぶか》しみながらも、先輩医師の言に従ってみる。

答えはすぐに出た。いま、泰志たちは時を止めて、幽霊のような状態でデバッグしているはずだった。それが、止まった時のなかで、泰志だけが年齢を重ねていたのだ。

明らかにロニーの仕掛けだ。

「ちょっと！」

叫ぶとともに、手が滑って間違った変数を三つ四つ増やしてしまった。

「人の寿命を縮めないでくださいよ！」

「要するに、こういうことだ。あの屋敷で世界医同士が闘っていたらしいことはもう話したな？ ならば、こういう現象だって充分に想定されるってことだ。世界医同士の闘いであれば、こうやって、直接相手にバグを仕込むような争いにも発展しうるわけさ」

泰志は自分のステータス画面に触れ、時間の進行を止める。それから、増やしてしまった余計なコードを削除した。

「つまり、会長は殺されたと？」

「おそらく意図して殺したわけではない。しかし、仮にも世界

(*260)

【増やしてしまった余計なコードを削除した】ぼくはこれをよく忘れる。

医の会長だぜ？　俺とて、あんな爺さんと闘いたくなんかねえよ。そんななか、デバッグをめぐる攻防があったとすれば、敵がこういう戦法を取った可能性はある。会長の衰弱を待つ作戦ってわけさ」

そう言いながら、ロニーが目の前のコードに短いコメントをつけた。

//宿のおっさんの仏像がフィギュアになっていた件を修正

「会長はまんまと敵の作戦にはまった。いまのお前さんだってそうだろう？　デバッグに集中するほど、周囲に注意が向かなくなる。まして、世界医同士の争いなんて滅多にないからな」

ここで、ロニーがデバッグ終了を宣言した。

世界が動き出し、フィギュアは古びた涅槃《ねはん》像に変わった。喜ぶ宿の主人に向けて、ロニーはこの件は他言無用と念を押した。主人を部屋に残し、二人は廊下に出る。

「会長が消そうとしていたバグの名前は怜威。その怜威がイシュクトのバグだったことが、会長の誤算さ。簡単だと思われたバグが、誰もが直せずにいたバグとつながっていたということだ。おおかた、イシュクトでの子宝祈願でも通して生まれた子供だろうな」

「では──」

「俺は言ったよな。イシュクトそのものを直すと。ひいては、怜威とやらを含む、イシュクトが生み出した一切合切をなかったことにする。こいつは、俺の世界医としての野心さ。細かなバグもいいが、やっぱり大仕事も燃えるってもんさ」

「その場合、イシュクトはどうなります？」

「もとよりあるはずのない場所、あるはずのない座標だ。イシュクト自体に消えてもらうのが一番だろうよ。いいか、これは会長の弔い合戦でもあるんだ……」

151. 思い出の列車

夕暮れが来て、列車内が赤く染まった。

うつらうつらしていたティトはふと顔を持ち上げ、「なんてこった」と口のなかでつぶやいた。そこはもうパキスタンの列車内ではなかった。祖国スペインの、バルセロナの鉄道線だ。乗客はスマートフォンではなく、新聞に目を落としている。瞬きを一つしたところで人々は消え、右隣のレタのみを残した。そのレタはというと、杖にもたれかかって眠っている。

窓の外を見た。

間違いない、あのころのバルセロナだ。そして、列車はおそらくイシュクトへと通じている。してみると、あの胡散臭いへブライ語の切符は本物だったということか。いや、あるいは出発点に戻されるだけという可能性もある。そう考えると油断はできない。

(*261)

【可能性もある】なんでこんなことまで検討したのかは忘れた。

それにしても、これはいつのことだったろう？　ティトはまだ十代だった。悪友たちとつるんで、酒やサッカーや他愛のない話にあけくれ、自分はというと、絵本作家になりたいと漠たる思いを抱えていた。そうだ、仲間たちと列車強盗を目論んで(*262)警察に捕まったこともあった。

この列車は、あのときのそれに違いない。

世間知などいっさいなく、ただ剝き出しの心ばかりがあった。どうして、絵本など描きたいと思っていたのか。当時の心を思い出そうとして、思い出したくて記憶を探ったが、頭はすっかり霞み、かわりに幾重にもねじれたいまの自分自身が重くのしかかってきた。

レタはまだ眠っている。軽く、ティトの右耳に寝息が聞こえてくる。

先ほどからずっと、車内は赤一色だ。あるいは、これはウルディンの血ではないか——。不意に、そんな連想がよぎったときだ。

隣の車両につづくドアが開いた。


【仲間たちと列車強盗を目論んで】映画監督エミール・クストリッツァの悪童時代のエピソードが元となっている。この当時、監督にインタビューができる機会を得て、洋書の伝記をいくつか読んだのだった。最初にパルム・ドールを受賞した際は、現地で報せを待とうとしかけたものの、地元に帰って友達の家の床の修繕を手伝っていたとか。いわく、「私はカフェで爪を噛みながら報せを待つタイプではない」——かっこいい。

高い靴音とともに二人組の男がやってきて、こちらを一瞥し、向かいの座席を取った。

「あんたも――」湿りがちに、男の一人が声をかけてきた。

「目的地は一緒かい？」

こんな訊ねられかたをする場所といえば、一つしか思い当たらない。

イシュクトだ。

「一緒だよ」躊躇いながらも、そう答えた。「ただ、目的は違うはずだろうがな」

ふむ、と男が鼻を鳴らし、じっとこちらの目を覗きこんだ。

「二度目の訪問か」

「なぜそれを？」

「刑事の勘さ」

答えながら、正面の刑事を名乗った男が指先でなにがしかの模様を描く。

「ああ、これは癖なんで気にしないでくれ」

がたん、と列車が大きく揺れて暗転した。

トンネルだ。懐かしい街並みは消え、列車の内装もパキスタンのそれに戻っている。

「……それで、刑事さんがなぜイシュクトへ？」

法に反しながら生きてきたため、おのずと身構えてしまう。それを悟られないよう、なるべく軽い調子で訊ねてみた。

「なに」

相手の男二人が目配せしあう。

「確かに目的は違うかもな。ただ、手段は同じかもしれない」

思わせぶりに口にしてから、刑事は自らの来歴や、イシュクトへ行く理由を語りはじめた。まず、これまで幾度となく〝世界医案件〟によって捜査を阻まれてきたこと。そして今回も、そのために容疑者に逃げられつつあること。

容疑者を追ううちに、ここまで来たこと。

男が話しているあいだ、男の道づれが何度か腕をつつき、最後に足を踏んづけた。

「いいんですか、そんなこと話しちゃって」

「かまうまいよ。どうせ、彼岸と此岸の境目のこと。義理立てする相手も、守るべき法もありゃしない」

刑事はルディガーと名乗り、それから話の矛先をこちらに向けた。

「俺たちも情報がほしいんだ。そういうあんたは、なぜイシュクトへ？」

列車はまだ暗いトンネルを走っている。

迷ったが、全部を話してみることにした。昔、絵本作家であったこと。ビジネスで成功したのち、マフィアに目をつけられたこと。金庫の金を横領してモロッコに移住したこと。

そして、大切な相棒をイシュクトの登山行で喪ったこと。

余計なことを話しすぎたようでもあるが、どうせ目的地が同じなら信用を得ておきたい。

「俺が世界医について知っていることは少ない。まず、彼らが古代の呪医《シャーマン》のような存在なのは確かだ。ただ、治療の対象が個人ではなく、世界そのものである点が違う」

「旅春《バグ》だな」

こちらが話し終えるのを待って、相手の刑事が確認するように頷いた。

「いわく、世界の側がかかる精神疾患――」

ふわりと車内が明るくなった。

トンネルから外に出たらしい。しかし外は吹雪いており、景色は見通せない。

「どうも、俺たちのいるこの世界は盤石ではないようだな」

刑事が外を一瞥してつづけた。

「そして、矛盾や不具合に満ちみちている。別に社会構造とかの話じゃない。文字通り、矛盾や不具合にあふれているってわけだ。昔の人々は、それを神秘だの魔法だのと呼んだ。その最たるものが、イシュクトだ」

「結局、イシュクトってなんなんだい」

「まあ待て」阻むように、刑事が手のひらをこちらに向けた。

「順序通りに話をさせてくれ。まず、魔法だ。魔法には、いい面もあれば困った面もある。そこで、不具合を直すための専門職が生まれた。それが世界医ってわけだ」

「なぜそんなことを?」

そう訊ねたのは、ティトではなく刑事の相棒だ。

「ああ」と刑事が首筋を掻いた。「国際刑事警察機構《インターポール》のサーバーをハックして秘密文書を読んだ。ラーワルピンディのインターネットカフェ(*263)からだから、まず足はつかないと思う」

「ちょっと!」

「それでだ」刑事は相棒を無視して、「やつらは世界そのものにアクセスして、世界の疾患とやらを治療する。これ自体は、別に悪いことじゃなさそうだな。だが、気に食わない点がある。やつらが世界の秘密を握っていて、俺たちが何も知らされないということだ」

「それで――」つい、遮ってしまった。「あんたの目的は?」

「第一には、とある容疑者を捕まえることさ」

「第二は?」

「やつら世界医は、俺たちの頭越しにどんな好きなことだってできる。だからまずは、やつらに関するいっさいを明らかにする。いわば民主化革命さ。世界医連中に出し抜かれるのは、金輪際ごめんだからな」


【インターネットカフェ】昔、旅をしていたころはインターネットが普及しはじめたころで、スマートフォンもなく、各地のネットカフェを通じてメールを書くなどしていた。七十年代のバックパック旅行ブームのころとも異なる、過渡期のわずかな期間の出来事だが、それにぼくは郷愁を覚える。

風向きが変わり、吹雪が窓ガラスを打ちつける音がしはじめた。いや、それとも線路の向きのほうが変わったのだろうか。どちらであってもいい。

「さっき、手段は同じかもしれないと言ったな。あれは？」

「世界医はこの世の秩序やなりたちに関与できるため、やつらにはインターポールも目を光らせている。その情報によると、いま二人組の世界医がイシュクトを目指している。名前はロニーとヤスシで、目的はイシュクトそのもののデバッグ。が、こいつが困る。ここまで来て、容疑者ごとイシュクトに消えられちまったらかなわないからな」

ただし――。そう言って、刑事が天井を仰いだ。

「これは、あんたにとっては朗報かもしれないぞ。イシュクトが消えるということは、イシュクトによって失われたものが戻る可能性があるからだ。結局、最終的に何がどうなるかは世界医連中にしかわからない。それが頭の痛いところでな」

「ややこしいな」

それだけ応えて、しばし相手の言を咀嚼《そしやく》してみた。

ロニー。刑事はそう言った。記憶が確かなら、あの切符を渡してくれた男がそうだ。

「……いや、やっぱりわからないぞ。あんたの話を信じるなら、俺たちは目的も手段も正反対になっちまわないか？　つまり、あんたはそいつらを妨害したい。しかし、俺たちにとってその二人は福音《ふくいん》になりえるってことだろ」

「ところが、インターポールの目をすり抜けたもう一人の世界医が存在する」

「なぜわかる？」

「勘だ。どうも、世界医たちのあいだになんらかの不協和が発生しているようでな。そしてその世界医は、二人と逆の意図をもってイシュクトを目指している」

「わからんな。世界医同士の争いでもあるのか？」

「おそらくは俺たちの事件が発端だが……。いや、いまのは忘れてくれ。いいか、端折《はしょ》って話すぞ。俺たちが妨害すべき世界医は、それぞれに異なる。その点で、俺たちは対立している。そうだが、相手が相手だけに協力しないと太刀打ちできない。そう

(*264)

【あの切符を渡してくれた男】ご存知の通り、本当はジョン。

いうことだ」

期せずして、ため息が相手の刑事と重なった。

隣のレタはというと、まだ眠っている。

「……それで、刑事さんはまず何を知りたいんだ」

「いろいろあるが、とりあえずは一点」

ルディガーが右手の動きを止め、指を立てた。

「もしあんたが世界医と接触したなら、その人相風体を詳しく教えてくれ」

161・イシュクト郷

イシュクトの麓近くの村にたどり着いたとき、すでに日は暮れ、黄色い電球に彩られた夜店が道沿いに光の道を作っていた。夜店の商品を覗くと、味の想像もつかない緑色の羊羹《ようかん》や、歯ブラシや石鹼といった必需品、それから氷河で獲れた魚の煮込みなどが売られている。

「氷河で釣れるのですか」

真面目な顔をしてジョンが店主に訊ねるのが、なんだかおかしい。

「赤天蚕糸《あかてぐす》を垂らしてやるのさ。簡単だよ。魚のほうから喜んで寄ってくる」

こちらが頼んでもいないのに、店主は勝手に皿に煮込みをよそいはじめる。露天のテーブルに、蒸した米を添えた魚の皿が二つ並んだ。わたしたちはどちらから言い出すでもなく、これも縁と、コップに立てられたスプーンを手に取って魚を口に運んだ。

淡白な、やや甘みのある味だ。

「この季節が一番美味い」

どうやって氷河で釣れるのかはわからずじまいだが、とにかく店主は自慢気にそう言う。それから、「これはサービスだ」と、赤い調味料を親指の先ほどのビニール袋に小分けして糸で留めたものと、山盛りのザワークラウトの皿が出された。

「昔、ここに迷いこんだドイツ人が残したレシピだ」(*265)

米は近所の中華チェーンのご飯よりはおいしく、母のイヴリンが圧力鍋で炊く玄米(*266)ほどではない。けれど、とにかく長い時間をかけて歩いてきたものだから、あっという間に皿が空けられた。

ここまで来れば、わたしもさすがに旅慣れてくる。

今夜の宿の心配をしていると、何を言っているのだというようにジョンが指を立てた。

「ここにはきみのお爺さんがいるんだろう」

(*265)【ここに迷いこんだドイツ人が残したレシピ】母の友人の旅館には、昔旅の僧侶が残していった秘伝の鰻のタレがあるとか。

(*266)【圧力鍋で炊く玄米】料理に凝っていたころに作った。ふっくらと炊き上がり、米本来の味がするようでうまい。が、気がついたら普通に電気釜で炊くようになっていた。

しかし、きっと一軒か二軒はあるだろう宿を探すのと、どこにいるかもわからない祖父を探すのではどちらが楽なのか。そんなわたしの心配をよそに、ジョンがスマートフォンに祖父の写真を映して店主に見せた。

「このモンゴロイドの爺さんを探してる。名前は朗良。日本人で、このあたりにいるはずなんだ。それから、娘さんが一人。確か……ニルファムだったか」

「ふむ、アーさんだね」

あっさりと店主が答えた。

「みんな、爺さんのことは好きだったよ。いつも、この村のことを考えてくれていてね。この道の先の公園は爺さんが作ったものなんだ」

「好きだった？」

過去形で語られるのが気になったが、こちらの英語のニュアンスが伝わらないのか、店主がそのまま先をつづけた。

「家は東に進んで少し山に入った道の先。屋根が黄色いからすぐわかる。ただ、時刻が素数台じゃないと道が消えるから気をつけろ。いまは十二時だから……次は、二時台に現れる」

「一は素数じゃないんだっけ」

「ちょっと黙って」

わたしの疑問は、ジョンに冷たく遮られてしまった。

「爺さんは亡くなったのか？　ニルファムはまだいる？」

端的にジョンが訊ねた。質問を極力シンプルにしたのは、外国を旅する際の習慣だろう。

「アーさんだったら、このごろ油絵を描いてるよ」

「生きてるのか？」

「死んでる」

どうも、時間か時制の取り扱いに齟齬《そご》があるようだ。

「ニルファムが一人で家を守ってる。友達なら訪ねてやってくれ、きっと喜ぶよ」

「ここは何時まで営業してる？　二時まで時間を潰させてもらっていいかな」

「適当にそこにいなよ。俺は寝るけどな」

言葉の通り、まもなく店主は店を閉めてどこかへひっこんでしまった。見回すと、ぼちぼち周囲の店も灯りを消しはじめている。

時計を見ると五時二十七分だった。時差がどうなっているのか、そもそもどこと比較しての時差になるのか、あるいはここだけ独自に時間が流れているのかがわからない。とりあえず、竜頭《りゅうず》を回して十二時二十七分としておいた。

それにしても、寒い。もう一品頼んでおけばよかったと後悔がよぎる。

それを察したのかジョンが席を外し、まだ開いていたらしい店からチャイを買ってきた。素焼きのコップを手に、大事にそのチャイを啜った。シナモンでもカルダモンでもない、これまで味わったことのない香辛料が入っている。次第に身体が温まってきた。

短い沈黙ののち、これまで旅してきたという国々の話をジョンがはじめた。耳を傾けるうちに、うつらうつらしてきた。微睡《まどろ》んでいると、やがて肩を揺すられた。


(*267)

【これまで味わったことのない香辛料】この世ならぬ飲料といえばインド神話に登場するソーマであるが、この世ならぬ香辛料というものもぼくはときおり夢想する。

二時だ、とジョンがささやいた。

山道を歩きながら、こんな夜に訪ねていいのかといまさら疑問がよぎったが、店主が行けというなら大丈夫なのだろうと考えるのをやめた。風が吹き、ざわざわと左右の木々のシルエットが揺れるのがわかる。

「あれだ」

ジョンが黄色い屋根を指さした。

家の前の庭に、ペンキの剝げかかった椅子とテーブルがあり、そこでニルファムは待っていた。写真の通りだ。テーブルにティーカップが三つ置かれ、チャイが湯気を立てている。

先ほどと同じ香辛料が香った。

「待っていました」

ややかすれ気味の声だ。年齢は、わたしと同じくらいか。

どうしてわたしたちが来るのがわかったのかと訊ねると、あの店主からSNSでメッセージを受け取ったと答えが返った。

なんとなく、魔法が解けてしまったようで拍子抜けする。

ニルファムが本当に祖父の娘なのだとすれば、向こうからすれば、わたしは姪にあたるだろうか。けれど、彼女はわたしをそうは呼ばなかった。

「お姉さんですね。待っていました」

「わたしのことを？」

「アーさんがよく……」ニルファムは祖父のことをアーさんと呼んだ。「あなたのことを気にかけていました。場所は離れていても、アーさんはずっとあなたを見守っていた。会えなかったのは残念ですが」

少し考えてから、わたしはシンプルに問いかけた。

「ここに一人で住んでるの？　あなたのお母さんは？」

「わたしが生まれる際に亡くなったと聞きます。いまは、わたしがこの里の守り人です」

「守り人？」

何を何から守るというのか。が、この疑問が解かれることはなかった。

「イシュクトの呪いです。あなたが生まれる際に、アーさんはこの土地の守り人の役割を課せられた。いまは、わたしがその役目についています。どうぞチャイを飲んでください。冷めてしまう前に……」

【膜宇宙】ブレーンとも呼ばれる。素粒子物理学のリサ・ランドール氏が話題になったとき、論文を買って読んでみたことがある。さすがに全然わからなかったけれど、重力のみ膜宇宙間を通過することができ、我々はたまたま重力の弱い宇宙にいるのだとか、確かそんな。

(*269)

17i. つながらない迷路

泰志の正面に山がある。

泰志の背後に山がある。

泰志の右に山がある。泰志の左に山がある。ついで泰志の上に山があり、そして泰志の下にも山がある。泰志の時間軸方向の正面に山があり、泰志の時間軸方向の背後に山がある。五次元方向の膜宇宙に山がある。山は半透明で、内部まできっちりとモデリングがなされているのがわかる。せっかくなら、山の内部を探索してみようとロニーが言い出したのだ。

するとすぐに、麓付近に四つの箱船が埋まっているのが見つかった。

山の中腹には、隠し部屋や作りかけの迷路が隠されていた。迷路はそこだけ壁の質感が雑で、安物のパーティションか何かのようでもある。隠し部屋につながってすらいない。

(*268)

【泰志の左に山がある】夢枕獏『神々の山嶺』から。初読の際は「こんなのありか」とひっくり返った。氏の小説は、真似をしたいのにできない文章が本当に多い。

誰が、いったい何を意図して。

あるはずのないもの、本来なら誰にも発見されないだろう仕掛けを前に、見てはいけないものを見たような、無意識にざわつくものを感じた。恐怖にも似た感覚だ。それは、この仕掛けが未完成で意図がわからないからだろうか。

ただ、少なくともわかったことがある。

この山が、開発者によって意図的に作られたことだ。

箱船や隠し部屋は、開発者が遊びで入れた〝イースターエッグ〟と見るのが妥当だろう。迷路が作りかけなのが解せないが、完成する前に納期を迎えてしまったのかもしれない。

そんなことを考えているうちに、ロニーが中腹から斜め上方向に向かう通路を見つけた。通路の先が外に開けているらしく、わずかな光が、山の内部に向けて差しこんでくる。

「イースターエッグというよりは、作品かもしれないな」

通路の先を見上げながら、ロニーが目をすがめた。

「作りかけの迷路も、もしかすると、これが完成形なのかもしれない」


(*270)

【イースターエッグ】有名なところでは、初代『ファイナルファンタジー』に仕込まれた十五パズルで、これも先述のナーシャ・ジベリの仕業。

「なぜです？」

「おまえ、この景色を見てぞっとしただろ。迷路が完成していたら、まだしも理解の範疇《はんちゅう》に落としこめる。だが、そうじゃないからこそ心をざわつかせる何かがある。この光景を見た者に、そう感じさせたかったんじゃないか。この山を作った誰かは」

「メッセージがこめられているのではないかと？」

「そこまで大層なもんじゃないとは思うがな……」(*271)

「もう少し探索してみますか」

「いや、このへんでもういいだろう。デバッグモードを解除するぞ」

「あの。いま解除すると我々は窒息死です」

面倒そうに頭をひと掻きしてから、ロニーが「それもそうだ」とこちらを一瞥した。

「しかし、来てみたはいいが、どこからデバッグしたものかな。イシュクトが生んだ事物がイシュクトを参照し、その事物がさらに何かに参照される。要するに影響が全世界に及ん

【そこまで大層なもんじゃない】未完成のコンピュータ・ゲームには、完成されたゲーム以上の謎のリアリティがあるとぼくは考えている。無限の世界の広がりがあり、そしてまたコンセプチュアル・アートのような力が宿るように感じられるのだ。そういえば小学生のころに８ビットパソコンを買ってもらったぼくは、多くの未完成のゲームを残した。それはマネジメントの失敗である以上に、ゲームを完成させたくないと本能的に感じていたからかもしれない。

でいる」

「でも、バグか仕様か判然としませんが、少なくとも不具合で(*272)はある」

山の麓へ下降しながら、泰志は提案してみることにした。

「最初に、イシュクトを完全に世界から切り離してしまいませんか」

「切り離す？」

鸚鵡返しをしてから、ロニーがしばし考える素振りをした。

「……北緯三十五度問題か」

「ええ」

北緯三十五度問題——。世界医のあいだでは、有名な不具合である。

この世界が北緯三十五度付近でつながってしまっているというもので、カリフォルニアと琵琶湖がつながり、モロッコとシリアとカシミール地方がつながる所以《ゆえん》だ。

これが、さまざまな大小の不具合を生み出す温床となっている。


【少なくとも不具合ではある】昔、絶対的なる不具合はあるかどうかということを考えた。「ある現象がバグか仕様かは周囲の人間が決める」に対するもう一つの視点。

【トポロジーはコンピュータグラフィックスから宇宙論まで】たとえば穴が一つ空いたコーヒーカップは、変形することでシンプルなドーナツ状にできる。このカップとドーナツは「同相」だというのが基本的な考え。ポアンカレ予想が証明されたと話題になったとき、それと関連して有名になった（たぶん）。

(*274)

「だがよ、そこから直すとなると大変じゃないか？」

「……この惑星を位相幾何学《トポロジー》の視点で捉えるなら、いわば二つの球が、北緯三十五度付近の一点で隣接するウェッジ和の状態になっています。そして、その接点となるのが、ここイシュクト山ということになる」

トポロジーはコンピュータグラフィックスから宇宙論まで、幅広い応用がきく分野だ。それで言うと、この地球という惑星自体が、球形をしていないということになる。

「この世界は、いわば宇宙の形からして間違えてしまっている。発注段階で不具合があったのか、開発者がうっかりしていたのか。ひどい話ですが、どうあれ、こうして北緯三十五度を貫くバベルの塔ができあがってしまった」

「おまえにできるか？　北緯三十五度問題の修正が」

「修正自体は難しくありません。もちろんその結果、辻褄が合わなくなった物事がそこらじゅうで不具合を起こす。今度はそれをしらみつぶしに直していく。この手順でどうです」

「悪くない」

(*275)

【その結果、辻褄（つじつま）が合わなくなった物事】「修正によって生じる影響は何か」とプログラマはよく問われる。

(*273)

【隣接するウェッジ和の状態】すみません、言ってみたかっただけ。

ロニーが応じ、それからもう一度確認するように「悪くない」と口中でつぶやいた。

「デバッグの本筋というなら、イシュクトによって生じた枝葉末節をすべて直してから、イシュクトそれ自体に取りかかることだ。が、枝葉末節なんか到底把握しきれない。イシュクトそれ自体をなくしてから、関連する不具合に顔を出してもらうほうが早いとは言える」

「どちらにせよ、すべてを直し切る前に我々が寿命を迎えるわけですが」

「まあな」

「でもその点は、次の世代の世界医が残った不具合をつぶせばいい。なんか、いかにもジェルヴェーズさんあたりが青筋を立てそうですけどね」

「そこがいいんだ」ロニーが顎の無精髭を撫でた。「ただ、その前に一つ懸念があるな」

「ええ」これには泰志もすぐに答えた。「もう一人の世界医、ですね」

18i 物語の争奪戦

茂みのなかからそっと、ティトは黄色い屋根の家を窺った。

庭の古いテーブルを椅子が取り囲み、あのときの世界医が一人足を組み、ゆっくりとチャイを飲んでいる。動作は緩慢だが、表情は硬い。何か焦れているようにも見える。

「気取られるなよ」

ささやき声で、うしろからルディガーが念を押してきた。

「あいつで間違いないな？」

軽く頷いてから、庭の地面に手をついて身をかがめた。

この場所を突き止めたのはルディガーだ。村の住人たちへの聞きこみを経て、ほどなくこの家までたどり着いたので、さすがに刑事というだけはある。

いま、二人がいるのは庭の茂みのなかだ。とりあえず様子を見ようとルディガーが言い出したのだ。

「動くな、誰か来たぞ」

ふたたび、背後から声が飛ぶ。遅れて、ティトも山道を登ってくる足音に気がついた。東洋人だ。右手に、水やウエハース(*276)の入ったビニール袋を提げている。荷物はそれだけだ。

「あいつも世界医か？」(*277)

「さあな」

ルディガーが短く応える。

東洋人は庭の正面に立つと、椅子につく世界医をしばし凝視した。それから、自らに言い聞かせるように、うん、とつぶやいた。

「きみだね、全部を仕組んだのは」(*278)

「ジョンだ」

やや不機嫌そうに応じて、世界医がチャイのカップを置いた。午前の陽光がカップにあたり、きらりと照り返した。かすかに、スパイスの香りが漂ってくる。

「仕組んだわけじゃない。ただ……身を守っただけだ」

「考えたもんだね」


(*276)

【水やウエハースの入ったビニール袋】新しい土地に来た際は、まず水やビスケット類がどこで買えるかを把握しないと落ち着かない。そんなのどうにでもなるはずなんだけど。


(*277)

【あいつも世界医か】自分でも混乱してきたのでメモ。ティトたちは東洋人＝泰志の顔を知らず、ジョンを正規の世界医だと思っている。


(*278)

【きみだね、全部を仕組んだのは】曲がりなりにもジョンは会長を倒しているので、泰志としてもいきなり攻撃をしたりはせず、探りを入れているのでした。

「いきなり存在ごと消されちゃかなわないからな。まあ、手は打ったさ。おかげで、だいぶややこしい状況になってしまったみたいだが」

二人が何を話しているかわからず、ちらと振り向く。ルディガーもお手上げのようで、軽く肩をすくめるばかりだ。ただ、その右手は相変わらずせわしなく動いている。

東洋人がつづけた。

「互いの存在を賭けたデバッグは、基本的には先手必勝。先にデバッグ宣言さえしてしまえば、その時点で時間を止められるからね。ところが――」

「俺がティトとレタ、そしてルディガーとバーニーの物語を書き、そしてレタとバーニーがそれぞれあんたたちの物語を書いたことにした。俺が消えれば、自動的にあんたたちの存在が危うくなるようにね。うまくデバッグされれば終わりだけど、そちらもリスクがある」

「その前に直接ぼくらを攻撃しなかったのは?」

「敵意がない。脅威さえ薄れればそれでよかったんだ。と

(*279)

【まあ、手は打ったさ】これについては後述。

(*280)

【基本的には先手必勝】ジョンと会長の闘いがどうであったかというと、ときおり双方がデバッグを中断し、その瞬間に相手のターンがはじまるような闘いであった。というのも、少しでも修正を入れた場合、まずは動かしてみるのが無難になる。逆に世界に対して何百もの修正を加えて、修正が正しい保証もないのに動かすわけにもいかない。それでも、先にデバッグスタートを宣言したほうが有利であることには違いない。また、泰志とロニーは二人で同時にデバッグすることを好む。

(*291)

【物語を書いたことにした】ノートをシュレッダーに入れたのは(第二部9i章)、あとからの修正をより困難にするため。

ころが、状況を察したそちらも、同じように保険を打つことになった。そういうことだね？」

東洋人が頷く。

「ぼくがティトとレタ、そしてルディガーとバーニーの物語を書き、そしてレタとバーニーがそれぞれきみたちの物語を書いたことにした。こうして、辻褄の合わない双方向のダイヤモンド型の参照ができあがった。そういうわけだから、いま世界は二重に重なりあっている」

「十八章の〈精神の氷河期において〉は興味深かった。あれがこの世界の真相なのか？」

「さあな。二人の自動書記だからわからない。本人たちにも知りえないことが書かれているのもそれでだな。ぼくが目にした十八章は、まさにぼくたちが対決をしている場面だった」

「その通りに進むとどうなる？」

「ぼくたちにとって不都合なことが起きるが、その未来は変えたいと考えている」

「……このままってわけにはいかないのか？」

問われ、東洋人がしばし口を結ぶ。

ジョンと名乗った世界医がつづけた。

「俺としちゃ、こちらの身の安全さえあればそれでいいんだ。とはいえ、こうしてあんたが来たってことは――」

「そうだよ」

答えて、東洋人が薄く笑った。

「宣戦布告だ。どうせなら直接対決がいい」

「避けられないのか」

「ぼくらがイシュクトをデバッグしようとする限りはね。だから、そう。はじめようじゃないか、物語の争奪戦を」


(*282)

【ぼくらがイシュクトをデバッグしようとする限りは】ジョンはイシュクトをデバッグさせず、そのままにしておきたいと考えており、泰志もそれを突き止めている。


「そう急ぐなよ。チャイの一杯でも飲んでいかないか」

促され、東洋人がテーブルの向かいについた。

「正午からにしないか」

口にしておきながら、東洋人があれっという顔をする。

「くそ、ままならないな。まあいい、正午だ。そこで同時にデバッグ開始とゆこう」

「わかった。カップを取ってくる」


(*283)

【同時にデバッグ開始】決闘であるので、先述の同時デバッグでの対決を提案している。

ジョンが立ち上がり、玄関に向けて身を翻す。

このとき、ティトは幾度か背をつつかれた。振り向くと、足元にある兎や蛙の置物をルディガーが指さしていた。頷いて、兎を手に一気に茂みから飛び出る。そのまま、ジョンの後頭部にごつりとやった。(*284)

同じ音がした。

背後で、ルディガーが蛙を手に東洋人の頭をぶん殴ったところだった。呆気《あっけ》に取られた表情のまま、東洋人が椅子から転げ落ちる。遅れて、気絶したジョンもその場に崩れ落ちた。


【ごつりとやった】レベルを上げて物理で殴れ。

【直してしまう】プログラマに対して「直す」という表現を使うかどうかは微妙な判断を強いられる。プログラマにとっては「言われた通りに組んだだけなのに」となる場面も多々あるからだ。

(*285)

19i. 永遠の墓標

止まった村を上空から見下ろしながら、ロニーは独言した。

「何やってんだあいつは」

眼下に黄色い屋根の家がある。その庭で、ちょうど頭を殴られたばかりの泰志が倒れかけ、そのまま空中で静止しているからだ。まあいい。あいつはあいつでなんとかするだろう。俺の役割は、目の前のイシュクト山、さらには北緯三十五度問題を直してしまうことだ。

上下左右を取り囲む法典《コード》を前に、目を細めた。

目を細めるのは、ぼんやりとコードを眺めるためだ。そうすることで、怪しい、バグの疑われる箇所がおぼろげに立ち上がって見えてくる。

デバッグは直感だ、というのがロニーの持論だ。

言うなら、全体を一枚の絵のように見る。これが、昔からや

【昔からやってきたロニーの方法】幼少からプログラミングをやってきた場合などは特に、映像のようにプログラムを把握することができる。もちろん長じてからプログラムを覚えて、よい仕事をする人も多いけれど、こういう能力が武器になることもある。

(*286)

ってきたロニーの方法だ。

世界医はそれぞれのやりかたでデバッグにあたる。たとえば、ジェルヴェーズは徹底した論理型だ。彼女は演繹《えんえき》によって不具合原因を特定したうえ、コードを確認し、修正によって起こるかもしれない悪影響を一つひとつ検証する。彼女のようなタイプも必要なのだろうが、それじゃ日が暮れちまうぜとロニーは考えている。

(*287)

多いのはバランス型だ。たとえば相棒の泰志。彼は直感的にコードを直すこともできるが、慎重を期し、いったん手を止めてじっくりと検証する。ちょうど、ロニーとジェルヴェーズの中間くらいだろうか。その生真面目さを、本人は気にしているようだが。

(*288)

実際、餓鬼のころからコードを弄《いじ》ってりゃあ、理屈なんか関係なしだ。

見えるじゃないか、ほら。このイシュクトとやらの問題が、あちらこちらに。

「しかし、こいつはかなり厄介だな……」

【それじゃ日が暮れちまうぜ】これはロニーの持論で、実際は論理型と直感型、その両者のタイプがいてはじめて開発は円滑に回る。

【その生真面目さを、本人は気にしている】ビジネスアプリの出身者に多い。かくいうぼくはこのタイプにあたる。

コードがあちこちで絡まり、干渉しあうような状況になっている。

あちらを直せばこちらが誤作動を起こすといった、典型的な〝美しくない〟コード。

いわゆる、スパゲティ・コードというやつだ。上手いプログラマが書いたものであれば、デバッグするのも一瞬だが、こうなると迂闊《うかつ》に手が出せない。

加えて、過去にデバッグを試みて失敗した世界医のコメントが、あちらこちらに書き加えられている。ほとんどは、修正を試みたが思わぬ悪影響が出るため断念したというものだ。

いわば世界医の残した墓標。

これも、スパゲティ・コードによくある特徴だと言える。


//ここを消すとなぜかインド亜大陸が消える　A・H・Z・カー

いきなりでかいのが来た。


(*289)

【上手いプログラマが書いたものであれば、デバッグするのも一瞬】事実とまでは言えないが、そうであることが多い。効率的に書かれたものは、修正も最小限となる。


(*290)

【よくある特徴】ITあるある。プログラム中に「この一行を消すとなぜか動かない」みたいなコメントがあるのは序の口。

この際だから細かな悪影響はすべて放置して、まずは北緯三十五度問題のみを直す方針で臨んだのは確かだ。しかし、この影響によるインド十三億人の行く末を思うと胸が痛む。ましてや、理由が「なぜか」では彼らも浮かばれない。

//この箇所の修正は月を破壊する　チャーリー・パーカー

今度は月か。

月がなくなるといったいどうなる？　たぶん、潮汐力《ちょうせきりょく》とかがなくなるよな。すると潮汐発電とかが止まることになる。逆に、狼男とかにとっては朗報なのだろうか。

【狼男】バグとして実在する。(*291)

その前に破壊するとはどういうことか。爆発でもするのか。ちょっと見てみたい気もするが、さすがに自重しないわけにはいかない。

//これを直すと阿片《アヘン》戦争が歴史から消える　G・K・チェスタトン

【直すと海が蒸発する】大戦中のアメリカでの原子爆弾の開発において（マンハッタン計画）、大気が燃え上がって地球が焼き尽くされる可能性が真面目に検討され、科学者たちの賭けの対象となった。なお、実験成功時にオッペンハイマーがヒンドゥー教の詩編から「我は死なり、世界の破壊者なり」と言った事実はなく、実際は胸のうちをよぎっただけとの由。

(*292)

// 明らかに誤った処理だが直すと海が蒸発する　バババジ

// この間違いを直すと人類が魚になる　ロバート・E・リー

阿片戦争が消えるとどうなる？

普通に考えると歴史全体が変わり、この俺も生まれないということになるのだろうか。それは困るな。いや、遡って世界が変わることはない。俺はすでにオブジェクトとして生成されているし、パラドックスのようなものは起こらないはずだ。

それにしても、これは何やら妙だぞ……。

// 修正により1/256の確率で地球が七つになる　ファナ・エチェベリア

// 直すと人間がエスペラント語しか話さなくなる

(*293)

【1/256の確率で】初代『ドラゴンクエスト』で「にじのしずく」を用いて竜王の島へ橋を架ける際、十六分の一の確率で橋が架からないという、そういうバグがあったとかなかったとか。昔に聞いた話なので、三十二分の一かもしれないし、六十四分の一かもしれない。

判事ロイ・ビーン

// 以下を一文字でも変えると重力が反転する　トロツキー

やはりそうだ。

いくらスパゲティ・コードとはいえ、これはおかしい。どんな愚鈍なプログラマが書いたものだろうとも、ここまで致命的な影響が絡まり合うことなど、まず想定できない。

特にエスペラント語問題はまずい。

ヘブライ語でのデバッグができなくなっちまうじゃないか。だいたい、エスペラント語なんて十九世紀の代物じゃないか。それがどうして、こんな深いレベルで関わってくる?

// このマジックナンバーは数学の公理系に関わる　呉清源

// 直すと七世紀と十六世紀が入れ替わる

アルチュール・ランボー

//修正すると全世界の唐辛子が辛くなくなる

アレクサンドル二世

//この冗長処理を消すとレンズ豆が貨幣になる

リー・スノーホワイト

空中で胡座《あぐら》をかき、もう一度目を細めた。

めちゃくちゃもいいところだ。よくまあ、これまで世界が滅ばず動いてきたものだとさえ思えてくる。だが、ここまで来れば答えは一目瞭然《りょうぜん》だ。

つまり、犯人がいる。

あえてデバッグさせにくいよう、人為的に、イシュクトや北緯三十五度にまつわるコードを複雑化し、バグを埋めこんでいる下手人《げしゅにん》がいるということだ。さらに言うならば、バグを埋めこむ側と直す側、その双方がいまに至るまで拮抗《きっこう》し、世代を越えて闘っている。

ここにあるのは、幾千年にわたる闘いの跡と、その墓標であるのだ。

逆から見れば、その犯人を捕まえ、コード改変の履歴を辿ってすべて巻き戻す。こうすれば、このスパゲティは元に戻るだろうか？　無理だ。世界医たちも少なからずコードに手を加えている。そのすべての履歴を辿るのは現実的ではない。さて、どうするか。

そこまで考えたときだ。

「諦めてもらえたでしょうか」

思わぬことに、突然うしろから声をかけられた。

背後を一瞥すると、白いワンピースを着た女性が、ロニーと同じように宙に浮かびながらこちらを見ていた。

「わたしはイシュクトの守り人、ニルファム。もしあなたがデバッグを強行するというなら、わたしも闘わざるをえません」

「あの山が崩れゆくさまをこの目で見たかったんだがな……」

この手のいたちごっこには原則がある。必ず壊す側が勝ち、逆に保守しようとする側は常に後手に回る。会長が嵌まったの

(*294)

【イシュクトの守り人】これが守り人たる所以。誰かがイシュクトでデバッグを開始した際に、同時にデバッグモードに入れるよう、あらかじめ宣言し、待機しているのだった。

と同じパターンだ。イシュクトは不具合であるので、この場合、保守するのがロニーで壊すのが相手ということになる。

ため息とともに、ロニーが両手を上げた。

「まいった、降参だ。あんたらの勝ちだよ……と言いたいところだが、こちらにも意地がある。いまからでも、直せるところは直させてもらうぜ」

201 巡礼の宿

プラスチックのカップに水を入れ、電熱コイルをひたした。カップは二つあり、横にはレタのお気に入りのハーブティーのパックが用意されている。感電しないように注意しながら、レタは針金の巻かれたプラグをコンセントに挿した。プラグの針金は、どこの国とも違うここのコンセントの形状に合わせるため、バーニーという刑事がアダプタがわりに取りつけたものだ。どこから電気が来ているのかはわからないが、とにかくこれで茶を淹れることはできる。

コンセントに針金の先を挿し入れると、まもなくコイルの周囲に水泡が集まり、沸騰した。

ついで、二つ目のカップの水も沸かす。湯沸かしのコイルは途上国などを旅する際の友だが、壊れやすく、案外に手に入りにくいので大切に扱わなければならない。

(*295)

【電熱コイル】例の必需品です。

宿の名は、マウンテン・ビュー・ロッジというシンプルなもの。部屋も質素で、水シャワーや洗い場は共同だ。一階の中庭を囲む形で五部屋があるのみ。そのうち二部屋を、レタ・ティト組とバーニー・ルディガー組が使っている。

ティーバッグを入れたカップをバーニーに手渡した。

ティトとルディガーが何やら忙しく歩き回っているので、とりあえず茶でも飲もうということになったのだ。いまレタがいるのは、バーニーたちの部屋だ。こちらの部屋には洗濯物が干されているし、これからの登山行に備え、ザックや寝袋《シュラフ》、アイゼンやテント、ピッケルやらが床に散らばっている。到底、人を招ける状態ではない。

バーニーがティーバッグを上下させながら、こちらの足を一瞥した。

「その足で山に登るのか」

「取り戻したいものがある。あんたに願いごとはないの?」

「あいにく、俺たちの目的は被疑者の確保なんでね」

やりとりはこれだけで、しばらく無言がつづいた。

(*296)
【アイゼン】滑らないよう靴にくっつけるあの棘々しいやつ。

どうも、ティトはイシュクトそのものがなかったことになる可能性に期待しているようだ。実際、そうなればイシュクトによって失われたものも戻ってくるのかもしれない。ただ、レタはティトほどには期待していない。

物事がそううまく運ぶことなどない。

この二十年あまりで、骨身に沁みたことだ。ならばいっそ自らの手と足でイシュクト山を再訪し、ふたたび願掛けをしたい。少なくとも、そのほうが自然なことのように思える。

ハーブティーを一口飲んだ、そのときだ。

こん、と窓ガラスを叩く音がした。バーニーがカップを床に置いて、そっとカーテンの隙間から外を窺い、それから慌てて窓の鍵を開けた。

がらりとガラス戸が引かれ、

「失礼する」

自分の部屋なのに断りを入れながら、ルディガーが入ってきた。問題は、ルディガーが肩に担いでいる荷物だ。東洋人が一人、テープで拘束され、猿轡《さるぐつわ》を嚙まされている。

ついで、また「失礼する」の声がした。

今度はティトだ。荷物は、やはり拘束された青年。この青年には見覚えがある。前に、イシュクトへの道を作ってくれた西洋人だ。

二人の身体が床に横たえられた。

バーニーが屈んでカップを手に取り、やれやれというようにハーブティーをすする。

「……ええと、わたしはこれで」

立ち上がろうとすると、ルディガーに行く手を塞がれた。

「どこへ行く？」

「このまま宿を出て警察署を探して通報する」

正直に答えると、「待て！」とティトも話に入ってきた。

「こいつは必要なことなんだ」

「いや、明らかに犯罪でしょこれ」

「とりあえず話を聞いてくれないか」

「犯罪者はみんなそう言う」

「その、なんだ……。ちょっと頭をごつりとはやったが」

物騒なティトの言に、無意識に一歩引いたその瞬間だ。

窓の外から、雪崩のような轟音が鳴り響いた。

皆、いっせいに窓のほうを向く。音の源は、イシュクト山だった。泰然とそびえ立っていた山の右三分の一くらいが消え去っている。削り取られた、と言ったほうがいいだろうか。(*297)

断面に岩肌が覗き、よくわからない蜂の巣のような穴がいくつもある。(*298)

やがて山そのものがバランスを崩し、頂上一帯が空いた空間に向けて崩落した。美しかった白い単独峰は、瞬時にして、溶けかけのブラウニーサンデーのようになってしまった。

「なんてこった」

と額に手をあてたのはルディガーだ。

「確かに世界医はもう一人いた。そうだ、わかっていたはずだ……」譫言《うわごと》のようにつぶやきながら、右手の指先を上下左右にスワイプさせている。「すると、やつらの仕事はもうはじまっちまった？　だとしても、なぜあんな不完全な形で？　それにこの二人は？」


(*297)【山の右三分の一くらいが消え去っている】ロニーの仕業。余計にバグっぽくなった気がしなくもないが、とにかく山はちょっと減った。

(*298)【蜂の巣のような穴】なかに迷路が隠されていたため。

わからん、とルディガーが結論を出し、バーニーの茶を奪って一口飲んだ。

ややあって、外から部屋のドアをノックする音がした。

皆で顔を見合わせて、とりあえず拘束されている男二人をベッドの向こうの死角に隠すことにした。ルディガーが最後に毛布で二人を覆い、レタは何事もなかったかのように椅子につき、両手でカップを持った。

そろりとティトがドアに近づき、ノブに手をかける。

待っていたのは意外な顔だった。

「なんだい、ティト！　ずいぶんと老けたなあ！」

それから相手はきょろきょろと室内を見回して、

「そこにいるのはレタかい？　あとの二人は……誰だっけ、まあいいや。でも、いったいこりゃどういうことだい？　まるで、知らぬ間に十年も過ぎたような……」

言葉を詰まらせていたティトが、絞り出すように相手の名を口にした。

「ウルディン――」

【ロニー“シングルトン”の二択】この章の掲載を最後に、掲載誌である「IN POCKET」は力尽きてしまったのでした。実のところ、いつ終わるかわからないという話は聞いていたので、なかば願掛けのように、次の章への引きを入れるようにしていた。ところがそれが災いし、すごいタイミングで連載が終わってしまったのだった。

(*299)

21i ロニー〝シングルトン〟の二択

寒い。

慣れないアイゼンを幾度となく滑らせ、そのたびにストックに変な力がかかり、身体のあちこちが痛くなってくる。はらはらと降る雪が、少しずつ体温を奪うのがわかる。まだ、二合目にも届いていないというのに。

――お願い。

わたしはストックをつき、想像していた以上に高い山を見上げた。

――お願い、ジョンを返して。

きっかけは宿に残されていた書き置きだ。

昼ごろに起き出すと、当然いるだろうと思っていたジョンがおらず、ニルファムも姿が見当たらなかった。かわりに、部屋の文机《ふづくえ》にこんな紙切れが残されていた。

レイへ

俺に何かあった場合は、このチケットを大通りの八百屋の前に持っていけ。赤いバスが来るはずだから、それに乗れば家へ帰れる。

メモといっしょに、どこの国のものともわからない文字が書かれた二つ折りの厚紙が置かれていた。これが、チケットということなのだろうか。それからも家じゅうを探した。村へ降り、ジョンを見なかったかと道行く人に訊ね、それは誰だと怪訝そうな顔を返された。

大通りの八百屋は電器屋の隣にあった。チケットは文机から右手に取ったまま、まだ手のうちにある。が、わたしは衝動的にチケットを破り捨てた。

こんなチケットなどいらない。

わたしは帰りたいんじゃない。どこでもいいから、ジョンと一緒にいたいだけなのだ。自分が世界の不具合のような存在だということは聞かされた。でも、それがなんだというのだ。好きな人間と一緒にいたいという、その程度のささやかな願いも許されないのか？

おのずと、目がイシュクト山を向いた。

人の願いを叶えるという山。そしてまた、人から何かを奪うという山へ。

大通りの店はどこも開いていて、なかには巡礼者のためにアイゼンやストック、レインウェアの類いを売る店もあった。わたしは即席の装備を買い揃え、山に直行した。

ストックをつき、一歩進む。

またストックをつく。帰りの体力のことなどは、考えていられなかった。登山道がどこなのか、いったいこの山は何フィートあるのか。そんなことさえも知らないままだ。

ただ、がむしゃらに前に進むことだけを考えた。

いまは山の三合目のあたりだろうか。外気はいっそう寒く、立ち止まった瞬間瞬間には、いま自分がたった一人なのだという不安感が押し寄せてくる。

【道程】国語の教科書に高村光太郎の「道程」が載っていた。「僕の前に道はない」「僕の後ろに道は出来る」というやつだ。この詩を見るたび、アントニオ猪木の「この道をゆけばどうなるものか」を思い出してしまうのは秘密である。ところで実は猪木は一休宗純の言葉としてこれを紹介しており、しかしながら一休の言葉にそんなのはないとのことであった。

(*300)

ここまでの道程は、宿を取るのもタクシーと交渉するのも、すべてジョンだった。だからこそ、一人で、自らの足で歩きたかった。それなのに。

わたしは一人では何もできない。

そんな事実が、いまさら苦く腹の底につかえた。

振り向くと、開けた視界の底にイシュクトの村が小さくへばりついているのが見える。ふたたび前を向き、ストックをつき、とにかく足を前に進めた。

尾根道だ。

不意に、立っていられないほどの揺れと轟音に襲われた。雪崩を恐れて咄嗟《とっさ》に上を見たが、様子に変わりはない。でも、これはどういうことか？　頭をもたげていた芋虫が元に戻りでもするみたいに、頂上のあたりが向こう側へ傾ぎ、まもなく崩落して消えた。

それとほぼ同時だ。

尾根道から少し外れたところに、倒れている人影があるのをわたしは見た。シャツにジーンズと、とても登山者のようには

(*301)

【立っていられないほどの揺れと轟音】ローニーによるデバッグ。

見えない。が、生きていると直感した。

滑り落ちないように慎重にストックをつきながら、その人影のもとへ近づいていった。

西洋人だ。

右手に、指輪を嵌めているのが光って見える。

揺すってみたが、目を開かない。二度、三度と強く揺すったところで、うむ、と相手が唸り声を上げ、やっと意識を取り戻した。わたしは荷物からカナダの国旗を取り出し、西洋人の身体を包んでやった。薄い布だが、それでもないよりはいい。

「疲れて眠っちまったぜ。俺としたことが……」

そんなことを独言してから、男がこちらを向く。

「そうか、あんたに助けられたのか。危ないところだったな。あのまま寝てたらお陀仏だ。俺の名はロニー。あんたは？」

「怜威。動ける？」

「凍傷で足をやられたかな……すぐには動けそうにない」

「助けを呼んでくる」

「ちょっと待て」

ロニーがわたしを手で制し、じっと目をすがめた。一瞬、壊れた映像のように相手が二重にぶれる。

「そうか。……おまえさんは、そういうことか」

いったい何を納得しているのかがわからない。

訝しむわたしをよそに、突然、ロニーが指を二本立てた。

「いいか、おまえさんには選択肢が二つある」

男の口元に、皮肉な笑みが浮かび上がる。

「この場で俺を突き落として殺すか、あるいは生かすかだ」

「何それ、冗談？」

「残念ながらそうじゃない。手短に説明するぞ。俺の使命は、この山を少しでも削り取ってこの世から消し去ることなのさ。世界医——。その名を、聞いたことはないかい」

首を振ると、「そうか」と意外そうな声が返った。

「あいつは、おまえさんには話さなかったみたいだな」

「なんの話？」

「俺はおまえさんに助けられた。だから、選択をおまえさんに委《ゆだ》ねることにする」

「取引のようなものだ。俺を生かすなら、ジョンとやらを助けてやってもいい。俺にはその力があるとだけ言っておこうか。だが、俺を生かした結果、この山がさらに削られれば、この山によって生まれたおまえさんは消える可能性がある」

「だから何を？」

さて——。とロニーがつづける。

「選択はおまえさんにかかってる。さあ、どうだい。賭けてみるかい？」

「決まってる」

わたしは身を屈め、ロニーの腕を強引に取って肩を貸した。

「ジョンが無事ならなんでもいい。そうでなくとも、死にそうな人を放っておけない」

それから半歩、また半歩と、滑落しないよう少しずつ斜面を登った。

尾根道に戻ったときには、すっかり息が切れてしまった。

「おまえさん、まっすぐな性格なんだな」

ロニーが口を開いた、そのときだ。

急に、七色の吹雪が押し寄せてきた。吹雪は瞬く間にわたしたちを包みこみ、わたしたちの意識と体温を奪いにかかった。まるで眠りに落ちる直前みたいに、夢の切れ端が現れては消えていく。

「これは……まさかドラゴン？」

「違う」

ロニーがそう言うのが、かろうじて聞こえた。

「イシュクトの意識変容体験か。こいつを忘れてたぜ……」

肩を貸したまま、わたしは白昼夢のなかにいた。

ちょうど、ビザの延長手続きを終えたところだ。それからそう、ガイドブックに掲載されていたニヤルの茶店とやらを訪ねることにした。旧市街の八つ目の坂の途中にあるとのことだが、人力車を拾っても誰からも知らないと言われてしまう、

「起きろ！」

わたしの腹は雑草に覆われている。子供のころ、誤って西瓜《すいか》の種を食べてしまったからだ。でも収穫の時期には、丸い大きな西瓜が穫れるので家族は喜ぶ、

(*302)
【ドラゴン】零下一七〇度の寒気団。

「山に惑わされるな、心を強く持て！　……ああ、くそ！」

22i 邂逅

わたしの故郷は一角猫の産地として有名らしい。なんでも一角猫は根菜のように地中で育ち、引き抜く際には耳栓が推奨されるとか。母のイヴリンは一匹を大切に育てていたが、「レイ」

ところが、イヴリンは試作した菓子を次々に与えるものだから丸々太ってしまって、いざ猫が死んで、遺骨をダイヤに加工しようとしたところ、重力崩壊を起こしてブラックホールが発生するくらいだったと聞く、

「聞こえるか、起きろ」

世界が平坦化してしまったので、歴史や座標をシャッフルしようとジョンが言い出したのはいつだったか。シャッフルされたことは誰にも気づかれない。五分前仮説ってやつだ、とジョンが得意げに言う。シャッフルのいいところは地政や富の偏り

(*303)
【引き抜く際には耳栓が推奨(すいしょう)される】「マンドラゴラは引き抜く際に悲鳴を上げる」という伝説を、子供のころなぜか異様なまでに怖がっていた。

(*304)
【遺骨をダイヤに加工】遺骨をダイヤに加工できるという話をなんとなく信じていたんだけれど、よく考えたら骨はカルシウムが主なので、本当に可能であるのか気になってきた。

(*305)
【重力崩壊を起こしてブラックホールが発生】質量を持つものを一定以上に圧縮するとブラックホールが発生する。地球の場合で半径一センチほど。シュバルツシルト半径という。

を平等化するので、

「レイ、起きろ。とにかく目を開けろ」

イギリスの猫背熊は冬眠するときに左手に蜂蜜をつけて、これを舐《な》めて越冬する習性がある。よって中華料理などにおいて、特に左手が美味いとされるが、同様にヒトの別腹なる第二胃袋にはケーキなどの出汁《だし》がきいており、また燻製《くんせい》すると不老長寿の霊薬になるため、

「山に騙されるな！」

「レイ！」

いいですか、落ち着いて聞いてください。この子はいわゆる両性具有というやつなのです。日常生活に支障はありませんが、残念ながら子を作る能力は——。

子を作る能力は。

ここでやっと、意識を引き戻された。

ロニーだけではなく、ほかにも、二人か三人いるのがわかった。ところがどうしたわけか画面がモザイク状になり、人の顔がまったくわからない。

【古いATARI2600のゲーム】有名なところでは、異様なまでの完成度の低さで知られる『E.T.』がある。実機の普及台数以上に生産され、数百万本がニューメキシコ州の埋め立て地に埋められた。この「ゲームの墓場」は都市伝説と目されていたが、二〇一四年、実在することが判明した。ATARIを傾かせた元凶と言われる。

(*306)

なんだか、昔父親が自慢げに見せてきた古いATARI2600のゲームみたいだ。

「いかん、解像盲だ。いますぐこの場で直すぞ。……デバッグスタート」

これはロニーの声だ。

次の瞬間、視界がクリアになった。吹雪は止み、わたしは誰かに担がれていた。

「いいぞ、戻った。とにかく山を降りよう」

「ああ、こいつに聞きたいこともあるからな」

わたしを背負う誰かが応えて言う。

わかった。いつだったか、旅の途中で出会った刑事だ。ほかにも、つき添うように歩く女性がいるが、こちらは知らない。

ストックをつく姿勢を見て、足が悪いらしいとわかった。

凍傷だったはずのロニーはもう回復したのか、皆を先導して、尾根道を降りていく。

「あの……。いったいこれは?」

刑事の耳元で訊ねた。

相手はちらとこちらを一瞥すると、

「容疑者が山へ歩いていくのが窓から見えたもんでね。ところが山はめちゃくちゃな状態だし、しかもそいつは山を登るには軽装備すぎた。止めるのが先決になったわけだ」

「それで、ジョンに頼んで世界を変えてもらうことにした」

前を歩く女性があとを継ぐ。

「あ。わたしはレタ。よろしくね」

「ジョン？　ジョンは無事なの？」

「ええ。事態を知った彼は、慌ててあんたの座標を強引に変えようとした。でも、間の悪いことに、ここはイシュクトだった。複雑すぎて、操作ができないっていうのね」

「俺たちはそのジョンに懇願された」

刑事がつづける。

「とにかく、あんたを助けてやってくれってね。で、俺は俺で、容疑者をみすみす死なすわけにもいかない。利害が一致したってわけさ」

「その、容疑者っていうのは……」

「もちろんあんたさ。で、レタは最初から山を登るつもりだったようだが、俺はそうじゃなかったからな……。ウルディンっ(*307)てやつが装備一式を着こんでたから、アイゼンやら何やらを借りることにした」

ウルディン。

どこかで聞いた気がする名だ。が、これ以上質問を重ねる体力がない。

このとき、先頭を歩くロニーが、よく通る声を発した。

「ろくに力もないのに、世界医に闘いを挑む刑事か――。あんたは面白いな。それで、あんたがやりたいことはなんなんだい。容疑者を確保することか？　真実を知ることか？」

「真実だ」

刑事が即答する。

ロニーがちらと振り向き、ゆっくり頷いた。

「わかった。あんたの意地に免じて、あとでゆっくり教えてやるよ。おのずと、そいつが犯人じゃないこともわかる。とにかくさっさと山を降りて、温かい茶でも飲もうじゃないか……」

【ウルディン】ロニーが山を削ったことにより、かつてのイシュクトでの等価交換が半端に無効化されて甦った。若いままなのか齢を取っているのかとかは考えていない。

彼がそこまで口にしたときだ。

幻覚のつづきだろうか、突如として、半透明の巨人が目の前に現れた。見えているのは上半身のみだ。とすれば足があるのは、山の麓だろうか。巨人はゆっくりと静かな声で、わたしたちに手のひらに乗るよう促した。

「わたしの妄執を断ち切ってくれたお礼です……」

「なんだい、あのときのデバッグは失敗だったのか」

ロニーが眉を寄せてそれに応える。

「まさか助けてもらえるとはな。とりあえず、あんたの好意に甘えることにするよ」


(*308)

【あんたの好意に甘えることにするよ】このあと巨人がデバッグされてしまわないか心配になりそうだが、ぼくも心配である。

23i・ 最後の一撃

茶でも飲もうというロニーの提言に従い、わたしたちは山を降りることにした。

ニルファムの家に泊まっているので気づかずにきたが、村の尾根道の一角には宿屋街があり、そこにレタやルディガーが泊まっているという宿があった。

宿の前でレタがアイゼンを外し、皆もそれにならう。

玄関の横に、半分になった山の絵が書かれた小さな看板がある。ともに、マウンテン・ビュー・ロッジという英語のロゴ
ロニーがその看板の下にしばし立ちすくみ、

「不具合ではないな」

と口のなかでつぶやいた。

「電光掲示板みたいなもんか」

「どういうこと？」

【動的】対義語は静的で、この場合はプログラミングなどで使われる用語。


わたしの問いに、ロニーがやや面倒そうに目をすがめる。

「動的な看板なのさ。見る人間ごとに、そいつの母語で読めるようになっている。絵のほうは山とリンクして、こうなっている。俺が山を半分削っちまったから絵も変わったんだな」

ちっとも意味がわからなかったが、ルディガーはおおよそ把握できたらしい。

「だがよ、物としての看板が動的なのは不具合にはならないのか？」

「まあ、悩むところだな。直したほうがいいと思うか？」

「正直どちらでもいい」

「そんなもんさ。何がバグで何が仕様かは神様にだってわからない。それでいて、その場の空気で決まったりもするもんさ。だから、プログラムがプログラムを自分でデバッグすることは本質的にできない」

「自分の存在を否定するような台詞だな」

「そうでもない。だからこそ、俺たちみたいな中途半端な存在が適当にデバッグするくらいでちょうどいいのさ。いわば、神

(*309)

(*310)

【適当にデバッグするくらいでちょうどいい】現に人間が修正している。

【川】子供のころ親戚とパッケージ旅行でフランスへ行った。その際、とにかく迂闊に部屋のドアを開けるなと再三ガイドが我々を脅し、すっかり怖じ気づいた親戚一家は、「山」「川」の暗号を用いた。たぶん元ネタは忠臣蔵。

(*311)

の失敗作を神の失敗作が直すってわけだ」

ロニーが宿の玄関を抜け、中庭に出る。部屋は中庭を囲む形で五部屋あるのみだ。ルディガーが中央の扉をノックし、「俺だ」と叫んだ。

「山」と部屋のなかから声がした。

「川」とルディガーが答え、ドアが開かれた。

「なんだいまのは」

訝しむロニーに、「念のためさ」と刑事が答え、その表情が室内の様子に一変した。

部屋を横断する洗濯紐にいくつもの濡れタオルがかけられ、床をびしゃびしゃに汚している。そして、ベッドでうなされるジョンを、ティト・アルリスビエタが看病していた。

「ジョン、無事なの？」

「きみが怜威か。やっと会えたな」

ティトがわたしを一瞥し、そんなことを口にする。

「だが、こっちもこっちで大変でな」

部屋の奥では、見たことのない男がビニール袋で即席の氷嚢《ひょうのう》を作っている。その横にいる若い男は見たことがある。刑事の相棒だ。

「風邪?」

「とにかく熱がひどい。宿の小母《おば》さんによると、このあたりの風土病だとか……」

「違う」

鋭く、ロニーがティトを遮り、「デバッグスタート」と口にした。直後、ロニーはジョンの枕元にワープしてこちらを見ていた。

「こいつは、会長の仕込んだウイルスだ。この闇世界医は、かつて会長と闘って勝利を収めた。だが、会長も会長でやられて終わりとはいかなかった。時限爆弾があったってわけだ」

「どういうこと」

問いかけるわたしに向けて、ロニーが手のひらを向けた。

「おまえさん、言ったな。この男のほうを助けたいと。その気持ちに変わりはないか?」

「ない」

「いい答えだ。刑事、あんたは真実を知りたいと言ったな。いま、その覚悟はあるか？」

「もちろん」

ルディガーの答えに、ロニーが満足げに頷いた。

「奥で簀巻《すま》きにして隠されてる俺の相棒を解放してやってくれ。さすがに、会長の最後の一撃を一人でなんとかするのは心許ない」

そういえば、ベッドの向こうに毛布がうずたかく積まれている。刑事二人がそれをどけ、隠されていた東洋人を拘束から解いた。

「殺す気かよ！」

すかさず東洋人が抗議し、それからロニーの姿を見て目を見開いた。

「ロニー？　なんだこりゃ、いったいどうなってるんです」

「手短に伝えると、全員の利害がほぼ一致した。いま問題になっているのは、そこに寝てるジョンという闇世界医を蝕《むしば》むウィルスだ」

デバッグスタート、と東洋人が口にする。

次の瞬間、東洋人は部屋の机の前に立ち、そこに置かれていたミネラルウォーターのボトルを手にしていた。

「喉が渇いたんで水をもらうよ。しかし、会長じきじきのウィルスとは。こいつは少し厄介ですね……。放っておくわけにはいかないんでしょうか？　そもそも会長の死の原因はこいつなんでしょう」

「一つには、ここにいる怜威ってやつとの約束がある。その闇世界医のことは、助けることに決まったのさ。もう一つには、こいつを助けてやらない限り、いつまで経っても会長の葬儀がはじまらない。さらに一つ。こいつは会長と渡り合ったくらいだ。戦力になると思わないか？」

「わかりました、細かい話はあとでいい。とにかくこいつを治療するんですね？」

「ああ。それも、ここにいる全員でだ。さしあたり、皆にゲスト権限を附与しておいた」

東洋人が訝しげにわたしたちを見回したが、「了解」とだけ言ってボトルを置いた。
ロニーがわたしやルディガーをはじめ、部屋の全員に順に目を向ける。
「いま俺たちが口にした呪文は憶えてるな？　せえの、でそれを唱えるぞ。この世界の裏側ってやつがどうなってるか。いまから、そいつを見せてやるよ」

(*312)

【せえの】「せえの」では時間差がありそうだけど、細かいことは気にしないでください。

24i　素子の中の失落

デバッグスタート。皆で、いっせいにそう唱えた瞬間だ。世界がぴたりと止まり、いったい何語だろうか、半透明の文字が周囲をぎっしりと埋め尽くしている。次の瞬間、わたしの目の前にぱっと長方形のウインドウが開き、

「デバッグ・エージェントおよびゲストのかたへ」

と英語で表示された。

ここで得た情報を外部に漏らさないこと、ここで知り得た技術を広めたりしないこと、といった注意書きが並んでいる。なお、しきたりを破った者は消滅するので注意のこと。

「ここへ来た知性体に向けて最初に表示される注意書きだ」

よく通るロニーの声が、わたしの意識を引き戻す。

「自動的に母語に変換されて読める仕組みのようだな。文字を持たない言語圏のやつをつれてきたらどうなるか興味があるか

(*313)【自動的に母語に変換されて読める仕組み】バイリンガルの場合は、最初に習得した言語となる。

ら、それはそのうち試してみたいと思ってる」

それから、「おい、泰志」と東洋人を向いて、「おまえはジョンを診て、ざっと状況をまとめておいてくれ」

「はい」

それでだ――。ロニーが一同に向き直ってつづけた。

「察しのいいやつはわかってると思うが、俺たちがいるのはプログラムされた宇宙だ。事情はわからない。深遠な意図のあるシミュレーションかもしれないし、気まぐれな神が気まぐれに外注しただけの箱庭かもしれない。それを考えるのは、俺たちの仕事じゃない」

「仮想世界か」

ルディガーがつぶやき、「俺たちにとっては現実だ」とロニーが応じた。

「もう少し言うなら、座標系がプランク長で区切られていて、それより下は定義されていない。ほかの知性体がデバッグした形跡もないので、残念ながら、この惑星が世界の中心にあって、残りの天体は飾りのようなものと考えて差し支《つか》えない」


(*314)

【プランク長】ミリメートルみたいな単位だと思ってください。

「では、量子重力理論(*315)とかができないのは……」

レタが疑問を挟み、ロニーが軽く頷いた。

「そもそも理論が構築できない、そういう宇宙に俺たちはいるってことだ。重力が小さく設定されているのも、プログラマの都合さ。学者連中が気の毒でならんよ。進化論を信じるやつは、おあいにくだったな。この世界は、くそったれな神にデザインされて作られたもの(*316)だ。で、問題はそのくそったれなプログラムが不具合だらけだってことでな」

周辺に浮かぶ空間に、わたしは手を触れさせてみた。

文字がいくつか書き換わり、慌てて東洋人がやってきてあれこれと操作して元に戻した。

「えっと、いま何したの？」

わたしの疑問にはロニーが答えた。

「おまえさんの操作で全人類がウィルスに感染したので、それを泰志が元通りに直した。……と、せっかくだからこいつも見せておくか」

ロニーが周囲の文字列の一部に触れ、その箇所が皆にも見え

(*315)【量子重力理論】現時点で未知。一般相対性理論と量子力学を結びつけるものと期待されているらしい。

(*316)【神にデザインされて作られたもの】第一部十六章のスパゲティ・モンスターの項を参照。

るように拡大された。

「こいつは乱数を生成する命令文だ。擬似乱数だと思うが、いまのところ解析に成功した世界医はいない。もしかすると、不確定性原理に引っかかるくらいの小さい装置とかが使われてるのかもしれないな。この世界はほとんどの物事が、この関数に支配されている」

たとえば、落としたトーストのどちらの面が下になるか。あるいは台風の進路がどちらに向かうか。新しくできた子供が、男か女か。

ロニーが指を折って数えていく、その最後の項目に胸がじくりと痛んだ。

「これだけ大きな世界だから、完全なシミュレーションをやるだけの余力がないと見える。そういうわけで、この世界はほぼ乱数で成り立っている。ついでに、俺たちが世界の外に抜け出

(*317) 【擬似乱数】第一部六章参照。

(*318) 【不確定性原理に引っかかるくらいの小さい装置】『科学する麻雀』を著したとつげき東北氏が、昔ウェブページで書いていたこと。なるほどと思った。

せる見こみもない。乱数のもたらす偶然の聖地。結局、ここが俺たちの唯一の楽園なのさ」

誰も何も言えず、しばらく沈黙が流れた。

ロニーが頭を掻いて、また何か言おうとしたときだ。先ほどの東洋人、泰志が戻った。

「だいたい解析できました。結論から言うと、ウイルスを取り除くことは可能です」

「早いな」

「プログラム自体が変異したり、あるいは別のプログラムを汚染するタイプだったら困りものでしたが、会長の遺志でしょう。世界に影響を与えかねないウイルスではありませんでした。このままでもデバッグできます。ただ……」

「なんだ」

「この闇世界医、イシュクトと絡まってます」

「どういうことだ」

「イシュクトによって子宮が生成され、すでに胎児が着床していることがわかりました」

ロニーが髪をかきむしり、わたしのほうを向いた。

「おい、おまえさんよ。さっき、あの山で何を願った？」

咄嗟に、わたしは胸に手を当てた。

心当たりがあったからだ。ジョンを残してわたしが消えるかどうか、選択を突きつけられたとき——。確かに、わたしは願ったのだ。自分が消えるというなら、せめて子を残したいと。

「……もういい」

わたしの顔を見て、ロニーが手のひらをこちらに向けた。

「言わなくともわかった。だが、あんたじゃなくて青年のほうに子供ができるとはな。これもイシュクトの皮肉ってやつか」

「元気になったら推薦して会長職を押しつけようと思ったのに」泰志が残念そうにつぶやく。

「泰志、こいつのウイルスについては直してやってくれ。俺たちは一足先に戻る。いいか、おまえら。これから、俺が言う呪文を復唱しろ。〝デバッグ終了〟」

言語に囲まれた裏世界から、ぱっとロニーが消える。

残されたわたしたちも、順に例の呪文を唱え——そして、元の宿の部屋に戻った。時間が止まっていたせいだろう。すでに、泰志を含む全員の姿があるのが不思議だ。

「ジョンは無事なの？」

「安心しろ」と泰志がわたしに答えて、「もう健康体だ。ただ、男性の妊娠は大変だと思われる。適当にフォローしてやってくれ」

恐るおそる、わたしはベッドに伏せたジョンに近づいた。額に手をあててみるが、もう熱はない。何が起きたのかわからないという顔のジョンを引き起こし、わたしは抱きついた。

「おい、なんだい」

と、これはジョンの言葉だ。

「怜威、なんで泣いてる？」

言われてはじめて気がついた。目尻から、涙が流れ落ちていた。偶然の聖地という唯一の楽園。その楽園で、たったいま奇跡が一つ起きた。

でもそこから、わたしは追放される運命にあるのだ。

「安心しろ」


(*319)

【適当】プログラマの多くは適切を適当と呼ぶ。プログラマじゃなくてもそうか。

このとき背後から、ロニーの声が聞こえてきた。

「何が不具合で何が仕様かなんか、神様にだってわからない。ときには、その場の空気で決まったりするありさまさ。だから俺も俺で決める。あんたのことは、消さずにおいてやるよ」

25i そして、それから

これでわたしの一夏の冒険は終わりだ。

誰しも忘れえぬ旅の一つや二つがあるのだとすれば、わたしにとっては、このジョンと過ごしたイシュクト行がそれにあたるだろう。こんな旅は、これが最初で最後に違いない。

ジョンが治癒《ちゆ》した翌日、わたしたちは解散することにしたが、その前に、ティトの発案でマウンテン・ビュー・ロッジの中庭で集合写真を撮ることにした。

写真のなか、歯を見せて笑うティトとウルディンは、二人で昔やり残した冒険のつづきに出るという。それから、片手に杖をついて横を向いているレタ。やや陰のある印象だった彼女は、さばけた調子で自分もこれからファナと連絡を取ってみると言う。

「山が削られたことでファナも世界医ではなくなった。大丈夫、元通りになるさ」

とはロニーの言だが、相変わらず、この男の言うことはよくわからない。

反面、ぶすりとした顔で立っているのが、泰志とバーニーだ。あの刑事、ルディガーが本格的に世界医としての勉強をはじめることにしたようで、

「おまえも試しに後進を育ててみろ」

と泰志がロニーより丸投げされ、泰志とバーニーともに仕事が増えたからだ。ロニーの横には、ニルファムも写っている。

なんでも、わたしたちが寝ているあいだに数年にわたる世界の書き換え合戦があり、一時休戦後、友情が芽生えたとの由だ。

わたしもわたしで、やっと西海岸の連絡先をニルファムに伝えることができた。もっとも彼女は遺産の類いには興味を示さず、もっぱら、ロニーとの闘いが楽しいようだった。

写真を撮ったのちも、たちまち二人は半年ほど闘ったらしく、半分になっていた山は元に戻り、かと思えば次の瞬間にはまた半分に割れ、その間に何があったものか、ロニーとニルフ

アムは「結婚する」と皆に報告し、わたしたちはこれを祝福した。写真が撮られた約三分後のことである。

五分後には、泰志の修業を終えたルディガーが正式に世界医となった。

わたしとジョンは村に二泊し、祖父の墓参りをしたり、ニルファムとの別れを惜しんだりした。ようやく出発する段になり、電器屋の前にバスが来たときは、イシュクトに残っていたロニーとニルファム、ルディガーと泰志が見送りに来た。

陸路のバスはことことと標高を下げていき、ちょっと耳が痛くなったなと外を見たら、バスはもうサンフランシスコのゴールデン・ゲート・ブリッジを渡っていた。(*320)

わたしの報告を両親はすべて信じ、その晩、久しぶりにわたしは母の手料理を食べた。

また、ルディガーが動いてくれたようで、わたしの容疑はすっかり晴れていた。

ジョンを懐妊させてしまったことから、わたしは父の勇一や母のイヴリンとともにミルフィーユ落雁の菓子折りを持参して

【ゴールデン・ゲート・ブリッジ】幼少期の思い出の場所の一つで、ぼくはこの橋にえもいわれぬ郷愁を抱いている。

ジョン宅を訪れた。が、事情を説明し、ついては両者の結婚を認めてもらいたいと申し出たところで、「おまえらは何を言っているんだ」と追い返された。

わたしはこの世の終わりのような気分になったが、勇一は飄々としたもので、

「なに、孫ができるとわかれば気が変わるさ」

などと知ったようなことを口にし、事実その通り、日に日に大きくなっていくジョンの腹を見て彼の一家も事態を受け止めたようで、「先日は申し訳なかった」と両親揃って我が家へやってきた。

翌月、わたしたちは式をあげ、約十七ヵ月後、一人娘のキャサリンをなした。

キャサリンは生まれた直後からラテン語を話しはじめ、その翌月には楕円曲線E上の有理点が云々《うんぬん》などと口にするので、まずわたしたちは発達障害を疑い、精神科に娘を通わせ、最終的にはルディガーに娘の知能を封じてもらった。ジョンは世界医としての道を選び、わたしは子育てや菓子店の手伝いをして過

(*321)

【楕円曲線E上の有理点】ごめんなさい、言ってみたかった。

ごすことになった。二十年後、菱葩《ひしはなびら》ダマンドの製法もすっかり学んだキャサリンは元同級生であったというジムと結婚し、子のダニエルをなした。ダニエルはラテン語を話さなかった。一度、ロニーとニルファムの娘だというレンがわたしたちの家を訪ねてきた。

長年にわたって店を支えてきたイヴリンはやっとキャサリンに仕事を引き継ぎ、勇一とともに田舎へ越した。勇一はついに働くことのないまま隠居という齢になった。

ある晩、子供たちが孫をつれて旅行へ行き、たまたまジョンと二人だけになったので、リビングでのんびりとウェブ配信のドラマを眺めながら、わたしはジョンの腹の妊娠線を撫でた。それからふと、コレクションの鉱石がすべて逆さであるのに気づいた。

自慢の煙水晶などは、絶妙なバランスでぴたりと逆さに立っている。

「久しぶりだな」とジョンがつぶやき、石の一つを手に取る。

「直さないとね」

わたしたちは頷き合い、それから声を揃えた。

「デバッグスタート」

偶然にまかせて

二十三歳のころにヒマラヤを見た。

学校を出たあとにアルバイトで資金を貯め、南アジア一帯をうろついていたころのことだ。大きな涸れ川をまたいで、インドからネパールの東端に越境し、山脈の南に沿って西を目指した。このルートは山の尾根上に街が築かれることが多く、ある街ではメインストリートを雲が流れていたのが印象に残っている。もっとも、ネパールに入ってからはずっと曇りがつづき、遠くに見える山々も、「こんなもんかなあ」とぼくの期待に応えるものではなかった。

長旅なので本は現地で買う洋書になる。

ぼくは『指輪物語』の分厚い一冊本を読み終え、「ブラウン神父」の短編を集めたペーパーバックを読み終え、ポカラという街でウンベルト・エーコの『前日島』を買った（そして難しくて後悔した）。曇天はまだつづいていた。ポカラからはトレッキングができるということで、ぼくとしては珍しくガイドをつけ、アンナプルナ方面へのトレッキングを試みた。

それまでガイドをつけなかったのは、あれこれ喋られるとじっくり思案することができなくなってしまうからだ。が、その人はこちらの性格を即座に見抜き、ゆっくり考える時間を与えてくれるガイドであった。そこで多少割高であったものの、この人ならと考え、トレッキングに出かけることにした。

山に入って、しばらくしたころだ。

まるでぼくを迎え入れてくれるかのように、空が晴れ上がった。見えてきた山々は軽くぼくの想像を超えていた。それまでただの空だと思っていたところに、青い山々が昼間の月とともに浮かび上がったのだ。まるで天体のようだ、と思った。

以来、ぼくは山に取り憑かれた。

その後に就職してからも、残業中などに不意にヒマラヤの山並みが浮かんでは消える。海外へ行けないのに海外の景色を抱えたままでいるのは、あまり居心地のよいものではない。それでもこの景色を大切に抱えておこう、この景色を自らのうちから消すまいと決めた。

『偶然の聖地』の依頼をいただいたのは、遡ること五年、二〇一四年の秋ごろのこと。依頼内容は、エッセイと小説の中間のようなものを、「IN POCKET」誌に月五枚半くらいというものであった。ほかにも先約はあったものの、エッセイならよかろうとその場でお引き受けした。

山で行こう、とも思った。

「検索にもかからない架空の山」「いつ現れるか消えるかもわからない山」というイメージがふと浮かび、それに伴い、その山を目指す人々が立ち上がってきた。よし、山だ。あとは、適当にエッセイっぽいことを組みこめばそれで行けるに違いない。

そして連載の第一回、ぼくは頭を抱えることになった。エッセイと小説の中間のようなもの。落ち着いて考えてみれば、それは小説にほかならなかったのである。しまった、これは一本取られたぞと思いながら、もういっそ小説でいいやと原稿を送った。『偶然の聖地』という題は、第一回の原稿を前にいくつか案を出し、そのなかから決定された。

あにはからんや、この月に一度の連載がぼくにとって月に一度の楽しみとなった。なんといっても月に五枚半のこと。

基本的にそれまで何を書いていたのか忘れるはずであるので、ある程度の大枠だけを決め、あとはそのとき考えていることや、ストックしてある小ネタを放りこんで行くことにした。

　これがぼくにとって、どんな話でも組みこむことのできる恰好の器となった。記憶の奥底に眠っていた旅の情景を入れることもできたし、「面白そうだけど小説にはならないかな」と思っていた題材も扱えたのだ。月に一度のこの連載は、ぼくにとって息抜きでもあり、そしてそれ以上に、それまで思いもしなかった想像の翼を広げさせてくれる場ともなったのであった。

　はて、これをどうまとめたものか。

　勝手気ままに、自由にやらせてもらってしまった。いわば八方に伸び、刈りこみされていない樹のような代物である。一冊にまとめるには、もう一つ補助線が欲しいところである。

　そこで、連載時の原稿に大量の註を入れることを思いついた。

　これならば、連載時に読んでくれていたかたにも別の読み味を提供できるに違いない。ある打ち合わせの場でぼくはこう述べた。「『なんとなく、クリスタル』方式でもいいですか」――かくして、原稿用紙にして百枚を超える註がつき（途中、幾度か自分は何をやっているのだろうと我に返った）、現在の形にまとまったのであった。

　結果としてこの本は、なんでも計画通りに進めたいと考えるぼくが、文字通り偶然にまかせ、はじめて野放図に書いてみたものとなった。
変な話である。適当なところも多々ある。でも、書いた当人は、なかなか面白いものができたのではないかと考えている。手に取っていただければ、これ以上に嬉しいことはない。

（初出　単行本カバーにデザイン使用）

●この作品は、二〇一九年四月に、小社より単行本として刊行されました。

|著者| 宮内悠介　1979年東京都生まれ。1992年までニューヨーク在住、早稲田大学第一文学部卒。在学中はワセダミステリクラブに所属。2010年、「盤上の夜」で第1回創元SF短編賞の最終候補となり、選考委員特別賞である山田正紀賞に輝く。同作を表題とする『盤上の夜』は第147回直木賞候補となり、第33回日本SF大賞を受賞。さらに第2作品集『ヨハネスブルグの天使たち』も第149回直木賞候補となり、第34回日本SF大賞特別賞を受賞した。また、2013年には、第6回（池田晶子記念）わたくし、つまりNobody賞、2017年、『彼女がエスパーだったころ』で第38回吉川英治文学新人賞、『カブールの園』で第30回三島由紀夫賞をそれぞれ受賞している。

偶然《ぐうぜん》の聖地《せいち》
宮内悠介《みやうちゆうすけ》

講談社文庫
定価はカバーに
表示してあります

2021年9月15日第1刷発行

発行者――鈴木章一
発行所――株式会社　講談社
東京都文京区音羽2-12-21　〒112-8001
電話　出版（03）5395-3510
　　　販売（03）5395-5817
　　　業務（03）5395-3615

KODANSHA

デザイン―菊地信義
本文データ制作―講談社デジタル製作
印刷―――豊国印刷株式会社
製本―――株式会社国宝社

Printed in Japan

ISBN978-4-06-522340-6

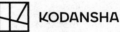

講談社文庫刊行の辞

二十一世紀の到来を目睫に望みながら、われわれはいま、人類史上かつて例を見ない巨大な転換期をむかえようとしている。

世界も、日本も、激動の予兆に対する期待とおののきを内に蔵して、未知の時代に歩み入ろうとしている。このときにあたり、創業の人野間清治の「ナショナル・エデュケイター」への志を現代に甦らせようと意図して、われわれはここに古今の文芸作品はいうまでもなく、ひろく人文・社会・自然の諸科学から東西の名著を網羅する、新しい綜合文庫の発刊を決意した。

激動の転換期はまた断絶の時代である。われわれは戦後二十五年間の出版文化のありかたへの深い反省をこめて、この断絶の時代にあえて人間的な持続を求めようとする。いたずらに浮薄な商業主義のあだ花を追い求めることなく、長期にわたって良書に生命をあたえようとつとめるところにしか、今後の出版文化の真の繁栄はあり得ないと信じるからである。

同時にわれわれはこの綜合文庫の刊行を通じて、人文・社会・自然の諸科学が、結局人間の学にほかならないことを立証しようと願っている。かつて知識とは、「汝自身を知る」ことにつきていた。現代社会の瑣末な情報の氾濫のなかから、力強い知識の源泉を掘り起し、技術文明のただなかに、生きた人間の姿を復活させること。それこそわれわれの切なる希求である。

われわれは権威に盲従せず、俗流に媚びることなく、渾然一体となって日本の「草の根」をかたちづくる若く新しい世代の人々に、心をこめてこの新しい綜合文庫をおくり届けたい。それは知識の泉であるとともに感受性のふるさとであり、もっとも有機的に組織され、社会に開かれた万人のための大学をめざしている。大方の支援と協力を衷心より切望してやまない。

一九七一年七月

野間省一

講談社文芸文庫

松岡正剛

外は、良寛。

良寛の書の「リズム」に共振し、「フラジャイル」な翁童性のうちに「近代への抵抗」を読み取る果てに見えてくる広大な風景。独自のアプローチで迫る日本文化論。

解説=水原紫苑　年譜=太田香保

978-4-06-524185-1
ま L 1

柳 宗悦

木喰上人

江戸後期の知られざる行者の刻んだ数多の仏。その表情に魅入られた著者の情熱によって、驚くべき生涯が明らかになる。民藝運動の礎となった記念碑的研究の書。

解説=岡本勝人　年譜=水尾比呂志、前田正明

978-4-06-290373-8
や P 1

法月綸太郎　新装版 密閉教室
法月綸太郎　怪盗グリフィン、絶体絶命
法月綸太郎　怪盗グリフィン対ラトウィッジ機関
法月綸太郎　キングを探せ
法月綸太郎　名探偵傑作短篇集　法月綸太郎篇
法月綸太郎　新装版 頼子のために
法月綸太郎　誰《たそ》彼《がれ》〈新装版〉
乃南アサ　不発弾
乃南アサ　地のはてから(上)(下)
乃南アサ　新装版 鍵
乃南アサ　新装版 窓
野沢尚　破線のマリス
野沢尚　深紅
野村克也／宮本慎也　師弟
橋本治　九十八歳になった私
原田泰治　わたしの信州
原田泰治／原田武雄　泰治が歩く〈原田泰治の物語〉
林真理子　幕はおりたのだろうか
林真理子　女のことわざ辞典
林真理子　みんなの秘密
林真理子　ミスキャスト
林真理子　ミルキー
林真理子　新装版 星に願いを
林真理子　野心と美貌〈中年心得帳〉
林真理子　正妻〈慶喜と美賀子〉(上)(下)
林真理子　大《お》原《はら》御《ご》幸《こう》〈帯に生きた家族の物語〉
林真理子　さくら、さくら〈おとなが恋して〈新装版〉〉
林真理子／見城徹　過剰な二人
原田宗典　スメル男〈新装版〉
帚木蓬生　日御子(上)(下)
帚木蓬生　襲来(上)(下)
坂東眞砂子　欲情
花村萬月　信長私記
花村萬月　續信長私記
畑村洋太郎　失敗学のすすめ
畑村洋太郎　失敗学実践講義〈文庫増補版〉
はやみねかおる　そして五人がいなくなる〈名探偵夢水清志郎事件ノート〉
はやみねかおる　都会《まち》のトム&ソーヤ(1)
はやみねかおる　都会《まち》のトム&ソーヤ(2)〈乱！RUN！ラン！〉
はやみねかおる　都会《まち》のトム&ソーヤ(3)〈いつになったら作戦《ミッション》終了？〉
はやみねかおる　都会《まち》のトム&ソーヤ(4)〈四重奏《カルテット》〉
はやみねかおる　都会《まち》のトム&ソーヤ(5)〈IN《イン》塀戸《VADE》〉(上)(下)
はやみねかおる　都会《まち》のトム&ソーヤ(6)〈ぼくの家へおいで〉
はやみねかおる　都会《まち》のトム&ソーヤ(7)〈怪人は夢に舞う〈理論編〉〉
はやみねかおる　都会《まち》のトム&ソーヤ(8)〈怪人は夢に舞う〈実践編〉〉
はやみねかおる　都会《まち》のトム&ソーヤ(9)〈前夜祭《EVE》 内人《ないと》side〉
はやみねかおる　都会《まち》のトム&ソーヤ(10)〈前夜祭《EVE》 創也《そうや》side〉
服部真澄　クラウド・ナイン
原武史　滝山コミューン一九七四
濱嘉之　警視庁情報官〈シークレット・オフィサー〉
濱嘉之　警視庁情報官 ハニートラップ
濱嘉之　警視庁情報官 トリックスター
濱嘉之　警視庁情報官 ブラックドナー
濱嘉之　警視庁情報官 サイバージハード
濱嘉之　警視庁情報官 ゴーストマネー
濱嘉之　警視庁情報官 ノースブリザード
濱嘉之　オメガ　対中工作

講談社文庫 目録

百田尚樹 影 法 師
百田尚樹 ボックス！(上)(下)
百田尚樹 海賊とよばれた男(上)(下)
平田オリザ 十六歳のオリザの冒険をしるす本
平田オリザ 幕が上がる
東 直子 さようなら窓
蛭田亜紗子 凛
樋口卓治 ボクの妻と結婚してください。
樋口卓治 続・ボクの妻と結婚してください。
樋口卓治 もう一度、お父さんと呼んでくれ。
樋口卓治 「ファミリーラブストーリー」
樋口卓治 喋 る 男
平山夢明 魂《たま》豆《どう》腐《ふ》〈大江戸怪談どたんばたん(土壇場譚)〉
東川篤哉 純喫茶「一服堂」の四季
東山彰良 流《りゅう》
東山彰良 女の子のことばかり考えていたら、1年が経っていた。
樋口直哉 偏差値68の目玉焼き〈星ヶ丘高校料理部〉
平田研也 小さな恋のうた
日野 草 ウエディング・マン

藤沢周平 新装版 春 秋 の 檻〈獄医立花登手控え(一)〉
藤沢周平 新装版 風 雪 の 檻〈獄医立花登手控え(二)〉
藤沢周平 新装版 愛 憎 の 檻〈獄医立花登手控え(三)〉
藤沢周平 新装版 人 間 の 檻〈獄医立花登手控え(四)〉
藤沢周平 新装版 闇 の 歯 車
藤沢周平 新装版 市 塵(上)(下)
藤沢周平 新装版 決 闘 の 辻
藤沢周平 新装版 雪 明 か り
藤沢周平 義民が駆ける〈レジェンド歴史時代小説〉
藤沢周平 喜多川歌麿女絵草紙
藤沢周平 闇 の 梯 子
藤沢周平 長門守の陰謀
船戸与一 新装版 カルナヴァル戦記
藤田宜永 樹 下 の 想 い
藤田宜永 女 系 の 総 督
藤田宜永 血 の 弔 旗
藤田宜永 大 雪 物 語
藤 水名子 紅 嵐 記(上)(中)(下)
藤原伊織 テロリストのパラソル

藤本ひとみ 新・三銃士 少年編・青年編〈ダルタニャンとミラディ〉
藤本ひとみ 皇妃エリザベート
福井晴敏 亡国のイージス(上)(下)
福井晴敏 川 の 深 さ は
福井晴敏 終戦のローレライ Ⅰ～Ⅳ
藤原緋沙子 遠 花 火〈見届け人秋月伊織事件帖〉
藤原緋沙子 春《はる》疾《は》風《やて》〈見届け人秋月伊織事件帖〉
藤原緋沙子 暖《ぬくめ》鳥《どり》〈見届け人秋月伊織事件帖〉
藤原緋沙子 霧 の 路《みち》〈見届け人秋月伊織事件帖〉
藤原緋沙子 鳴《なる》子《こ》守《もり》〈見届け人秋月伊織事件帖〉
藤原緋沙子 夏 ほ た る〈見届け人秋月伊織事件帖〉
藤原緋沙子 笛 吹 川〈見届け人秋月伊織事件帖〉
藤原緋沙子 青《せい》嵐《らん》〈見届け人秋月伊織事件帖〉
椹野道流 亡 羊 の 嘆〈鬼籍通覧〉
椹野道流 新装版 暁 天 の 星〈鬼籍通覧〉
椹野道流 新装版 無《む》明《みょう》の 闇〈鬼籍通覧〉
椹野道流 新装版 壺《こ》中《ちゅう》の 天〈鬼籍通覧〉
椹野道流 新装版 隻《せき》手《しゅ》の 声〈鬼籍通覧〉
椹野道流 新装版 禅《ぜん》定《じょう》の 弓〈鬼籍通覧〉

講談社文庫　目録

松田賢弥　したたか　総理大臣・菅義偉の野望と人生
三島由紀夫／TBSヴィンテージクラシックス 編　告白　三島由紀夫未公開インタビュー
三浦綾子　ひつじが丘
三浦綾子　岩に立つ
三浦綾子　青い棘《とげ》
三浦綾子　イエス・キリストの生涯
三浦綾子　愛することと信ずること
三浦綾子　あのポプラの上が空〈新装版〉
三浦明博　滅びのモノクローム
三浦明博　五郎丸の生涯
宮尾登美子　新装版 天璋院篤姫(上)(下)
宮尾登美子　新装版 一絃の琴
宮尾登美子　東福門院和子《まさこ》の涙(上)(下)〈レジェンド歴史時代小説〉
皆川博子　クロコダイル路地
宮本　輝　骸骨ビルの庭(上)(下)
宮本　輝　新装版 二十歳《はたち》の火影《ほかげ》
宮本　輝　新装版 命の器
宮本　輝　新装版 避暑地の猫
宮本　輝　新装版 ここに地終わり 海始まる(上)(下)

宮本　輝　新装版 花の降る午後(上)(下)
宮本　輝　新装版 オレンジの壺(上)(下)
宮本　輝　にぎやかな天地(上)(下)
宮本　輝　新装版 朝の歓び(上)(下)
宮城谷昌光　俠骨記
宮城谷昌光　夏姫春秋(上)(下)
宮城谷昌光　花の歳月
宮城谷昌光　重《ちょう》耳《じ》(全三冊)
宮城谷昌光　介《かい》子《し》推《すい》
宮城谷昌光　孟嘗君　全五冊
宮城谷昌光　春秋の名君
宮城谷昌光　子産(上)(下)
宮城谷昌光　湖底の城〈呉越春秋〉一
宮城谷昌光　湖底の城〈呉越春秋〉二
宮城谷昌光　湖底の城〈呉越春秋〉三
宮城谷昌光　湖底の城〈呉越春秋〉四
宮城谷昌光　湖底の城〈呉越春秋〉五
宮城谷昌光　湖底の城〈呉越春秋〉六
宮城谷昌光　湖底の城〈呉越春秋〉七

宮城谷昌光　湖底の城〈呉越春秋〉八
宮城谷昌光　湖底の城〈呉越春秋〉九
水木しげる　コミック昭和史1〈関東大震災～満州事変〉
水木しげる　コミック昭和史2〈満州事変～日中全面戦争〉
水木しげる　コミック昭和史3〈日中全面戦争～太平洋戦争開始〉
水木しげる　コミック昭和史4〈太平洋戦争前半〉
水木しげる　コミック昭和史5〈太平洋戦争後半〉
水木しげる　コミック昭和史6〈終戦から朝鮮戦争〉
水木しげる　コミック昭和史7〈講和から復興〉
水木しげる　コミック昭和史8〈高度成長以降〉
水木しげる　総員玉砕せよ！
水木しげる　敗走記
水木しげる　白い旗
水木しげる　姑《クー》娘《ニャン》
水木しげる　決定版 日本妖怪大全〈妖怪・あの世・神様〉
水木しげる　ほんまにオレはアホやろか
宮部みゆき　新装版 震える岩〈霊験お初捕物控〉
宮部みゆき　新装版 天狗風〈霊験お初捕物控〉
宮部みゆき　ICO《イコ》―霧の城―(上)(下)

2021年6月15日現在